枕边有你。下

—— 三水小草◎著 ——

中国致公出版社　　知音动漫

知音动漫图书 · 漫客小说绘出品

目 录
CONTENTS

第一章　噩梦成真

一个像扑火的飞蛾，一个像要挣脱牢笼的飞鸟。

1

奔波忙碌的一天结束，坐在车里，莫北举着手机说："我查了一下赭阳评价最好的日料店，就在这个商场里，我们今天吃日料吧，嘿嘿嘿……"女孩儿有些不好意思地笑了一下，"前几天我给大家添麻烦了，今天我请客！"

林组长真是永远的捧场王，莫北刚说了请客，他就掏出手机说："既然你请客，那咱们赶紧打电话去订桌，最贵的全部留……六份！"

车上连着司机一共六个人。

莫北听了也不着急，只微微低着头，仍是从前的腼腆样子，嘴里却笑着说："好吧，看来我这个月的补助是不够吃了，等快吃完饭的时候，你们等我出来刷个卡。"

"刷卡怎么还得出来？"

"小莫，你现在就开始做逃账的打算了呀？"

一群人嘻嘻哈哈、说说笑笑，气氛一下子就热闹了起来。

"经理，一起吧！"林组长对坐在他前面的"褚年"说。

车里瞬间安静了下来。

"当然一起。怎么了，想省了我的份儿帮小莫省钱，还是怕我帮小莫逃账？"英俊男人的脸上同样满是笑容。

车里的气氛比刚刚更热烈了。

说是赭阳最好的日料，主打的是日式烤肉，照顾"褚年"的伤，还额外点了一份寿喜锅。

余笑吃着清淡的涮牛肉和菌菇、蔬菜，看着其他人热热闹闹地吃烤肉和寿司，脸上一直是挺开心的样子。

外派工作期间，大家都很节制，最多也不过一小壶清酒而已。不过光这么一点儿酒也暴露了江法务的酒量，喝完之后十分钟，江今就坐在座位上，头一点一点地像是被绑架来吃米的小鸡。

林组长揶揄着莫北给他录下来：明天等江法务清醒了，咱们又有人请吃饭了！"

小李脸上微微带了点儿酒色，说："可惜褚经理现在不能喝酒，不然咱们可以等褚经理喝上四五瓶之后来唱歌，褚经理唱歌可好听了！我们以前唱卡拉OK，他嗓子一开，小姑娘的眼睛都直了！嘿嘿嘿……不过现在的褚经理歌都不用唱，双手插兜往那儿一站，哎哟，路过的小姑娘、老阿姨眼睛都直了！"

有人嘿嘿地笑，有人偷眼去看褚经理的脸色，只见"他"慢悠悠地咽下嘴里的肉，才说："想听我唱歌啊，等项目成了吧，庆功宴上让我喝多少我就喝多少，让我唱什么我就唱什么。"

小李听了这话，高兴地拍手："我之前还以为咱们经理升官之后就走高端路线了，原来是憋着劲儿等着事成了一块儿使。这还有什么好说的，来来来，不喝酒了，咱们以茶代酒，预祝到时候经理给咱们唱上五十首！不！一百首！"

林组长道："你小心后天调研的时候经理先累断你的一百条腿吧！"

包厢里又是一阵笑声。

吃饱喝足后往外走的时候，有人提议出来这么久了都没逛逛商场，不如慢慢走下去，顺便给自己和家里买点儿东西。还蒙着的江今被林组长扶着进了直梯送下去了。剩下司机和小李盯上了一个抓娃娃机，一个说要给女儿抓一个，一个说要给女朋友抓一个，乐颠颠地结伴去了。

余笑一个人一层一层地逛着。说起来她也很久没逛街了，从前当家庭主妇，每天盘算着过日子，衣服多是从淘宝买的折扣T恤，倒是把褚年收拾得光鲜亮丽。

站在一间女装店门口，余笑看了里面的一条浅灰色裙子半晌，进去买了条S码的。等"他"走出来，女装店的两个店员心跳还没完全平复——

"刚刚从那个帅哥站在外面起，我脑子里就是九十九部偶像剧！"

"对对对！韩国的那种！"

"咦？你觉得他是那种深情款吗？我脑补的是泰国的那种渣苏款！"

……

不远处，莫北看见走出女装店的褚经理突然停住了脚步，视线直直地盯着对面的母婴区。

2

又是下班后买菜、买水果，走回家的一天，褚年被保安叫住的时候，还以为余笑的妈妈又送鱼汤过来了。

说起来也是惨，自从上次那场"孕妇到底能不能吃甲鱼"的大争论过去，余笑妈妈似乎觉得自己的女儿、外孙亏了嘴，连送了好几天的鱼汤过来。褚年虽然孕吐渐消，运动量也起来了，胃口比从前好，可连着喝鱼汤实在有些受用不起，几乎到了听"鱼"而色变的地步。

"不是吃的，是个快递。"

"啊？"

褚年看见快递是寄给余笑的，第一反应是余笑自己买东西发错了地方，等他拿回家打开，愣了一下："这是干吗？"

银灰色的裙子下摆都是细碎的光点儿，要说好看那是肯定不难看，可是吧……

抱着裙子，褚年挠头："我怎么觉得怪怪的？"

以前余笑打扮自己的时候也没这种感觉啊！

换上裙子——当然，褚年还是知道要脱了他的桃红色背心儿的——左看看，右看看，褚年跑去鞋柜里掏出上次傅锦颜帮自己买的那双坡跟小鞋子换上，又打开余笑的首饰盒，从里面找出一条白金项链。

看看项链，再看看乏善可陈的首饰盒，褚年拿起了里面一个小小的指圈儿——他们的婚礼办得匆忙俭省，当众戴的那枚钻戒不过是婚庆公司提供的道具，真正的婚戒还是这个他大学时候省出来的金指圈儿。

指圈儿戴在手指头上，松垮垮的。

褚年想起来自己求婚的时候，这个指圈儿是圆圆满满地套在余笑的手指头上的，那时候她虽然也瘦，但是手其实挺有肉的，摸起来软软的，几乎没有骨头一样。余笑的手还总容易发凉，褚年还记得大学的时候一起上完自习从教室出来，他会把余笑的手握着揣进自己的衣兜里，娇小文静的女孩儿仰头看着自己，轻轻笑一下，眼睛就弯了。

看着"自己"的手，褚年无论如何也不能把这双手和几年前的那双手联想在一起。

手垂下去，指圈儿就掉了，落在桌子上，轻飘飘地打着转儿。

"这么多年，我给了她些什么呢？"讥嘲地笑了一下，褚年回过身看向镜子。

镜子里的这个人，她和自己当年喜欢的那个人，还有什么相似？

哦，对，当年的余笑一心一意爱着自己，现在的余笑铁了心要跟自己离婚，一个像扑火的飞蛾，一个像要挣脱牢笼的飞鸟。

牢笼？用手指点了点镜子里的那个女人，褚年笑了一下，说："你才是个笼子，把我关进去，说什么都不肯放出来了。"然后，他又点了点自己，"我怎么成个笼子了呢？明明……"

明明求婚时候说的话，都是真心的。

明明浓情蜜意的那些瞬间，他也是真的想跟余笑白头偕老的。

明明……

看着镜子里的人脸上那他不想看的失落和嘲讽，褚年慢慢低下了头，没有了想要拍照发给余笑看的兴致。

走出卧室，褚年才抬起头，可一抬起头就惊呆了——计分器显示99分！

99！99！99！

"等等等等，我想想，我想想再怎么刷分！"

褚年掏出手机。余笑妈妈不能骂；余笑的爸爸，他想起了那只冰箱里跟被人下了咒似的王八；他自己的亲妈……

半分钟后，褚年拨通了电话。

电话那边是褚年的爸爸："喂？余笑，你怎么打电话过来了？是褚年有什么事吗？"

"不是。"褚年深吸了一口气，眼睛直直地看着墙上的分数，"爸，你知道吧，褚年出轨了，现在不光出轨了，他还结扎了，号称自己不喜欢女人，你猜为什么？"

电话那头的声音变得严厉起来："余笑，你在瞎说些什么？褚年明明好好的！你也不要胡思乱想，好好养好肚子里的孩子……"

浊气从嘴里、鼻里一起出，褚年沉着声音说："因为你。"

"余笑……"

"因为你，因为你！因为你根本一点儿责任心都没有！你教过褚年要对家庭有责任心吗？你教过他要爱护自己的妻子吗？你教过他要尊重别人吗？都没有！你只让他以为结婚就是从一个妈到另一个妈的手里，因为你就是趴在褚年他妈身上这么过来的！你把褚年的妈当成一个不用说话的老妈子，给你做饭洗衣服，你看着她成了一副让人喜欢不起来的样子，可你没想过是你一刀刀把她变成那个样子的！"

拿着手机，褚年一阵恍惚，他不知道自己要说的这些话是从心里来的还是从脑子里出来的，就像是有一道被他自己紧紧封闭的闸门让他一脚踹开了。

"你出轨那么多年，明明所有人都知道，你偏偏要在你儿子面前装出一副你是个好丈夫、好父亲的样子。光有架子又有什么用？你的内在呢？你的内在呢？！你的内在是什么样子的？你敢给你的儿子看吗？你敢亲口对你儿子说你这么多年一直有个西厂的寡妇吗？啊？你不能！那你想让褚年成为一个什么样的人？只要赚钱给你，跟你一样趴在妻子身上过日子的人吗？跟你一样当个自以为是的大家长，其实心肝脾肺肾都烂掉的人渣吗？！还是，其实他被教得挺好，也趴在地上，摽在他老婆身上，被你一起吸血才好？！是不是？你告诉我是不是！"

"不是！你在胡说什么？！余笑我告诉你，你……你这是犯上作乱！你这是……你这是……你……"

"我呸你的犯上作乱，你以为你家有皇位继承啊！"

计分器上的数字开始疯狂跳了起来，褚年结束通话，定定地看着那个分数。

"要是余笑真要离婚，就离吧。"有些不舍地摸了一下肚子，褚年低低地说，"我的梦想是，每天醒来……"

计分器上的数字停住了，还是"99"。

褚年所有的不舍、怀念、自省和深情也戛然而止。

"我呸！"

3

"我今天吃了个好吃的桃子。话说桃子这个东西孕妇可以吃吧？我快被你妈的孕妇食谱逼疯了呀！"

配图是一个圆滚滚的桃子，上面伸了两根比了"V"的手指。

看着手机里的文字和图，余笑皱了一下眉头，直接关上屏幕没有回复。

第一章 噩梦成真

这两天，褚年发的消息越来越密集了，吃吃喝喝、上班遇到的开心不开心的事都发过来，在路上看见两只小麻雀对唱也发过来，听见了一树的蝉鸣也发过来……有点儿琐碎，却处处拿捏得精到，不让人生厌，余笑也就懒得管他。孕妇不好当，他又是那种情况，能说话的人都少，在人道主义的范围内，余笑对他适度容忍。

有意向合作的企业来了一家又一家，他们甚至还去见了当地的两个自媒体工作室。作为一个新兴行业，他们对东林文化产业园第一批招商时给出的优惠政策很感兴趣，当地政府对这些新兴热点行业的主动参与也表现出了热情。

余笑自己也感受到了别样的"热情"。

"哈哈哈，经理，他们挖你去当网红哈哈哈，果然长得帅就业前景就格外广哈哈哈！"终于憋到了离开招商办的院子，小李蜷在车座上忍不住笑了出来。

余笑挑了一下眉头，笑了一声说："要不晚上跟我一起去健身？练上两年，我估计他们也会找你。"

下班就是死宅废的小李往座位里缩了一下，也不敢笑了："不不不，经理，这就很没必要，真的没必要！"

"怎么没必要了？小李啊，我觉得你长得也不错，就是看着软乎了一点儿，要不你真的跟经理去练练，说不定过两年还真能靠脸……靠脸那啥来着？"林组长张着嘴求助地看向莫北。

莫北抿嘴笑了一下说："出道。"

"对对对，靠脸出道！"

一路上，小李终于明白了，虽然上级看起来比从前好相处了一点儿，可也是不能随便打趣的，尤其是有魅力的上级，他什么都不用做，就能笑看着同事把自己怼死。

车子直接开到了东林那块地上，余笑最后确认了一下一会儿要见的合作方落于纸面的主要要求，这才放下文件，整理了一下袖口，带头下了车。

两边聊了十几分钟，大概都摸到了对方的底。

正在余笑第一百零一次要陪着人逛这块前任地王的时候，小李站到"他"身边小声说："经理，那个女的又来了。"

是的，他们都知道的那个女人，又来了。

身为一个大企业与当地政府搞联合开发的业务代表，竟然在赭阳本地因为治安事件受伤了，这事本质上不是大事，却弄得相关部门都有些灰头土脸。酒店方面加强了安保，为了防备那个女人恨不能加一道安检程序，生怕她钻进了哪个包里。东林这边也被人重点关照过，不允许那个持刀伤人者的家属破坏东林整体改造的大局。于是那个女人也不闹了，只是每当余笑他们出现，她就这么远远地跟着，远远地看着，光亮亮的太阳底下，像个散不去的影子。

回头，余笑手搭凉棚，看见了那个女人："再过几分钟，要是她还在这儿，你就打电话跟那家小馆子的女老板说一下，看看能不能找个人来把她劝走，要是没人来，就联系他们城中村的干部把人带走。"

"好嘞经理，你放心吧。"

余笑没再管那个女人，她现在的工作是带着人看这片地。

十分钟之后，站在一座空楼的二楼，余笑看见那个女人的身边多了个穿着橘色裤子的人，应该就是那位女老板了。她暂且放下了心。

"褚经理，如果我们想要在这里包一整座写字楼，天池方面能不能给我们多点儿优惠啊？"

"鸿山这么看好这里未来的发展，我们天池肯定也会大力支持，至于具体的优惠嘛，还是得在合同上细细列出来才行，对吧，骆经理？"

四十多岁的骆经理摇头笑了笑，说："不去饭局，不给漂亮话，褚经理你可真不像个做销售的，比我之前见的……还板正呢。"

余笑带着笑说："没办法，我年纪轻，经验也浅，公司把这么重的一个担子压在我的身上，我除了小心谨慎，夹着尾巴做人，也没别的办法了。"

但就是这么个"夹着尾巴做人"的，就像一颗钉子，牢牢钉死在了东林这块地上，至今为止，各路人马出面，天池对于东林的规划还是一字不改，可见小心谨慎之外更多的是稳重。

鸿山集团的骆经理看完了地方，也算是知道了打交道的是个什么样的人物，一行人开始往外走去。

穿过前面的楼，余笑的眉头皱了起来——好几十个人围在刚刚那个女人在的地方，而那个女人还站在原地，看见他们出来，慢慢跪在了地上。

"嗡——"

这是余笑脑子里发出的声音。

林组长和小李挡在了"他"身前："经理，咱们赶紧走，他们这是要闹事儿啊！"

江今第一时间拿出了手机，眉头是皱着的。

莫北紧张得两只手都抓在了一起，只听见他们经理说："小莫、小李，你们送骆经理他们上车。"

"经理……"

"快去。"

看一眼褚经理的背影，莫北脸上强行挂起微笑，转身说："骆经理，我们往这边走。"说话的时候，她感觉自己的嘴皮都是冰冷的。

往鸿山的车子那边走的时候，莫北回头，看见褚经理径直迎着那些人走了过去，一步一步，像是踩在无边无际的光里。

女人嘴在抖，手也在抖，她努力瞪大了眼睛说："这是我儿子的考试卷子，全是满分啊！他全是满分啊！我求求您，别让他爸爸蹲大牢，我求求您了。"她举着揉皱了的纸，汗混着泪往下流。

男人接过那张试卷，轻轻展平，然后叠了起来，小心放回到女人的手里："好的，我知道你儿子成绩很好。"

儿子被夸奖了，女人的嘴模糊地笑了一下，又急切地说："我的儿子真的很好啊，我求求您了褚老板，您别让他爸爸进大牢好不好？"

"这样的话，你应该去法庭上说给法官听，看看法官会不会因为你儿子的成绩就给犯罪分子减刑。"属于男人的声线是平的，很稳，在这个过分燥热的下午，犹如一根风吹不动的竹子。

这时，人群里有人忍不住说话了："嘿，你这个人，人家都跪在这儿求你了，你就不能抬抬手把人给放了？不是大老板吗，计较什么呀！"

这个人的话像是打开了水龙头后水管的那声轻响，接着，源源不断的声音从不同的人嘴里喷涌了出来——

"对呀，人家是两口子打架的时候误伤了你，又不是真对着你上了，怎么得理不饶人了？"

"大老板金贵啊，一点儿事就得把人家一家子都毁了。"

"赶紧放人得了，都说了清官难断家务事，你这样自己跑上去的能怪谁？"

他们围在周围，脚下是他们的影子，只是恰好不能给可怜的女人遮蔽一点儿阳光。

余笑没理那些人，只低头看着那个跪在地上的女人，问："我要是不答应，你怎么办？"

"我没办法了，我真的没办法了，褚老板，您要是不答应，我就一直跪在这儿吧。我没别的路了，为了孩子，我真的没别的路了。"

比起两天前，她又憔悴了许多，脸颊都干瘪了下去，眼睛里的光已经完全黯淡了。她之前还能抓得余笑伤口裂开，现在估计是做不到了。余笑还看见了她干裂的嘴唇，额头上的那一层已经不是汗，而是被烈日生生烤出来的油。

人群里又有人说起来——

"大老板，赶紧放人吧，你这是逼着人往绝路上走啊！"

"对呀！"

"谁都不容易，得饶人处且饶人！"

余笑还是与那个女人对望着，又问："你也这么想吗？"

慢慢地，女人低下了头，她的脊椎仿佛是扭曲的，成了地上最无声和最卑微的一团。

可这一团在余笑的心里是最吵闹最聒噪的，反而那些"好言相劝"的声音，在她的耳朵里是静默的。

整个世界像是照在了一个荒诞的镜子里，周围吵闹的喧嚣是凝固无声又沉重的一团，直直地往余笑的身上压来，眼前的静止又伴着无数的声音在余笑的心里大声呼啸。

"啪！"扣子崩开后掉到了地上，黑色的衬衫被余笑从身上扯了下来，毫不顾忌地甩到地上，露出了穿着黑色背心的上身和绑着绷带的手臂。

"刺啦！"绷带被直接扯开了，一圈又一圈，带着陈血的绷带像是蛇蜕掉的皮跌落到地上，而那个男人在这个过程里平静地看着所有人。

终于，白色的棉片落在了地上，长长的伤口还带着血痂，血痂上沾着碎棉，两天前沁血的那一片格外狰狞，整个刀口看着就像是一把刀，插在了这个手臂上。

"你是不是以为这些人都在帮你说话？啊？你是不是以为他们都在帮你？！"

突如其来的咆哮似乎吓坏了所有人，热辣辣的太阳下面，一时间只有瘦高的男人和"他"的声音。

"那你告诉我，你这些年受不了的时候，他们有帮你想办法解脱吗？你挨打的时候，他们有站出来阻拦那个男人吗？你告诉我，有没有人跟你说过你的日子根本不是人该过的，你该走，你该离开他？这些人里有没有？！有没有人告诉你，离开了糟糕的生活和婚姻你还能活着？！"

女人趴在地上，抬起头，看见了一双瞪大了的眼睛。

"你活不下去的时候，谁跟你丈夫说过一句让他放过你？谁跟你说过一句让你放过你自己？你告诉我，谁告诉过你？！"余笑指着自己的伤口给女人看，"这就是你的婚姻！它差点儿杀了你！它是划在好人身上的刀！谁心软，谁就要流血！你告诉我这是你要的吗？"

余笑指着黑压压的人群给女人看："这就是你的生活，只像一堵死人墙一样围着你！你以为他们是活着的吗？他们都是死的，死透了，烂了！你也是！不仅你是，你还要拖着你的儿子一起去死！你告诉我，这是你要的吗？"

然后，余笑指了指自己："我刚刚觉得我这些天唯一做错的事情就是拦下了那把刀。让你老公砍了你，说不定你的心还是活的，至少挨了一刀你还能知道到底什么是黑白对错，什么才是你真正该做的！"

最后，她抬起头，看着其他人："你们告诉我，我是不是拦错了？我是不是拦错了？！"

很长时间没有人说话，没有人回答余笑发出的质问。

酷热到空气都快要扭曲的天气里，余笑慢慢地看着这些人，看着那个女人。她的心口堵着一股气，这股气成了一把刀，捅向别人，也几乎生生把她自己给剖开，把她的思维给破开，露出其中的丝丝缕缕。

余笑微微弯下腰，用别人能听见的声音问那个女人："是谁告诉你来闹事有用的？是不是因为我是外地人，不过是在赭阳做个项目？你给我跪下了，我要是答应了也就算了，我要是不答应，你就直接把视频发出去，到时候我们公司考虑到企业形象也要把我调走对不对？你想得挺美啊！"歇斯底里的愤怒咆哮之后，余笑都奇怪自己为什么会想到这个，甚至会用平静中带着感叹的语气说出来，"所以，为了你儿子，你不止要我赔上我自己的合法权益，还要我赔上我的事业、前途、甚至名声，是吗？"

女人慌张地抓了一下手底下的土，被烫了一下，又松开了："不是。我……我没有。"

余笑却只挑了一下眉头，还笑了一下："你觉得我信吗？"

她站起身，看着那些人，他们正用轻蔑的、看笑话的、不认同的表情看着她："你们随便怎么说，随便玩儿什么花样，谁伤了我，我就跟谁法庭见。对了，看见我身后那个录视频的了吗，他就是律师，比你们专业多了。"

这是一场一个人和一群人的对峙。

"褚经理，褚经理……我的天！你们这是在干什么？！"穿着汗衫的中年男人踩着拖鞋吭吭当当地跑过来，看见这个情景，急得一拍大腿，"你们这是在干吗呀？"

有人说："书记，我们不能眼睁睁看着狗牙就这么去蹲大牢啊！"

"对呀书记，你说狗牙他老婆要跟他离婚已经够惨了，他自己再去蹲大牢，留个老太太和小孩子……"

男人不理会那些人的话，挥开他们，走到余笑的面前："褚经理，您千万别跟他们一般见识。您放心，我回去就管他们，他们都是些没见识的，净知道干傻事。"

书记的身后跟来的女老板娘急得去拽女人的胳膊，显然，她之前就是去找黄书记了："你就疯吧，你就傻吧！可着好人祸祸，你的心呢？"

女人却还是趴在地上不肯起来。

跟着村支部书记来的其他人也赶紧帮忙，有人劝，有人拉，气氛渐渐缓和。

余笑好一会儿都不说话，只看着那些人，所有人，没人知道她的手里是一层层的汗水。

直到黄书记的嘴皮都有点儿干了，趴在地上的女人终于被人强拽了起来，余笑才发出轻笑，说："黄书记，他们只看着这个女的跪在地上折腾我这个救人的，也是知道柿子要挑软的捏，哪里傻了。"

男人连忙又道歉了一轮，从裤兜里拿出一包烟，赔笑说："褚经理，黄鹤楼来一根？"

"不用了，我不抽。黄书记，今天的事我同事已经录下来了。其实我也想知道，这么热的天，这么多人来这儿到底是为了什么，是真的只想看热闹，还是对东林改建项目有什么不满？要是舆情方面有什么问题，你可得早点儿跟李主任他们反映，这不是小事儿。"没去接那根烟，余笑转身回去捡起自己的衬衫，抖了抖上面的土。

见"他"低着头专心弄自己的衣服，身后的那个干部可是真急了："褚经理，这个事可不是这么回事儿！东林这地儿改建，我们所有人都是一直盼着的，尤其是知道了要建学校、建市场。哎呀,您是不知道,我们东林的老百姓是盼星星盼月亮,怎么会有意见呢?褚经理,褚经理……"

看着穿着黑背心要走开的背影,村支部书记顿了一下,攥着烟盒说:"褚经理,您放心,这事儿我一定严肃追究,绝对没有让好人受委屈的说法。"

余笑回头,抬着一只半的眼睛看他:"黄书记,您这话可抬举我了,我可不是什么好人,今天也没受什么委屈。我就是在想,是不是城中村里有人对这个项目不满意呢?"

听褚经理又说了一遍,这个在东林村里土生土长,出去开过店、搞过厂,又在十年前回来接手了东林城中村这个烂摊子的中年男人,突然就在太阳底下生出了一身冷汗:"您是说?"

"我不知道。不过,东林这块地是十几年前你们村卖掉的吧,那时候分了多少钱?"

现在的房价和十几年前的能一样吗?可同一块地又在十几年后二次开发起来,会不会有人觉得自己应该按照十几年后的价格再拿一笔钱呢?

两个人的对视中,很多细节的疑问被余笑很好地传达了出去。

"褚经理,我懂您的意思了!谢谢提醒,放心,那个……您,咱俩加个联系方式吧,我之前听说您在我们村子里逛了很久,您怎么也不跟我打声招呼……您觉得刚才哪些人不太对,您给我留个底。"

余笑只是轻笑。

看不见的,听不见的,想不明白的,那些死去的人墙,那些被举起的刀,在具体利益讨论的时候,一下子都消失得无影无踪。

终于坐回到了车上,莫北担心地看着那条带着伤的手臂,小声说:"经理,要不咱们去医院吧?"

"不用。"余笑没有坐到她常坐的位置上,而是直接进了车子的最里面,"我有点儿累,休息一下。"

"哦。"

车里立刻安静了下来，林组长透过后视镜给司机打手势，让他开得稳一点儿。

坐在后面，余笑把脸埋在手里，闻到了手上浓浓的汗味，是咸的。

"我应该高兴。"她在心里对自己说，"我应该高兴，跪在那里的人不是我。我应该高兴，说着那些话的人也不是我。我应该高兴，我……我真的和以前已经不一样了……"

可她感觉到自己的手在颤抖。

"余笑，你已经不一样了。"她努力抚慰自己，"你会愤怒，也会控制；会说出自己的憎恶和不满，也终于学会了给自己收场。"

同时，她也在反复检讨自己刚刚说的每一个字、做的每一个表情和动作，这让她痛苦到牙齿都在打战。

可她逼着自己这么做。

只有这样，她才能真正忘记另一种感觉——恐惧。

车行到一半，余笑的电话响了，是知道了消息的李主任来慰问。

车里的所有人听着"他"清晰又有条理地与人寒暄应对，心里都松了一口气。

莫北有点儿安心地低下头，看见自己的手机上收到了一条信息——

法务江今："我一直想问，长袖衬衫里面还穿这么一个背心，褚经理他不热吗？"

下面的一张照片是男人扔掉衬衫的那一瞬间，带着血痕的手臂在太阳底下仿佛在发光，劲瘦的肌肉线条蕴藏着某种力量。

莫北看着那张照片，看了好一会儿，到底没有点下收藏。

莫北："你的关注点真无聊。"

法务江今："我以为你会觉得可惜呢，不然今天就看见福利了。"

莫北："江法务，你注意一下，我又不是花痴，一点儿也不觉得可惜。"

法务江今："行吧，反正我是觉得可惜。"

莫北："……"

回了酒店，余笑说："明天的工作安排我晚点儿发给你们。"

说完，她就回房间休息了。

晚上七点半，莫北拎着袋子敲响了房门："经理，我们出去吃饭给你带了一份。"

打开门的男人应该已经洗过澡了，莫北有些担心地看了一眼被衣服遮盖的手臂，小心地说："经理，我觉得你做得对，真的。"

"谢谢。"余笑轻轻笑了一下。

递出去晚饭，莫北很快地说："经理，你后悔吗？要是……要是再来一次，你还救人吗？"

"救，当然救。"看着莫北的头顶，余笑脸上的笑容变得真切起来。

莫北一面觉得自己唐突到了毫无情商的地步，一面又问："那……那要是又跟今天一样呢？"

"还跟今天一样？那……"余笑脸上的笑容淡了一些，语气变得更加轻快又坚定，"那我就再把他们骂一顿。"

"啊？"莫北有点儿呆。

"不然呢？"余笑反问她。

戴着眼镜的姑娘脸红了，好一会儿，也笑了："对哦，再骂他们一顿，嘿嘿嘿。"

回自己房间的路上，莫北都不知道自己为什么在笑，反正她很高兴就对了。掏出手机，她点开江今发给自己的那张照片，保存了下来。

4

孕吐几乎消失了，褚年突然觉得自己的人生再次充满了光明。

今天，牛姐开车带着他一起去见合作方。穿着余笑送回来的那条裙子，褚年拿起手机拍了一张自拍。

"去谈合作细节，又要大展宏图啦！"

这当然是发给余笑的，家里的计分器死死地卡在"99"上，褚年想尽了一切办法都没有得到那最后的一分。可见一切侥幸都没有用，就像他之前想的那样，那一分就在余笑的身上。

褚年已经制定了完整的计划，去刷余笑的好感度。

终极目标：最低是拿到那一分换回来，最高是……保住他的婚姻。

"余笑，你还好吧？"到了目的地，牛姐发现对方的表情有些不安。

"没事儿，牛姐，我去趟厕所。"一个半小时之前刚跑过一次厕所的褚年努力挤出一个微笑。

"尿频尿急尿不尽，快用×××。"从厕所里出来，褚年的脑子里都是这句话。作为一个男人，好吧，作为一个精神上的男人，和大部分男人一样，褚年对自己身体的一部分器官格外的看重，其中就包括了肾和前列腺。而这两个器官出现问题，很大的一个表现就是尿频和尿急。

又开腿坐在沙发上，褚年掐着手指头算，他今天最快是四十分钟就又想上厕所，最慢是两个小时，一个白天跑了七趟，晚上回来才刚到九点，他就又跑了两趟，这一天还没过完呢，就是九次厕所了。

这个频率不太对啊！

抬手摸摸自己的后腰，褚年咂了咂嘴，自问道："女的有前列腺吗？女的前列腺管肾吗？是不是该吃点儿六味地黄丸？也不对呀，这肾也不是说虚就虚的，我也没干啥呀。"

自己在一个女人的身体里能干啥呀，更不用说还怀孕了。

第二天，出于对"自己"肾的担心，一晚上跑了五趟厕所，连觉都睡不好的褚年又一大早跑去了社区医院。

这次在问诊台值班的还是那个笑起来就有一口小白牙的小护士。

褚年凑过去问她："护士，我想问问，女的肾虚怎么办？"

"肾虚？"小护士看着气色比上次还要好一些的孕妇，说，"你怎么知道自己是肾虚啊？在医院做了检查吗？"

褚年嘴扁了，眨眨眼说："还没……"不过他戴着口罩，小护士只能看见他眨眼。

小护士的头又抬起来了："您连检查都没做，就知道自己是肾虚了？扁鹊转世也不带这么快的呀。"

"不是。"褚年声音又小了一点儿，支支吾吾地说，"我就是吧，跑厕所，嗯，跑得比以前勤了。"

"如果只是这个倒也不用太担心，你挂个泌尿科的号就行，其实妇产科的号也行，孕妇随着孕期发展，是会有尿频症状的。"

褚年瞪大了眼睛："啊？"

小护士觉得"她"大惊小怪，拿起一个自己喝完的纸杯，"啪"捏了一下，说："你看，膀胱就会这样被压迫啊，里面能装的就少了。尤其是怀孕前三个月的时候，你的子宫就在你的盆腔里，子宫充血会让你的盆腔里的神经变得敏感……当然我还是建议你做个检查看看。"

褚年摇了摇头。

小护士又说："你都怀孕快三个月了，该建档做产检了，选好了医院没有？"

褚年又摇头，默默后退了一步："产检我……我等人回来陪我做。"说完，他就转身走了。

小护士看着那个清瘦的背影，笑了一下说："还娇气起来了。"

不过跟之前那个彷徨苍白的样子相比，这个孕妇的状态还真是好了不少。小白牙若隐若现，小护士看了眼时间，在心里哼着歌等交班。

知道了是怀孕引起的，褚年一方面有些放心，一方面又开始担心——放心的是好歹这不是肾有了问题，担心的是这个时间问题从现在就开始积压，那等到要生的时候，怕不是得住在厕所里？

被捏扁的纸杯在他的脑海中久久挥之不去。

"孩子啊，你这是真折腾你爸我呀。我跟你打个商量，你长就长吧，别只往下面长……"褚年摸了摸自己的肚子，胃、肾、肠子……这孩子想长起来，这些地方都得给挤一挤吧？那不就是老房子改建，想生生在二十平方米里再加个四十平方米，不对，五十平方米的改造间？

捂着肚子，褚年还真是第一次意识到这个问题："你好像往哪儿长，都得挤着点儿什么。"

在肚子上摸了一圈儿，褚年第一次觉得这些内脏都很金贵，就这个利用率，就这个拥挤程度，这个肚皮下面可以说是寸土寸金了。

拿起手机拍了张指着肚子的照片，褚年发给了余笑，说："我现在觉得这儿就是京城二环内的一套小三居，寸土寸金。"

远在赭阳的余笑正在赶往赭阳市政府的路上，今天建设方案审核结果已经出来了，尽管全程都跟着流程，可余笑的心里还是有一点点的忐忑和很多点的激动。

看见褚年发来的这句话，余笑并不觉得好笑。"寸土寸金"啊，这个词儿……

过了几秒钟，她看见褚年发的那条消息被撤回了，屏幕上变成了干巴巴的"'沧海余生笑'撤回了一条消息"。

对方很快又发来了另一句话："你看，这里是不是有点儿膨胀了？"

余笑抬起头，把手机放到了一边："林组长，等真正拿到了审核通过的文件，我们就可以回去了，早饭的时候我看你还在给嫂子打电话，是不是也想她了？"

被人提起了自己的爱人，林组长笑了起来："嘿嘿嘿，经理，我今天早上还跟我老婆说，她过两天的生日我肯定能陪她过。"

后面坐着的小李"扑哧"一声笑了："经理，昨天林组长求着莫北帮着给嫂子挑礼物，莫北都快气死了哈哈哈。"

是发生了什么好玩儿的事了吗？余笑又看向莫北。

戴着眼镜的小姑娘低着头说："林组长真是直男审美，我们进了金店，他就直奔中间镶着金珍珠的牡丹花吊坠去了，我跟他说那个礼物送他母亲也够了，林组长又去看镶着黑珍珠的白金大戒指。"莫北忍不住叹了一口气，闷闷地说，

"我真是拽都拽不回来。"

车里的空气一下子就愉快了起来。

余笑也忍不住笑了。

林组长的妻子，余笑并没有见过，但是作为林组长资料的一部分，她曾经背过，并且到现在还记得。那是一位在市美术馆工作的公务员，只看林组长平日里的衣着打扮就知道他妻子是个审美倾向于文艺干净类型的。

莫北还没说完呢，笑过之后，她看了一眼林组长，接着说："好不容易给嫂子选好了一个吊坠，我说得配条链子，林组长的眼睛第一时间就去看最粗的那种了，太吓人了。"她的语气充分展示了她到现在还心有余悸。

"哈哈哈……"

"哎呀！我出来了这么多天，孩子和爸妈都靠我媳妇照顾。这一个多月，我孩子在准备期末考试的当口发烧了，都是她照顾的；我爸妈家正好煤气管道维修，也是她去里里外外地忙活。我就想买个实在点儿的礼物谢谢她，好笑吗？你们是觉得我挑东西土，可我实在呀！那一个拿出去，我老婆光眼就得眨半天，多好！"

林组长极力挽尊的话让余笑脸上的笑容淡了下来，因为她又想起了刚刚褚年发过来的"寸土寸金"。

当年她怀孕的时候，真的没有觉得自己的肚子是什么"寸土寸金"。别人都当她怀孕是理所应当，包括她自己——金贵的不是"房子"，而是住在里面的孩子。

她从前是有些痴，却并不是真正的傻，她能感觉到褚年对那个孩子的到来并没有多少期待，一开始她以为是不是"奉子成婚"让他不舒服了，后来她才意识到，褚年并没有做好准备当一个父亲，他还没准备花费时间、精力、金钱去抚养一个孩子。同样，对她这个怀着孩子的妻子，他的态度不算冷淡，可也绝称不上热情，好像怀孕生子自始至终不过是她余笑一个人的事情。

因为他从没想过这是别人对他的某种付出吗？他是那么聪明、那么会察言观色的一个人，在这个方面真的会那么缺失吗？还是说，他不过是认为别人的付出都是理所当然的？与林组长的态度相比，他表现出来的自私真是如白纸上的墨一般明显。

好笑的是，几年后，当他自己"怀孕"的时候，他认为自己的肚子"寸土寸金"，那么金贵。

余笑凉凉地笑了一下。

5

早上九点到了公司，褚年要做的第一件事就是去上厕所。昨天的合作谈得挺成功，他下面可有得忙呢。

当然，他的下面现在也很忙，以四十分钟一次的频率忙碌着。

"笑笑姐，你怎么站着干活啊？"

面对小玉的问题，褚年只干笑不回答。他可不想说因为厕所跑了太多次，他心理上好像已经有了某种紧张感，只要一坐下就会开始想自己什么时候会想去厕所。

韩大姐在褚年的身后担忧地说："余笑啊，你这是开始尿频了吧？哎呀，我跟你说，你可千万别憋尿啊！我以前有个同事，就是憋的，最后憋出炎症来了，哎呀呀，怀孕的时候也不敢吃消炎药，遭了可多罪了。"

被韩大姐带着一脸一言难尽的表情一语揭破，褚年尴尬地张了张嘴，说："没有，那什么，我不憋。你放心，我不憋。"

韩大姐一直觉得"余笑"这个准妈妈当得不怎么谨慎，过了半个小时，见"她"又跑了一趟厕所回来，她忙凑过来说："你可千万别憋尿，我跟你讲，你那儿现在就是个瘪了的小碗，见过装满水的碗吧，一碰就洒出来了，你也一样，要是憋得多了，说不定……"韩大姐看了低头做合同的小玉一眼，压低了声音对褚年说，"说不定你一打喷嚏或者跳一下，就漏出来了，最好买点儿卫生巾什么的准备着。"

继捏扁的杯子之后，又出现了瘪了的小碗，褚年突然觉得自己的身体某处一阵儿发痒。同时，他的鸡皮疙瘩都出现了，眼睛也瞪大了。

打喷嚏都不行？！

跳都不行？！

啊？这都啥玩意儿啊？

怎么他这个京城二环内小三居还带漏水的？！

尿频给褚年带来的不便是方方面面的，无论是开会中途的匆匆离开、回来，还是在上下班路上计算着时间找厕所，都拖慢了他的工作和生活节奏。

回家的路上，他觉得自己格外疲惫，而且还有些渴——为了减少上厕所的次数，他下意识地减少了饮水量。在夏天这并不是个好主意，可每次他想喝水的时候，都会想起捏扁的纸杯和瘪了的碗。

同时这让他对打喷嚏和剧烈运动也有了不安的感觉。

照常在超市买蔬菜和水果的时候，褚年溜溜达达走到了卫生用品专区，韩大姐的话言犹在耳，这段时间吃了太多的亏，让他不得不考虑提前准备点儿东西未雨绸缪。

什么日用、夜用褚年大概是知道的，上大学的时候他帮余笑买过，还拜托了余笑的同学帮她送进楼里。

金融系的系草站在女生宿舍楼下面，隐隐能听见有人喊余笑的名字，带着掩不住的羡慕忌妒。后来，他又听见余笑的室友当着自己的面对余笑说："余笑，褚年对你可真好呀。"

真好吗？

褚年拿起两包卫生巾，一包是夜用的，一包上面写着透气性好。虽然不太懂明明是吸水的东西还要什么透气性，可既然标出来当卖点，那就姑且试试吧。

他那时候确实想让所有人都知道自己对余笑很好，也觉得自己做得不错了，可现在回过头来想一想，他跟个在河边遛弯的鹅也差不多，抻着脖子洋洋得意，嘴里"嘎嘎"叫个不停，连个蛋都没下，却叫得所有人都看见了他。

这就是他那时候的喜欢。

现在嘛，现在比那个时候好点儿，现在……他能揣蛋了。

被自己想出来的冷笑话给冷出了鸡皮疙瘩，褚年收回思绪，在货架的一角有了新的发现。

"安心裤？"

看着包装上的图片，褚年确实有了那么一点点安心的感觉，于是也拿了两个放在购物筐里。

在超市里耽误了一会儿，走出来没多远，褚年不由得加快了脚步，因为他又想上厕所了。

走进了小区的大门，他在保安室里急急地拿了余笑妈妈送来的饭——海带排骨汤和南瓜饭。

快走进单元门的时候，旁边传来一股刺鼻的汽油味儿，褚年忍不住打了个喷嚏。就在那一瞬间，他猛地夹紧了腿。

没漏！

真的没漏！

一只手捂着鼻子，两条腿还夹在一起，整个人像是僵住了一样停在那儿足足两秒钟，褚年确定了自己没漏尿，不由得长出了一口气。

松了气儿之后，他才发现自己的姿势多么别扭，两条腿扭曲在一起，像一只被冻僵的鹅，再看看四周，告示栏的镜面边框上映出了他现在可笑的样子。他这才知道，他真的是被吓到了，被小护士和韩大姐两个人，被他这半小时就想上厕所的尿频。

他现在怀孕快十二周了，可距离把孩子生下来还有六七个月，这么算下来，难道他要过六七个月尿频和提防着漏尿的日子吗？

回到家，先上一趟厕所，出来后煮上鸡蛋，再把排骨汤热一下，褚年会叫……千秋……"漏尿怎么办"。

看着各种锻炼盆底肌的方法，他按照两个看起来最专业的练了起来。至于网上那些说"漏尿是正常现象"的，褚年嗤之以鼻，要是漏尿都正常，那大小便失禁的也能跑马拉松了。

练了一会儿，久不活动的肌肉微微有些酸疼，褚年从沙发上爬起来走进厨房，先把跟鸡蛋一起煮的菜拿出来抹上点儿面酱，再把鸡蛋扔水里泡着，骨头汤浇在温温的米饭上，再把鸡蛋掰开连清带黄地倒进去拌匀。

饭吃了一半儿，褚年下意识想要喝水，想到尿频又忍住了，半晌才想起来自己已经是在家里了，这才安心地连喝了两大杯水，十分钟后又跑了一趟厕所。

6

在机场落地之后，余笑见到了传说中的林组长的爱人。

说实话，要不是她开口说话时的声音很女性化，余笑会以为林组长是个深藏不露的 Gay。

接下来，余笑想到莫北精心挑选的那条项链，这位看起来很飒的嫂子未必会喜欢。

一头奶奶灰短发、身穿黑色大 T 恤的女人挽着林组长的手臂，笑得很爽朗，说："我家老林真是多谢你们照顾了，尤其是褚经理，哎呀，我家老林一天照三顿加夜宵地夸你，比追我的时候好话还多，我寻思这人得多好啊，今天一看见你，我可算明白了，我家老林是真不会夸人啊！我要是他，光你这个脸我就能三天三夜地夸！"说完又是一阵爽朗的笑声，隐隐带着酸菜炖白肉的味儿。

莫北他们也有点儿呆，显然都没想到看起来很大男人的林组长的妻子竟然是这么个画风。

"我觉得你选的那个小提琴吊坠，太小气了。"江今在莫北身后低声说。

莫北默默点了点头，说不定大金链子、大金坠子嫂子真会喜欢。

林组长把两边人都介绍完了，拉着爱人的手说："媳妇儿，怎么还来接我啊？"

"接你，我是顺便的，我告诉你个好消息。"

"啥好消息啊？"几句话的工夫，林组长的口音也是雪里蕻炖豆腐的味儿了。

他爱人突然笑了两声，然后笑容满面、两眼发光地说："我把小兔崽子送去夏令营了，半个小时前刚走！"

林组长急忙问："去哪儿？去多久？什么时候回来？你给他带作业了吗？衣服够穿吗？"

他爱人说："去青岛，去二十一天，作业都带了，衣服也带了好几套。夏令营老师说了，每天两个小时看着写作业，等他回来作业也做完了哈哈哈！"

"哎呀！那可太好了！哈哈哈，这小兔崽子放假在家不用祸祸我了哈哈哈……"

人来人往的飞机场门口，两口子手拉着手，恨不能来一段儿《洋娃娃和小熊跳舞》。

其他人都被他们发自内心的快乐所感染，也跟着笑了起来。

林组长跟着媳妇儿乐颠颠地去过二人世界了，其他人则上了公司安排来接他们的车。

"褚经理，送你回家吗？"

"不用，我的车停在公司的停车场。"

小李还在回味刚刚与平时截然不同的林组长，笑着说："林组长和嫂子都特有意思，尤其是林组长，说着东北话的林组长咋恁萌捏（呢）？"不由自主地竟也东北腔了起来。

莫北接口说道："果然，遇到有趣的人，会让婚姻都变得有意思起来。"

余笑看向莫北，要是她没记错，莫北和她男朋友还有一段要解决的纷争，可想到自己现在是个男上级的身份，有些话就不适合说了。

"回去都休整一下，明天上班，过几天我去京城当面做阶段性总结，莫北和小李，你们两个还能跟着跑吗？"

两个年轻人虽然都觉得累了，可还是干劲十足地点了头。

莫北抓紧了自己的手机。她之前跟男朋友吵了一架，之后就几天没联系，说是给双方一个冷静和思考的时间，现在她已经有了决定，就看对方如何取舍了，这次她要自己去当那个做出选择的人。

把行李箱扔进车里，看一眼时间已经是晚上七点半了，余笑还是决定先回那个"家"去看一眼，看看怀孕的褚年，也看看那个计分器有没有又被他整出什么幺蛾子。

啧，她怎么好像也带了点儿杀猪菜的腔调？

握住方向盘启动车子，余笑又想起刚刚莫北说的话，不禁摇头笑了一下。

有趣的人当然能让婚姻有意思起来，可婚姻不是靠着有趣支撑的。曾经的她以为婚姻是靠着容让和奉献支撑的，这也是她从小到大所学的道理，可事实证明，她错了。

那婚姻是靠什么支撑的呢？

车窗外天色将暗，路灯次第打开，余笑眯了眯眼睛。在婚姻中，她是个彻底的失败者，所以并不知道真正正确的选项，她只知道什么是错误的——丧失了自我，忘记了自己的人生，这样的婚姻一定是错误的。

余笑走进电梯的时候，褚年正在厕所里研究卫生巾的用法。

"大头朝前还是小头朝前？这个撕下来了是一层胶，这个我知道的！可是胶面粘在哪儿？"褚年一时竟然有些疑惑了，"是不是直接糊上去更稳当，不会掉啊？"

想想又觉得十分荒谬，他把撕开的卫生巾叠一叠放在一边，又把手伸向了安心裤。比起要撕、要贴还要分辨长短的卫生巾，内裤模样的安心裤看起来可真是太省心了，就是看起来很像小孩儿穿的那种纸尿裤。

褚年从没见余笑穿过这种，想象一下一个成年人穿着纸尿裤的样子，他觉得哪里怪怪的，浑身上下都不太对劲："我是有一定概率漏尿，目前还没漏过，也没必要直接穿这种防尿裤子的东西吧？"他在心里否定着安心裤。

"稍微有点儿厚啊！"十五秒之后，穿好了安心裤的褚年拍了拍自己的屁股。

还没等他对着镜子看看是不是显得屁股更大了，一阵尖锐刺耳的声音响了起来——

"归零，归零，归归归零！"

手一松，安心裤的外包装飘到了地上。

那可是九十九分啊！他艰苦奋斗出来的九十九分啊！

没等褚年从悲痛中反应过来，余笑已经站在了卫生间的门口。

"你在干什么？"她问穿着安心裤、提着睡裙下摆照镜子的褚年，然后忍不住用手指揉了揉额头，"你现在这个样子……算了，你这个安心裤买的码有点儿大了，下次买 S 码到 M 码的。"

褚年并不知道这种纸尿裤，啊不，安心裤，居然还有码数的区别，摸一把屁股后面，果然是肥肥的多了一块儿。

摸完了，褚年突然反应过来，讪讪地放下裙子的下摆："你怎么突然回来了？"

"建设方案审核通过了，下一阶段的工作重点在京城总公司，我回来一趟再过去。你呢？这又是在闹什么？"

褚年张了张嘴，有些丧气地说："我没闹，就是……"

手指无意识地在睡裙上拧了一下，面对着余笑，褚年有些紧张。他都不知道自己为什么紧张，也不仅仅是紧张。

"就是……护士说可能是肚子有孩子刺激了什么，结果现在就容易尿频……韩大姐说不光尿频，还有可能就是……一不小心……"明明结婚三年了，明明在一起七年了，明明对方什么样的窘态都见过，褚年对着现在的余笑却说不出"漏尿"两个字。

"怀孕头三个月，子宫在盆腔里，子宫充血刺激盆底肌尿频，对吗？这是短期现象，等子宫进入腹腔就好了，不过——"

"短期现象？！哎呀，我还一直以为我会尿频到生了孩子呢！你这么一说我可放心了。"

"也别放心得太早——"

余笑的话还没说完就被褚年打断了，他一下子恢复了自信和骄傲，觉得前路广阔、未来光明："没事儿没事儿，不尿频那都是小事儿！呼——"长长地吐出一口浊气，他再次挺胸抬头。

余笑："……你膨胀得还挺快。"说完，她转身去了客厅。

褚年跟在她后面说："你什么时候下的飞机，吃晚饭了吗？"说完自己都觉得自己像个跟着老公回家的小媳妇儿。行吧，好歹是他今天形象里相对体面的那一个。

"晚饭吃过了，你呢？孕吐还好吗？"

褚年眼睁睁看着余笑迈着本属于他的两条大长腿坐在沙发上，再一抬眼就看见了那个糟心的计分器。现在，上面是个大大的"0"。

"我孕吐好了。我买了黄桃，你要不要吃？"说话的时候，褚年偷偷用脚把垃圾桶踢到了茶几底下，今天上班的时候他忘了把垃圾拎出去。

余笑垂着眼睛说："不用了，我就是来看看你，再告诉你一声，后天我休息，陪你去产检。"

"哦，好。"褚年说完，站在原地。

这对夫妻在对方的身体里，相对无言。

过了好一会儿，余笑先打破了沉默："今天我回来的一瞬间想过，可能这次我一进门就换回来了，但是结果你也看见了……褚年，我只能一次一次把分数归零。所以，你想好了吗？真的要生这个孩子？"

褚年凉凉地笑了一下。他可不信余笑说的，他只相信自己看见的，而他看见的是"99"变成了"0"，和从前没什么两样，所以他的选择也没什么两样——在目前的情况下，他想要留住换回来的希望，又想要保住自己的生活基础，那就只有一条路可以走。

"余笑，我说过的，除非我们换回来，不然这个孩子我生定了。"

目光触及那张坚定的脸，余笑笑了一下，然后垂下眼睛说："好，我知道了，从此以后这个问题我不再问，你好好生孩子吧，有什么事儿记得及时联系我。"说完就站了起来。

见她要走，褚年急急地说："你才回来一会儿就要走？"

"对啊，不走我干什么？看你继续用我的身体撅着屁股穿安心裤，还是看你什么都不懂地瞎折腾？"

"我没有瞎折腾了，你的那个笔记我都有照做，我每天吃水果、蔬菜，天那么热我还步行走回来，我还按时吃药……那什么，我今天还看见有锻炼盆底肌的，我还练了。"说着说着，褚年就委屈了。孕吐的苦是他一个人撑过来的，胸胀、腰酸，还有突如其来的尿频，这些生理上难以言说的痛苦成了他工作之外的主旋律，说是个孕妇，他更觉得自己像个在雷区行走的傻子，不知道哪一步就会被轰得遍体鳞伤。

余笑转过头来看着他，说："这些都是怀孕的一些基础知识，你的学习能力一直不错，这些应该都难不倒你。"

这话并不是褚年想听到的。他看着余笑，低声说："我能学，真的，我能学，所以……所以余笑，你能不能也……也像个……"

也像个知道家里有个怀孕妻子的丈夫那样，多关心我一点儿？

字字句句堵在褚年的胸口，他说不出来。

"像什么？"余笑掏出手机，"是钱不够了吗？你放心，你给你父母的明账暗账我都给了，不过都给了你妈。你从前养家，每个月给家里两千两百块钱的生活费，我给你双倍。要是需要更多，你之前存的那些奖金你想用就用吧，密码你也知道。"

这不是钱的问题。褚年看着原本属于自己的身体，恨不能透过这副皮囊看见里面藏着的那个人。

辛辛苦苦拎着东西走回家的时候，晚上吃完饭刷了碗在空空的房间里坐着的时候，半夜被胸胀或者腰疼惊醒的时候，早上沉沉的怎么都醒不过来的时候……他总希望有人能陪陪自己。哪怕只是说句话呢？哪怕就像这样不冷不热地、生疏地说两句话呢？他也会觉得更好过一点儿。

这种感觉在余笑回来之后突然被放大，堵在他的胸口，跟血块似的。

"褚年，你可是个男人！你得记得你是个男人，现在不过是一时的困顿，你不能把底子都丢了！"他在心里对自己这么说，点点的心声都带着血气。

余笑没等到褚年的回答，径直给对方转了四千块钱过去："后天我来接你。"

很快，这个房间又空了下来，只留下褚年无声地看着那扇被关了的门。

不过余笑食言了，没有如期接褚年去产检，因为她第二天接了一个电话，来自天池集团的董事长池谨文。

"两件事：第一是我们的项目计划需要做一个宣传，这个项目很急，需要你赶紧回总公司配合；第二是我昨天看了一个视频，褚经理，天池需要的是能够天长地久为公司工作的员工，而不是凭一时热血上头就敢独战群雄的猛士。"池谨文的语气很平淡，但还是能让人听出淡淡的责备意味。

余笑一听就知道，池谨文是看到了江法务拍的视频，这让她有些意外："董事长，我马上订机票回京城。至于第二件事……常山赵子龙也是活了七十多岁呢。"说完这句话，她有些不好意思地摸摸鼻子，觉得自己是不是有点儿不要脸。

隔了几秒之后，池谨文低笑了一声说："好吧，赵子龙，赶紧过来，我还等你替我杀个七进七出呢。"

坐在办公桌前的余笑摩挲着手里的钢笔，勾着唇角笑了一下，说："是，主公。"

公事赶得匆忙，余笑只能在去机场的路上给亲妈打个电话，请她帮忙陪着褚年去产检。

听着电话那头亲妈不仅没有一丝的不满，甚至还有点儿高兴，余笑觉得有点儿忧郁，她觉得自己的亲妈似乎把褚年当成了"小女儿"，照顾着照顾着，还有了别样的乐趣。

7

在一家三甲医院的门口下了出租车，褚年看见余笑的妈妈拎着个大袋子站在那儿："妈，您这又拿了什么？"

"你不是空腹吗，等你抽完了血就吃饭，我都准备好了。"余笑的妈妈拍了拍自己带来的饭盒。

看着她的笑脸，褚年只能点点头，小声说："谢谢妈。"

产检的流程很烦琐，体重指数、血常规、尿常规、空腹血糖、血压、心电图这些常规项目自然不必说，还要用彩超检查胎儿颈后部皮下组织内液体积聚的厚度（NT），另有各种肝肾功能检查和传染病筛查，此外还要确定胎儿的周数、预产期和做孕期高危因素的评估。即使有余笑的妈妈帮忙，做完了血检、尿检的褚年还是转得头晕眼花，坐在候诊区累得说不出话来。

余笑的妈妈给他带了芹菜猪肉馅儿的饺子和淋了一点儿酱油的白水煮鸡腿，褚年吃了两个饺子，又吃了一块鸡腿肉，肚子里有了东西，才觉得舒服了不少。

刚喘了一口气，毫无感情的电子音就提醒他，他又得进去面诊了。

在医生那儿，褚年恨不能把自己的脑汁绞出来去回答医生的问题，什么月经多久一次、月经有什么不良反应、上次月经啥时候……这些问题褚年一个都不知道，倒是余笑的妈妈知道一些。

褚年只能趁着人们都不注意发了条微信给余笑："他们问月经，我啥都不知道。"

很快就有了回复："二十八天一次，会下腹涨疼，上次来是你说你进了副经理候选名单那天。"

那天是哪天？褚年在心里默算着。

就在这个时候，医生问："你有过流产史吗？"

"……有。"

"是药物流产还是手术流产？"

"是……是自然流产，孩子刚四个多月就突然没了。"

"怎么没的？"

褚年猛地抬起头："什么叫怎么没的？我要是知道，孩子会没了吗？"

医生没生气，只是看着"她"，然后说："之前的病历有吗？给我看看。"

这个褚年是带了的。

看着病历，医生说："你这之前有过卵巢囊肿……再给你加个卵巢B超检查。"

褚年感觉到余笑妈妈的手猛地抓住了他的肩膀。

余笑的妈妈急切地问："医生，这个病会复发吗？"

医生说："不好说，卵巢囊肿的出现跟性激素分泌有很大关系，以前有病史，那这次最好查查。"

就在他们要走出医生办公室的时候，医生旁边的小医生说："都怀过一次了，怎么感觉还什么都不知道啊？"

强压着心中的忐忑，褚年想的是，上次怀的人不是他。

而余笑的妈妈想到的是另一件事——对呀，怎么褚年什么都不知道？

"妈，我有点儿害怕。"B超室外，褚年用力抓着余笑妈妈的手，可两只手都不够温暖。

"没事。"低着头拍拍自己的"女儿"，心酸和气愤冲得余笑的妈妈脑仁儿疼，"别怕，大不了就再做一次手术，你又不是没做过。"

听见余笑的妈妈这么说，褚年陡然觉得浑身发凉。

接下来，他更凉了。

"卵巢囊肿，做个腹腔镜检查吧。"

一整套检查彻底做完，已经是下午三点了，本来他只请了一上午的假，不得不在中午的时候打电话回去申请延长请假时间。

褚年坐在医院候诊区，觉得手和脚都是冰凉的，肚子里之前吃的东西按说应该已经消化了，他却觉得凝在了自己的腹部。当然，那也可能是盘踞在他卵巢里的那个囊肿。

他的眼前一时是余笑当初做完手术之后的苍白脸庞，一时是彩超图片上的斑斓，一时又是医生建议他做腹腔镜的样子……

腹腔镜他到底没做，因为当他听说要在肚子上扎个眼儿的时候就觉得有点儿虚，最后医生采取了别的方式为他做的检查。这对他已经是足够的惊吓了，谁能想到自己在怀孕之外，肚子里还多了个别的东西呢？

坐在他旁边的余笑妈妈表情木然，褚年觉得她也被吓到了。

"是这样的，对于你这种情况，我们有两个解决办法：第一个是暂时放着不管，等到你生孩子的时候选择剖腹产，到时候一并切掉，因为从目前的检查结果看，你这个卵巢囊肿并不是恶性的……"

听见这句话，褚年长出了一口气。

医生看了"她"一眼，接着说："但这并不代表就没事。我研究了一下你之前的病灶位置，是位于子宫的侧后方，病历上说你之前的囊肿是多个囊肿，最大的直径是五厘米，我认为你之前那次流产就是卵巢囊肿压迫了子宫导致的，可能一开始做检查的时候没有发现囊肿。如果我们现在对你的新发囊肿暂时不管，是否会再次压迫子宫导致流产不好说，因为这个位置真的不太好……另一种做法就是尽早进行腹腔镜手术，利用设备抽掉囊肿里的积液，再注入无水酒精进行冲洗，让囊肿彻底干瘪。这种做法风险小，对人的损伤也小，你之前也做过，具体流程都知道，你可以考虑一下。"

褚年真心想选第一种，无视肚子里的那个"包"，一直到生孩子的时候让它当另一个附属物一般取下来，也许……也许这次不会挤到子宫呢？他褚年怀的孩子，肯定会健健康康，直到被生出来。

"医生，我们想手术，您看看怎么安排一下？"

他听见女人的声音在自己耳边响起，转头看见了余笑的妈妈，她的一只手抓着自己的手臂，紧紧地。

"妈？我……"

"这个手术你必须做！"余笑的妈妈死死地盯着他。

"妈？医生……"

"这个手术你必须做！为了孩子你也必须做！"

褚年曾经感叹过余笑的手指在结婚后变得纤细，肉感全无，此刻觉得她的手大概就是遗传自她的母亲，有力的指节外面仿佛只包了一层薄薄的皮，像是被单薄棉布包裹的钢钳，正死死地抓着他。

"你要是不做，这个孩子没了，责任你担得起吗？"

说实话，余笑的妈妈有点儿吓到他了，褚年茫然又害怕地看着自己的丈母娘，不明白对方为什么会突然有这么大的反应："妈，做这个还要住院请假，我现在的工作……"

"你从前能做，现在也得做！"

褚年想要后退，却还是被余笑的妈妈牢牢地抓着。

没有再看他，余笑的妈妈转头看着医生说："医生，想要安排手术需要怎么做？我想让他尽快手术。"

褚年慌了："妈，我工作那边马上就要跟人谈合作了，我不能这个时候做手术啊！我为了这个项目都忙了半个月了……"

余笑妈妈的表情几乎是凝固的，只说："项目？你好好把孩子生下来才是最大的项目！"

这话让褚年难以接受，更让他难以接受的是余笑妈妈态度的转变，亲妈一夕之间成了"后妈"，对他而言，这冲击力不亚于他肚子里突然多出来一块东西这个事儿。

"妈？你到底是怎么了？"

"怎么了？我是怕你把孩子给折腾没了！你之前没了一个孩子你是不知道吗？我告诉你，你不用跟我较劲，你要是不做手术把囊肿拿了，我就告诉亲家，我看他们会怎么说！我管不了你，有人能管得了你！"

听着这话，褚年的头"嗡"的一声就大了："妈，妈你别这样！"

"做手术，立刻预约做手术！"

接到自己母亲电话的时候，余笑的第一反应是褚年的产检出了什么问题，没想到第一个劈头盖脸砸过来的问题却是——

"你告诉我，褚年是不是从没陪你产检过？"

余笑愣了一下，两秒钟后，她没有正面回答这个问题，而是说："妈，检查还顺利吗？"

她妈妈的声音猛然拔高到了尖利的程度："你告诉我，褚年是不是没陪你产检过？！"

"是。"

知道怀孕的时候已经怀孕六周了，在知道这个消息的那天，他们决定结婚。两个人的婚礼办得简单，找了个婚庆公司买了个套餐，在一家酒店请了十几桌，从婚纱到钻戒全是租的，敬酒的时候穿的旗袍是花了三百块钱从网上买的，收到之后发现略肥大，还是傅锦颜找了她的朋友帮忙改的。

好不容易结婚了，褚年说自己之前忙着筹备婚礼，工作进度被落下了不少，余笑就说："你努力忙工作，家里没什么需要你操心的。再说了，产检又哪里需要人陪呢？"

可后来孩子没了，错也都是余笑一个人的。

"你……你当初流产也去了医院，你后来流产没有流干净又住了医院，卵巢囊肿手术还是住院……你在医院来来回回得跑了十次吧？你告诉我，褚年陪过你几次？！啊？他陪过你几次？他陪你做过检查吗？他给你送过饭吗？他知道你到底都受过什么苦吗？"尖锐的声音里带着一点儿哭声，像是开了血槽的刀，扎进人的心里，血就奔涌了出来。

余笑稳定自己的声线，慢慢地说："妈，你别这样。"

"他陪过你什么？你告诉我！"

"妈，他是陪过床的。"

可陪床之外呢？余笑并不想去回忆那些时光，没有意义了。

她妈妈显然并不这么认为："那时候你们刚结婚！你们才刚结婚，你住院他都没有请过一次假陪你吗？余笑你不用现在跟我装这个样子，他在外面有女人是现在的事情，你……你……我怎么也没想到你们才刚结婚，他就连你检查都不陪！"

"妈，你别这样。"余笑深吸了一口气，"我不想再去想这些了。"

"什么我别这样！我怎么就把你教成了这个样子？啊？余笑你告诉我，妈妈是哪里教错了你，你受了委屈都不知道自己受了委屈吗？他刚结婚的时候就不干人事儿啊，你都不告诉我！我还看他人模狗样，天天把他当个好女婿，啊？余笑，你告诉我，告诉妈妈，妈妈到底是在哪儿把你教错了？！受了委屈你是不知道啊，还是不会哭不会闹啊？你是傻的吗？"

手机旁的嘴唇抖了抖，余笑闭上眼睛又睁开，妈妈的声音在她的脑海里回荡着，和很多声音混在一起——

"你看看你，菜都做不好，也不怕褚年的爸妈嫌弃你。"

"褚年，余笑从小是独生女，被她妈惯坏了，你遇事儿别让着她。"

"褚年刚开始工作，你得多顾着他知道吗？"

"怀孕了也别娇气。"

"余笑，你可别学外面那些女孩子，也别学你妈，你看看，遇事大呼小叫，哪里有当妈的样子？"

"行了，这样儿可别让褚年看见，别让他嫌弃你。"

"都嫁人了，可不能娇惯自己，别给你爸妈丢脸。"

……

"是呀，受了委屈要会哭会闹，要知道自己是受了委屈。如此简单的道理，我活了快三十年，真的没人教过我。可褚年天生就会，在你们的眼里，他千好万好，即使是现在，即使是您知道他出轨的现在，不也愿意给他做饭、陪他产检，仿佛在娇养另一个女儿吗？我不知道我被杀死的、被碾碎的东西在哪里，可能在你们的嘴里，在你们的脚下，别跟我要了，我给不出来！"

这样的话，余笑知道自己不能说出口，于是牙根咬得死紧，就怕一张口，喷出的都是能伤人的毒。

长久的静默，是她能给出的唯一回答。

在某个瞬间，余笑觉得自己又回到了从前，比之前更早的从前，那时候她妈妈总是对她不停地训斥、不停地尖叫，她想捂住耳朵都不敢，只能默默希望自己不要成为这样的人。

她终究没有成为跟自己妈妈一样的人，却也没成为自己想成为的那种人，那种能不被任何言语束缚的人，像一只鸟飞在没有阴云的天空。

遇到褚年之前，她在本子上写过这么一句话："可能这一生，我竭尽全力地去奔跑，也逃不过一个巨环的包围，直到成为另一个环，只是更小、更小。"

现在，余笑想起了那句话，她想，她不会成为更小的环了，于是这足够安慰她此刻的沉默。

坐在家里的餐厅里，攥着手机，余笑的妈妈红着眼眶呆坐着。大概过了几分钟吧，另一把椅子的影子从西边来，拉长到了她的脚下，她猛地抬手，给了自己一个耳光。

8

褚年在照镜子。

"我记得是在这儿啊！"

记忆里余笑是在身上贴过纱布的，还是好几块，还有一个带皮扣的怪东西，褚年当时只掀开看了一眼就不想再看第二次了。

其实余笑的腰很好看，纤细、柔软，褚年曾经最喜欢看她穿连衣裙，窄窄的腰揽在怀里，说不出的舒服和满足。可那次看过捂着纱布的肚皮之后，哪怕在床上，他也更喜欢后面的姿势。

正常人都喜欢没有瑕疵的东西，他完全不觉得自己哪里不正常，就像……当余笑暴露出越来越多的缺点，整个生活都寡淡无味的时候，他也想去找些更没有瑕疵的来。

可这种想法真的正常吗？

在余笑的小腹侧边，褚年找到了一个小小的疤痕，大概只有一厘米长，肉红色，凸了出来，摸上去让人很不舒服。手术的时候，有东西从这里伸进去，然后割掉了什么东西再……拔出来？

褚年又看见了另一个伤口，只是看着，他就感觉自己的小腹肌肉一阵抽搐，好像曾经的痛感正在他的身上重演。

医生说孩子稳过三个月之后做比较好，他也就有了几天的喘息机会，就像那些死刑犯上断头台之前待在牢里的最后一晚一样。

"孩子啊，你怎么还带买一赠一的呢？赠就赠吧，怎么还赠了这么个能祸祸你的呢？"

调侃并不能消减心中的恐惧。

如果是从前身强力壮的那个身体，医生说做个手术，在肚皮上打几个洞，他虽然也会犯嘀咕，但还不至于害怕到惶恐的地步。可余笑的身子不一样，她这么薄、这么瘦，刚怀孕就能吐得昏天黑地，现在还没补回来，动不动就腰疼、胸疼，怎么身体里就长了这么个东西啊？

白晃晃的灯光下面，褚年觉得镜子里的那张脸已经苍白得和刚下手术台的时候一样了。他猛地把睡裙拉下去，离开卫生间，躺在床上，长长的光从门缝里照进来，他困乏地眨眨眼睛。

"我在哪儿？"

褚年一阵恍惚，发现自己是站着的，床上另外躺了个人。那个人脸色苍白，嘴唇没有丝毫温暖颜色，眼睛紧紧闭着，整张脸都是苦的："老公……褚年……"

正是余笑。

"孩子没了。"

这是余笑的哭诉声。

褚年没听见自己说话，只看见白色的纱布贴在余笑的肚皮上，还会动。

"这个地方开刀了，拿出来了……"

拿出来什么了？孩子怎么了？你先告诉我孩子怎么了？

接着，褚年发现自己躺在了病床上，一群黑影在看着他。

"你得做手术！"

"得把东西取出来。"

"是拿孩子出来，还是拿别的？"

"有什么拿什么。"

那些声音就响在耳边，像作祟的小鬼，又有些耳熟，褚年想挣扎却无能为力。

"褚年，孩子没了。"

"褚年，我要去做手术了。"

"褚年，你看，我流血了。"

这个声音褚年听出来了，是余笑。

不对，是余笑还是他？没了孩子的是余笑还是他？要做手术的是余笑还是他？在流血的是余笑还是他？

"啊！"

眼前一片猩红的混乱旋涡，褚年猛地坐了起来，抱着发凉的肚子，好一会儿才反应过来自己其实是做了个噩梦。

手捂着额头，他摸了摸床的另一边，是空的。

拿起手机看一眼时间，是早上五点，但褚年还是拨通了余笑的电话。

远在京城的余笑前一天开会到晚上九点，睡着时已经快十二点了，电话声响起的时候，她眼睛都没睁开，就先摸索着接起了电话。

"余笑……"早晨的凉意从四面八方涌来，一身冷汗的褚年披着薄薄的被子，像是抓着救命稻草一样抓着手机，"余笑……余笑，你妈不让我告诉你，可我太难受了。余笑，又有囊肿了，医生说要是不赶紧拿掉，可能这个孩子都保不住，我怎么办？余笑……"

无数想说的话卡在喉咙里，褚年最后只说出了三个字："我害怕。"

字字句句在一大清早就犹如碎冰一样砸在余笑的身上，她默默坐起来，又默默下床，脚踩在柔软的鞋里："医生是怎么建议的？"

"说是可以等生完孩子一起做掉，但是囊肿位置离上次那里很近，医生说你上次可能就是囊肿导致了……所以建议我赶紧做掉。"

"腹腔镜手术吗？"

"嗯。"

"没事的，我做过，对人伤害很小。"

"不是……"手指抓在床单上，褚年想说他觉得一切的不幸都在围绕着他，事业上他可以挣扎，人际关系上他可以对抗，可身体这样莫名其妙地扯后腿，他实在不知道该如何应对。但是他想起了电话另一边的人是谁，那不只是他现在唯一能倾诉和依靠的对象，而是余笑，是经历过这一切的余笑。

电话那边，余笑的声音清楚又平静："我当初是做了腹腔镜手术，其实科学技术一直在发展，说不定这几年就有别的技术了呢？你要不要多问两家医院，比如省城的？或者你把检查结果发给我，我看看能不能在京城给你找人问问。"

其实除了这些，余笑也不知道她能说什么。温暖的手掌抚摸着腹部，在这样的一个早上，她被迫想起了自己曾经失去的和遭遇的。所以，她的"不能"不是知识范围和讲话内容的不能，而是说话这件事本身的不能。

挂掉电话，她躺在床上，一口气做了一百个卷腹。

9

余笑的话还是安慰到了褚年，上班的时候，他的气色还好。

"爱的安全感"项目一直在推进，省城的工作室和程新这边除了正在进行的设计项目之外，也在紧锣密鼓地为两个月后的家博会做准备，相关的宣传页和海报也贴在了他们的这个小小工作室里。

"笑笑姐，客户说她对咱们这次的主题设计感兴趣，程老师让我问你要不要亲自去做讲解。"

正在看材料的褚年抬起头，眼睛的余光已经看见了会客室里的客户："好。"说完，他就站起来，直接往会客室走去。

"笑笑姐？哪个客户你不用先问问吗？"

"不用。"清瘦的脸上带着自信的笑容，在面对客户的时候，褚年敢说第二，整个池新市场部没谁敢说第一，更何况是来了这个小小的工作室。

走到一半的时候，透过镜子看了自己一眼，褚年脸上的笑容变成了恰到好处的温柔亲切。

即使没有从前那张帅气的脸，他也有足够的专业和扎实的经验。一个半小时之后，褚年在小玉崇敬的目光中轻轻挑了一下眉头。

"笑笑姐，你太厉害了！"

"一般一般。"褚年谦虚着，可嘴角的笑却怎么都压不下去。一出马就直接签了一单主题风格的全包装修，谁还有这个本事？

连程新都忍不住说："余笑，你确实是厉害，人才啊！听你刚刚说的，我自己都想把家里的风格换一换了！"

面对程新这半个上级，褚年当然不会再摆出得意的样子，他略略塌下肩膀，面带微笑地说："是程老师您这边铺垫得好，也是您给我机会让我来试试，我自己都不知道能谈成呢。"

久违的成就感和被认可的快乐让褚年暂时忘记了手术的事。

下班之后，他和平常一样坐了几站车，到菜市场买了点儿蔬菜、水果。

今天余笑的妈妈没来送饭。褚年也不太想见她，昨天在医院，余笑妈妈的样子吓到他了。

走到小区门口，褚年停住了脚步，因为他看见了另一个人——他亲妈。

"你怎么又来了？褚年不是不让你来了吗？"

一段时间不见，褚年的妈妈变化不小，头上新做了卷儿，衣服的样式也比之前时髦了，脖子上还戴着褚年从前送的钻石项链。看见自己的"儿媳妇"，她笑得又亲切又热情又心疼，迎上来说："笑笑，我听你妈妈说你又生病了，我怎么能不来看看呢？哪天做手术呀？我可跟你妈说好了，等你做手术，我和她轮着陪床。"

"我不用你陪。"褚年扭着肩膀避过自己亲妈的手，差点儿把手里的西瓜甩出去。

"余笑，你大着肚子呢，你得听话。"褚年径直绕过自己的亲妈往小区里走，他亲妈却又贴了过来，"做手术得花不少钱呢，你的钱够吗？笑笑，要我说，你就该找个能压得住事儿的人替你守着，要是一直有人照顾着，你也不至于又长怪东西。"

褚年左避右闪，自从符灰炖汤那件事，他就对自己的亲妈有了浓浓的心理阴影，面积比他住的小区都大了："你有什么事赶紧说行吗？坦白说吧，自从上次你带个男人来堵我门，我就不想让你再进我家门了，你知道吗？"

明明语气已经很重了，褚年的妈妈却不放在心上，只一直看着"她"的肚子。

"有话你就说，说完了就走，你要是不说，咱们就在这儿耗着。"

"我说你不知道照顾自己，你还连家门都不让我进了啊？唉，算了……"褚年的妈妈笑着从随身的小包里拿出一个小红兜儿，作势就要往褚年的手里塞。

"这是什么？"

"这是除病去疼的符，一张两百块钱呢，你可得收好了。"

褚年不想要，两只手都往后背着，连碰一下都不愿意："我不要。我跟你说啊，你给我什么东西我都不会收了。"

"你这孩子，你怀着的是我的孙子，我还能害你不成？你拿着，我跟你说，你拿着这个，做手术的时候就不疼了，这样啊，咱们就不用打麻药了。"

"你在胡说什么？我做手术怎么可能不打麻药？！"那可是在肚皮上开口

子，怎么可能不打麻药？！

褚年的妈妈看"她"这样子，皱起了眉头，那眼神仿佛是"余笑"不懂事似的。她说："你可是怀着孩子呢，怎么能打麻药呢？你不知道吗，打了麻药，到时候药都进了孩子脑子，那是胎毒，生出来的都是傻子！"

"我看你才是傻子！你想怎么样？你想让我生挨一刀啊？你怎么不自己试试呢？啊？拿着这么个符就来糊弄我，你还有没有点儿人性了？你真信这玩意儿能让我做手术都不疼吗？还是你就想忽悠我为了什么胎毒、什么不伤脑子就不用麻醉了？！"褚年觉得他妈真是每次都能突破自己的底线。

"为了孩子你忍忍怎么了？你怎么不想想你之前已经没了一个孩子，要是这个再被你作没了、作坏了，我们老褚家……"

"去你的老褚家，你们老褚家可还有个西厂的寡妇呢！你给我走，你不走我就报警！"

"我什么都没干，你报警有用吗？余笑，我告诉你，我可跟你妈说了，你做手术的时候我陪你去，到时候你要是敢用麻醉，我就敢不签字，咱们就耗着。就你还跟我横？我告诉你，别以为你妈就能帮你惯着你自己，她也不想让你打麻药，不然怎么把我叫来了，就是自己不想当这个坏人呗！"

"砰！"

半个西瓜被褚年狠狠地砸了出去："你给我滚，你给我滚！"

褚年妈妈并不想离开，她觉得自己占理得不得了，不仅态度上理直气壮，语气上也是语重心长："余笑，你仔细想想，你打了一针麻药，你是一时不疼了，对我孙子来说那可是一辈子的大事儿。你想想褚年现在这个样子，孩子可是你将来一辈子的依靠啊！"

一辈子的依靠？这六个字褚年昔日听过无数次，那时候他是被依靠的。而今天，他第一次意识到这几个字是多么的可怕。就他肚皮里这个小东西，就是他一辈子生命的牵系和人生的重点吗？那他呢？站在这儿的、活生生的、能喘气、有悲喜、努力在这个社会向上攀登的他呢？甚至都不用什么一辈子，就现在，就现在！他呢？

而他那个把他当成"一辈子依靠"的妈，嘴里还在说个不停。

"你不走是吗？"深吸一口气，他眯了一下眼睛，一屁股坐在了地上，一脚蹭掉一只鞋子，闹吧，闹吧，看谁能闹过谁，"救命啊！我婆婆要杀我！我婆婆疯了！"声音里是真实的凄厉和绝望。

拎着菜路过的阿姨和伯伯被他这一嗓子吓了一跳，看着这一地的狼藉，那个伯伯大喊了一声："你干什么呢？"

褚年的妈妈笑着说："我儿媳妇跟我闹脾气呢，你们不用管。"

伯伯脊背笔直地说："怎么能不管？你把人逼成这样了，别人管不是应该的？"说着，他就站在了两个人中间。

和他一起的阿姨蹲下来，拉着褚年的手臂，嘴里说："还好意思说是别人婆婆，看着你儿媳妇坐在地上都不拉一把，敢情嫁进你们家就是卖给你们家了，喊打喊杀由着你们？别哭，有事儿跟阿姨说，阿姨解决不了就找居委会，居委会解决不了就找警察。"

这位阿姨不说，褚年都没发现自己的脸上竟然有眼泪："阿姨，我不知道该怎么办了，谁能救救我呀？我现在怀着孩子呢，查出来有个囊肿得做手术，结果她跟我说不让我用麻药，说是给个符就不疼了！阿姨，她之前还拿符灰炖汤给我喝……"

说起自己亲妈做的事，褚年能说两个小时不带喘气儿的，他自己都不知道自己的心里居然积攒了这么多的怨气，这么多的委屈。

他的哭喊不止引来了这对夫妻，还引来了别人。有个路过的阿姨对着手机说："刘主任，你快来，7号楼这里家庭纠纷闹起来了。"

又有人叫了保安。

人来得越多，褚年就越做出委屈的样子，一时抱着肚子，一时捂着眼睛，一时抓一下头发。如何让自己作为一个"女人"去"体面"，褚年需要殚精竭虑地去想，可如何让自己"不体面"，他觉得自己意外地有天赋。

"妈，我求你了，你不能趁着褚年不在就一次又一次地折磨我呀，不打麻药在肚子上开洞，你这是要借着孩子的名头弄死我啊！"

"我怎么是折磨你了？你这个孩子是听不进好话去了？我……"看着围上来的人越来越多，褚年的妈妈略有些气虚，脸上挂了笑，又说，"我也没做什么，她是自己坐地上的，还拿西瓜来砸我，你们看看这地上。"这些话是对着那些围观的人说的。

还没等褚年说话，那个扶着他的阿姨直接开口了："行了，你别瞎说了，你儿媳妇天天在我们楼里进进出出的，哪天不是干干净净，看见我们就笑？你看看现在，都成什么样子了？"

"对呀，你别在我们这儿演戏了，小余什么样儿我们能不知道吗？我也知道你，从前是十天半个月来一次，跟个检查工作的领导似的，你媳妇还总是把你一直送到小区门口……你看看你穿得干干净净，你再看看你儿媳妇现在的样子，这都不知道受了多大的委屈！"

"上次我家孩子在小区里乱跑，就是这个姑娘给送回来的，哎呀，这才多久，我都不敢认了。"

捂着脸的褚年有点儿呆滞。他没想到竟然这么多人知道余笑，还说现在的"她"是被婆婆折磨成这个样子的。

什么样子？有那么差吗？

嘴里呜咽着，他透过指缝，看见了无数同情的眼神。

褚年的妈妈还要狡辩，一个年轻人开口呛她："快得了吧，你要是真好心，怎么是你儿媳妇摔西瓜？西瓜是谁拎着的？她怀孕了你还让她拎着一堆水果、蔬菜，你自己手里空空的，还好意思说是对你儿媳妇好？哪儿好了？帮她健身呐？"

"怎么回事儿？"一个中年男人打头，带着几个人穿过了人群。

跟在他后面的保安说："刘主任，这个是住户的婆婆，之前就来闹过事，上次还闹进了派出所。"

被叫"刘主任"的领头男人是居委会主任，知道了事情的原委之后说："别哭了，哭也解决不了事儿。你丈夫呢？他在哪儿呢？你怀着孕呢，他自己不管，怎么就让你们两个在这儿闹腾？能闹腾出什么结果？"

褚年哽了一下，说："我老公在外面出差。我老公在的时候我婆婆不敢来闹的。"

听了这话，男人转身看向褚年的妈妈，一脸的严肃郑重："合着你也知道谁好欺负？我跟你说，大姐，老思想得变变了。第一，身体出了问题得听医生的，医生怎么说咱们怎么做，这叫遵医嘱，不是你凭着老思想、老经验和不知道从哪里听来的谣言就能去做决定的。第二，你知道你这是在干什么吗？你这叫宣传封建迷信，你这种做法我们是得找警察来处理你的！第三，你儿媳妇和你儿子那叫结婚，知道什么是结婚吗？就是结婚证两个人一人一本，一样厚薄，上面的结婚照也是两个人头并头一样高，没有谁比谁矮一头，这叫平等。"

刘主任一看就是老办事员，气势足，说话清，道理明，不是寻常和稀泥的态度。他一边教育着，一边带着人把褚年的妈妈往小区外面送。褚年的妈妈想说什么，都被他给挡回来了，还有两个居委会工作人员拦着她，不让她折返回来再闹。

"余笑！你！我跟你讲，你做手术的时候……"

听见自己的亲妈还在叫喊，却又被人拦下了，褚年的心里并没有多少"再次胜利"的喜悦。

单元门口，人群渐渐散了，他捂着自己的肚子，透过柔软的布料，他好像又摸到了余笑身上的疤。

"没事儿了，唉，你老公……不是我说，这也太不像样了吧？自己的亲妈不能自己管吗？"

"不是……不是她的问题。"褚年很沮丧，声音低低的，他说的"她"是余笑，但人当然不知道。

"怎么不是他的问题？你也太——"开口就带着辣椒气的年轻人还带着分

明的爱恨，话却被揽着褚年的阿姨打断了。

"好了，回去好好休息，没事儿。实在不行啊，我就联系一些业主，咱们跟物业保安商量一下，以后要是你婆婆再来，让保安帮忙拦一拦。不过最好还是你和你爱人商量一下，很多事情啊，他出面最有用了。"

褚年"嗯"了一声。

他买的蔬菜被人捡了起来，里面还多了一包不知道谁买的甜瓜。

上电梯的时候，褚年看着镜门上照出来的自己，真的狼狈、落魄……

"你不如余笑。"他对自己说。

十几分钟之后，远在京城，正在吃晚饭的余笑接到了一个电话，是居委会打过来的。短暂交谈过后，她想了想，给褚年打了电话。

那时的褚年刚在网上搜完"孕妇做手术能不能麻醉"，看着母婴论坛里满屏都是"当然不能""要为孩子着想""生完再做手术，孩子要紧""你去了医院也没人给你治"……他都不知道自己该说什么。有病吧这些人？

他陡然生出了一种奇怪的感觉，这个世界明明是在向着一个方向前进的，偏偏就有一些人被困在原地，甚至在往后退。

困住她们的是孩子吗？

摸摸肚皮，褚年摇了摇头。

"刚刚你妈又去找你了是吗？你还好吗？"通过热心的居委会阿姨，余笑清楚地知道了褚年当时有多么凄惨。当然，出于阿姨调解家庭纠纷的必然需要，她所知道的更甚过真实发生的。

"我还好。"

褚年没有办法形容自己听到余笑的声音时的那种感觉，但是他知道，他能够说出自己的困惑和不解，能够得到从别的地方得不到的安慰。

他诡异地相信这一点。

虽然他同时也深信，如非必要，余笑会与他老死不相往来。

"余笑，你知道吗，我现在已经不会生气了，就好像认命了一样，明明我妈的做法再次让我……让我目瞪口呆。"

余笑没说话，但褚年知道她在听。

"我现在看见她就觉得自己在闯关，一关比一关狠，然后我发现其实世界上闯关的人不止我一个。"

"褚年。"余笑叫了他一声，说起的是别的话题，"手术的事情，我联系了当初给我治病的一位医生，她现在调去了省立医院。她说在那边的话，如果你的情况允许，可以考虑做穿刺治疗，对身体的伤害更小。我妈那里有她的微信，我也是从我妈那儿要来的。"

听见这个消息，褚年高兴了起来，他笑了两声，又突然停住了："余笑，你之前做手术的时候，做了麻醉吗？"

"当然。"电话另一边的声音很平静，"手术同意书还是你签的。"

签了就急急忙忙地上班去了……

褚年的心里莫名地松了一口气，然后更高兴了。

他绝对想不到，余笑此刻想起的，是她腹部包着纱布的时候，褚年看向自己的眼神。也许从那一刻开始，所谓的爱情就已经成了一场自我欺骗又难以自拔的狂欢。

眼前是京城二十六层高楼看见的夜景，脚下车水马龙的光流无声璀璨着，这些都是流动的，唯有医院空荡荡的白色天花板是凝固的，带着所有的痛苦和凄凉。

确认了褚年没事，余笑下一个要解决的就是褚年的妈。

摁下拨号键之前，她对着手机苦笑着摇摇头。一个被出轨了的女人，还要替那个出了轨的男人搞定他自己的亲妈，这一幕大概是他们交换身体以来最魔幻、最好笑的一幕了。

电话另一边，褚年的妈妈一拿起手机，声音就是哽咽的："儿子啊，是不是……是不是余笑又打电话向你告状了？唉……"一声长长的叹息，又是夹着抽泣的，"算了，随便她怎么说吧，毕竟她怀着孩子呢，现在还是先顾着她吧，你妈我呀……委屈点儿无所谓，最重要的是你们得好。"

这且泣且叹的话，要是不知情的人听了，怕是会觉得所有的不好都是余笑的，一个仗着怀了孩子就作威作福的儿媳妇，也不知道让这个婆婆受了多少委屈。

"妈，我记得我之前说过，您别去折腾余笑，我就把打给家里的钱给您，既然您没做到，那下个月，我就……"

"别！"一听到"钱"这个字，褚年的妈妈也顾不上装腔做戏了，连忙说，"你爸这个月好不容易没有钱，人家那边也不要他过去，你可千万别又让他野——"尖锐的声音戛然而止，似乎是说话的人知道自己失言了。

电话对面是沉默的，这边的余笑几乎立刻就知道"人家那边"是哪里。当初在褚家，她一句话居然碰巧挑开了他们那一家和乐下暗藏的污秽与不堪，直到现在，她想起来心里都会泛起一阵恶心。

"儿子，你爸的事儿……你爸的事儿你别往心里去，他……你就当不知道，其实……其实……"褚年妈妈的声音里竟然有些彷徨无措。

从"真相"揭穿之后，余笑能感觉到，褚年的父母一直避免在"褚年"面前提起他们两个人之前的事情，仿佛戏演了太久，不肯脱下那层光鲜的戏服。而她自己也好，褚年也好，之前一直都被这样的戏服欺骗着。

"妈，既然您不让我打钱，那我就不打了，不给您，也不给他。"

"不行啊，褚年，你——"

"余笑怀孕生产都要花钱，我在外地，手头也紧，就这么说定了。"

"不行！不行！儿子！儿子！妈只有你了！我刚靠着你的钱过了两天舒心日子，儿子！儿子，妈求你了，妈求你了！"

听着从前对自己颐指气使的人说着"求你"，余笑的心里并不觉得开心。应该说，自从在赭阳被那个女人当众一跪，余笑觉得自己似乎有了心理阴影，她会去想"这个人到底做错了什么，才变得这么卑微"，哪怕现在的"这个人"折磨过她、折腾过她。

余笑还记得她这个"好"婆婆曾经"不小心"把茶水倒在地上，让刚流产了几天的她下来擦地板。那时候她多天真啊，以为只是家务没人做，还让朋友帮忙请了保姆回来，结果就是一场大闹，她像个被欺负了的孩子一样跑回家，又被自己的父母和丈夫劝了回来。

余笑也记得她这个"好"婆婆曾经口口声声说她是没了孩子之后就什么都做不好的怨妇，说她耽误了褚年，说她花着褚年的钱却不知感恩，甚至有一次她买了点儿杏鲍菇回来炸着吃，不过花了十六块钱，就被训斥了一个小时。

这些她都记得。

她痛恨过，更多的是无奈和忍让，因为也没有别的办法。

现在想想，这个成了她生活中阴影的人不也一样吗？也是一样没有别的办法，只能忍让、哀求。

"那我们说好，从现在开始，这一个月您不去骚扰她，我就给您打一次钱。下个月我只会打一半，因为您今天这顿闹腾。"

褚年的妈妈又叹了一口气，慢慢地说："儿子啊，你说妈妈到底做了什么孽，嫁了你爸，辛辛苦苦遮掩着过日子，到头来还被自己的亲儿子拿钱要挟着？"

"妈，其实我一直都觉得，您知道您自己做的事都是不对的、不好的。"余笑舔了一下嘴唇，嗓子有点儿干涩，"可为什么您就一直要那么做呢？"

"什么叫不对、不好？我做什么了？褚年，我跟你说，就你找的那个媳妇儿，你说她能找警察来抓我，今天又挺着肚子跟个泼妇一样的跟我闹，你这个当儿子的也不知道怎么回事儿，就一个劲儿地为了她来要挟我……你说啊，我这些年吃苦受罪把你养大了，我得了什么好处？就被人这么把脸面往地上踩，我还不能说了是吗？"

余笑的口气比之前重了一分，她的耐心在被消耗："那从前呢？"

"我从前怎么了？我从前挺好的呀。褚年，余笑是不是又跟你说了什么？

唉，怎么了？这是催着你，让你来跟你亲妈算账了是不是？这算什么，痛打落水狗？"

话题似乎没办法再进行下去了，就在余笑想要挂掉电话的时候，她听见褚年的妈妈似乎轻笑了一声，然后说："我要是不把余笑压服了，就凭人家的家世、学历，能乖乖在家里伺候你，再从她家里拿钱出来？"

第二章　**安全感**

我到底做错了什么？！
为什么就这么折腾我？！

1

"确实可以做穿刺治疗，就是囊肿的位置很不好，要是胎儿再大一点儿会更麻烦。余女士，我早就跟你说过，你先不用忙着要孩子，先把你的激素调整好，再把身体养好一点儿，将来生孩子也好，结果又早早地怀上了，你丈夫又没陪你来。"

褚年确实没见过这个看起来四十多岁的女大夫，或者说他就算见过也没什么印象。

余笑的妈妈在一旁干笑着说："她老公出差，没办法。那个，大夫，这个手术是不是很简单啊？对身体没什么坏处吧？"

"小手术，都不用住院观察，你们把费用交了，然后拿着单子回来排队，我下午就能给你做了。"

都不用住院，可见这个手术确实小了。褚年觉得自己胸口压着的大石搬了一半下来。

"那……那我这个手术需要打麻醉吗？"

"麻醉？"女大夫眨了一下眼睛，说，"要是你真不放心，麻醉也可以不打，就是扎一下的事儿，整个治疗过程也就十几分钟。"

可以不打？褚年吞了一下口水，虽然这话是从医生嘴里说出来的，可他还是觉得有点儿虚。

他看向余笑的妈妈，正想说"那就打吧"，余笑的妈妈已经开口说："既然医生说了可以不打，那就不打了。"

褚年瞪大了眼睛。

"妈？那……"

"稍微疼一点儿，你也就当锻炼了，以后生孩子遭的罪多着呢，别的不说，等你肚子大了，孩子在里面踢你一脚，你也得疼啊！难不成还能打几个月的麻醉？"

"不是，妈，这是手术！"

"笑笑，"余笑的妈妈抓着褚年的手臂，"妈妈这是为你好。这又不是开刀，医生也说了可以不用打。"

"对了，"就在"母女"二人争执的时候，医生又说，"因为这个囊肿的位置比较特殊，走下面的话更稳妥一点儿，还是你坚持想走腹部？"

腹部？褚年又想起了余笑肚子上贴满纱布的样子，下意识地摇了摇头。

"笑笑，"毫无征兆地，余笑的妈妈突然掉了眼泪，"我还记得你上次手术，肚子上好几个口子，你这孩子……"

感觉到手臂被抓得仿佛要把骨头捏断似的，褚年"呼"地重重出了一口气，觉得自己的胸口又被压了两块石头。

"真的不疼，那……那……"

真是头晕目眩下做出的选择。

一旦决定不用麻醉，褚年顿时觉得胸部有些涨疼，又想跑厕所。这两件事在脑子里来回晃着，让他越发觉得晕了。

等到从厕所出来，被要求脱下裤子，躺在病床上的时候，他还没反应过来，还在想幸好这里都是女的，女的看女的也没啥。

冰冷的器具被放进温暖的甬道，他猛地瞪大了眼睛："你们这是干吗？"

"别动，你这是干什么？！"正在内置器械的助手医生一把压住"余笑"的腿。

然后有人固定"她"的腹部，又有两个护士压住了"她"的肩膀。

褚年觉得自己的身体里传出一阵细小的撕痛，像是完美的丝绸被利刃截开了个小口。

"阴道有点儿撕裂，拿点儿棉球来清血。"

"你别动了啊，怎么一惊一乍的？小心截坏了，别说孩子，你都得吃亏。"

被摁住的褚年心里一阵冰冷的木然，他居然被……被人用器械给……可他也不敢挣扎，刚刚那一下痛让他害怕。

一根管子，又一根管子，什么东西把入口处撑开了，人身体中最隐秘的部分大概就成了个施工现场。

"护士，要是……"褚年的牙齿在打战，"要是流产之后没弄干净，那个词叫啥，是不是也得走这里？"

"清宫手术，还是我给你做的呢。没事儿，跟那次比起来，你这撕裂和流血都少多了。"主治医生戴着口罩，轻声说，"那个时候给你做一下彩超检查卵巢就好了，可惜当时市妇幼的设备确实不太行。"

说话间，褚年觉得什么东西扎进了身体的内部，是的，"扎"。

确实不疼。

大概开始抽液了。褚年看着诊疗室的天花板，觉得自己是一具尸体。

当年余笑也是这种感觉吗？

"唔！"激烈的锐痛像是水滴入后荡漾起的波纹，褚年下意识想要蜷缩身体，四肢包括肩膀却都被人早有准备地牢牢按住了。

"酒精灭活，一分钟就好。"医生在数秒。

锐痛中，褚年觉得两个数字之间比一个世纪都要漫长，他的眼前模糊又清楚，看见的全是冷冰冰戴着口罩的人，耳朵里全是压在嗓子眼儿里的嘶吼和倒抽冷气的诡异声响，还有牙齿碰撞的声音。

一分钟后，酒精抽出，接着治疗结果确认，然后是各种东西被拿了出来。有人清理"甬道"上的小创口，细微的疼被放大了很多倍，也没有比刚刚那一分钟更加痛苦。

确实不怎么疼，不需要麻醉，确实只要十几分钟的治疗，医生说的都对。可褚年觉得自己从肉体到精神都遭受了可怕的酷刑，不，应该说是凌虐。

太可怕了，可怕到他借口上厕所，扶着墙慢慢走进了卫生间。

站在隔间里，他掏出了手机。

跟余笑说什么呢？说疼，说害怕，说……说什么都行！

"对不起，您拨打的电话暂时无法接通。"

2

"这次的项目会进行得这么顺利，我都没想到。"天池总部，搞设计搞了几十年的方教授对他面前的年轻人这么说。

坐在他对面的年轻人略略低头，面带微笑。

"事情做得这么好，褚经理就别谦虚了。更何况也不只我这么想，我看董事长的意思，你说不定可以直接来总公司，池新是不错，可说到底是个小地方，再加上……"

看着方教授的眼神，余笑已经知道了他想说的是什么。

想想当初她刚成为"褚年"的时候，很多人际关系的处理全靠揣测和对褚年教导的照本宣科，才短短几个月的时间，余笑就觉得自己越来越"懂"了。比如方教授所说的就是"褚年"未来的晋升前景。

池新的国内市场部经理在池新干了十几年，根深叶茂，又没有犯过什么错，虽然之前找到了总公司这边的董事们蹦跶着想换掉褚年，可也没做更多，就算失败了也不能追究他什么责任。就算"褚年"表现再好，总公司也没有为了"他"惩罚别人的道理。

——"你以为职场真是你死我活？职场啊，是在令人绝望的人际关系里寻找共赢的点。你能拉到更多的人成为你的助力，你成功的可能性就更大。"

褚年曾经教给余笑的，她已经真正明白了。

想到褚年，余笑就想起自己已经快一个月没接过他的电话了。

她没什么好说的。从褚年的妈妈说出那句话之后，余笑觉得她心里的最后一根弦也断掉了，她的忍让和付出成了别人的胜利，也就是说，自始至终她就站错了位置。

而当她醒悟了褚年妈妈的"目的"，她也就明白了褚年越发频繁的电话是为了什么——褚年不想离婚，那些电话和消息，那些撒娇和分享，都是奔着这一个目的去的。

他倒是从来目的明确。

他想换回来，同时也不想离婚，他还想要孩子……说到底，他什么都想要。

而余笑自己呢，她想要的不过是换回来再离婚。可换回自己的身体却要再次踩进可怕的旋涡里，离婚褚年又是绝对不肯的。

面对这样的死局，余笑选择了搁置。她现在没有破局的能力和方法，能做的就是不断地提升自己的能力和见识，就像当初那个电话里的女孩儿说的那样，低下头去做事，做更多的事。

余笑的脸上是微笑的模样："教授，这个事情还早，项目刚进行到施工前期准备阶段，等着一点点往下推进了，还是要辛苦你们这些真正有技术的人。"

方教授笑着喝了口茶："我看你捧人的水平就挺有技术。"

大好的周末，正在闲聊里掺着正事儿呢，余笑的手机突然响了。

方教授摆摆手："你自便，我正好在网上下盘棋。"

余笑拿着手机站起来，走到门边，刚接通就听见了小李的声音："经理，莫北出事了。"

莫北？余笑的第一反应是莫北被人欺负了："怎么了？受伤了吗？还是丢了东西？人还好吗？"

"不是，经理……"小李的声音突然迟疑了一下，才继续说，"莫北把人打了。"

把人打了？余笑飞速迈出的脚步顿了一下。

是的，莫北并没有被人欺负，或者说，莫北确实被人欺负了，可她更凶残地"欺负"回去了。

赶到公寓小区的保安室，余笑看见莫北一个人低头站在一边，另外三个女人站在另一边，而小李穿着背心、睡裤，在跟保安说着什么。

"怎么回事？"

身材瘦高的男人表情严肃，透着些不怒自威的气势，明显就是管事儿的，一看见他，两个保安的脸色比之前好看了很多。

"我姓褚，是她上级。"

那边的三个女人里有一个本来是抱胸站着狠瞪莫北的，一看见他，手臂放下了，人也微微低下了头。

事情其实很简单。

莫北来了京城，被安排在了一间公寓里。公寓有两个卧室，另一个卧室住的人是从下面分公司调上来培训的——在总公司，这样的培训是攒资历的一种方式。

莫北跟着褚年的项目，才短短几个月就受到总公司的嘉奖，中间的一次内部评测再次拿了全 A。小地方的分公司出来的却这么露脸，羡慕嫉妒莫北的人不知道有多少，所以在池新影影绰绰传的"绯闻"就这么传来了京城的总公司。

今天莫北没出门，就在房间里戴着耳机追电视剧，一坐就是大半天，连午饭吃的都是前一天买的炸鸡。下午两点多，她摘了耳机想睡觉，突然听见房间外的客厅里传来几个女人的说话声，说的正是她和经理的绯闻。显然这几个女的以为莫北不在，才敢这么放肆，言语间，褚年和莫北俨然一对"奸夫淫妇"。

听着她们明明自己也是女人，却满嘴的"婊""骚""贱"地说自己，莫北怒了，穿好衣服，冲出房间跟她们理论，最后文斗成了武斗。莫北一对三，不仅没吃亏，甚至等保安赶到的时候，还看着她把她的室友摁在沙发上用拖鞋抽。

另外两个人，一个是跑出去喊了保安的，另一个直接被打怕了，连冲出去都不敢，把自己反锁在卫生间里说什么都不肯出来了。

保安对场面的形容比小李三言两语的概括更生动，母狮子进了羊群也不过是这个水平了。

听完事情的经过，余笑一时竟然不知道该说什么。

过了一会儿，她忍不住笑了，抬手拍了拍莫北的肩膀，转身看向那三个人，说："你们是怎么说的，说给我听听。"

三个人都没说话，其中两个看向了莫北的室友。

余笑没有一点儿火气地看着她们，手臂、脖子、凌乱的头发……莫北该下手的地方似乎一个都没少，有个姑娘还在揉自己的肚子。

"忌妒。"她说，"就是因为忌妒，又找不到莫北身上的缺点，就说些自己都不信的谣言，你们这样真是太难看了。"

小李看自家经理在气势上压倒了对方，连忙补刀说："经理，你来之前那个女的可凶了，还说要报警验伤，把小莫关起来。"

"报警验伤可以，小莫动手打人确实不对，我也会联系公司的人事管理和纪律监察部门，我会问清楚在咱们公司的规章制度里，破坏别人名誉该怎么惩处。"

余笑今天穿了一件白色的运动T恤，敞穿着黑色的运动服，脖子上挂着黑色的耳机圈儿，头发这个月没怎么打理，略长了一些，却看着比从前更年轻了，她说完话之后，双手插在兜里站在那儿，无声的压迫感在房间里四散。

三个女孩儿里的两个急了，她们跟莫北的室友不一样，来总公司培训的可以拍拍屁股就走，她们两个本来就是总公司的小员工，要是因为这样的事情被处分，那可就冤死了。

"褚经理，都是她说的，我没说过，我……我也觉得她这么说不好，真的，您……您别生气，我……莫北也没怎么……"一个女孩儿摸着自己手臂上的淤青，忍不住"哇"的一声哭了出来，"我都挨打了还不行吗？我就是听了两句闲话，话也不是我起的头儿，呜呜呜……"

一个哭了，另一个也开始抽泣，只剩最凶的那个莫北的室友梗着脖子说："她搬走，然后赔我医药费。"

哟，这是还想谈条件呢。

余笑摇摇头，拿起了手机。

女孩儿连忙道："你要给谁打电话？"

"谁能管你，我就找谁。"

"你……你……"

"你以为我会怕这个事情闹大？你以为我会怕你？我坦白告诉你，我正好可以借着你的这个事儿告诉其他人，别在背后不干不净地嘀咕我。再说了，就算莫北打你要受处罚，也有我保她，你呢？跟你一起碎嘴的都把你给卖了，谁能保你？"

事情最终以三个女孩儿承认了自己传播谣言，不再追究被打的事情而告终，不知道从哪里听到消息跑来的江法务负责起草了承诺书。

余笑带头从保安室出来的时候，听见保安科的科长说："褚经理，你手下这个小姑娘可真是太不稳重了。"

"没有啊，挺好的。"余笑手臂上搭着外套，露出长长的刀疤，"冲冠一怒嘛，不管是谁，能自己找回场子，那都是本事。"

保安科长干笑："话是这么说，到底是不体面。你不知道，今天听说有几个女的打架，真是楼道里都站了人。"

余笑用看似开玩笑的语气说："那是他们见得少了，见多了就好了，说不定到时候造谣的也就少了。"

莫北默默跟在后面，听见了自己身边传出的闷笑声，知道自己现在大概也是在笑的。

"小莫，你说为啥那几个女的传着自己也不信的谣呢？"小李偷偷问莫北。

莫北今天没戴眼镜，脸颊还有一点儿淤青，她撇了撇嘴，小声说："她们要是真以为我跟经理有什么，就不会说我跟经理有什么了，会说我是狐狸精投胎。"

"啊？为什么？"

"你看咱们经理。"

小李抬头看了看他们经理的背影，有些茫然地转头又看莫北。

"多帅啊！"莫北说。

"所以呢？"

"经理这么帅，我要是真跟他有什么，我不就是狐狸精投胎了吗？"说完，莫北自己笑了起来。

听见莫北夸褚经理帅，江法务的脚下踢开了一片树叶。

3

飘着黄油的鸡汤里，面条看着差不多熟了，褚年把焯好的白菜、金针菇扔进去，再打了两个无菌蛋。

三分钟后，他端着一大碗鸡汤面坐在沙发上。

插着一根大鸡腿的鸡汤面看起来十分诱人，他认为这个足够拍下来给什么鸡汤拉面当广告了。

略略弯腰想吃的时候，他扶了一下后腰，又站了起来。

怀孕四个月，肚子不过刚有点儿起伏，腰背已经经过了一轮又一轮的不得劲儿，现在趴在茶几上吃饭都已经不舒服了。

慢慢把鸡汤面搬回到餐桌上，褚年深吸了一口气。

这么一折腾，鸡汤的余温已经把鸡蛋焖了个半熟，他刚刚的得意和喜悦顿时就少了三分。

少了三分，就是一点儿也不剩了。

计分器上的分数又是"99"，也一直是"99"，就像他又是一个人吃饭，也一直是一个人吃饭。

"笑笑姐，你也太拼了吧？"

拿到"余笑"刚写好的宣传稿，小玉揉着头，看了看自己的手，又看了看人家的手，忍不住又说："笑笑姐，你写的速度比我排版整理的速度还快啊！"

褚年头也没抬，自从余笑不怎么理他，他明显觉得自己的话也少了，就像是很多事情知道没有了出口，那索性就连产生都没必要了。他只说："那你就得再快一点儿了，下班之前咱们把这份发给合作方。"

"哦……啊？不是说明天吗？"

"今天发了，明天可以修改；要是明天发，对方再提出修改意见，你是不是就得加班了？"

好像有道理。小玉点点头，转过去继续做她的版面设计，十分钟后突然反应了过来，幽幽地说："笑笑姐，我怎么觉得，咱们就算今天交过去，明天也得加班改呀？"

褚年不说话了，甲方的要求从来比天上的星星还多，真改起来是无穷无尽的。

听着两个"小姑娘"说话，韩大姐笑了一声，说："你们明天要是加班，我就回去包了小馄饨给你们送过来。"

"嗯？韩大姐你不用去接孩子吗？"

"这不是暑假吗，我家老大心疼我，替我去接她弟弟，我就空闲了……"

老大指的是韩大姐家的大女儿。

褚年抬起头看向韩大姐，说："大姐，你女儿也才九岁吧？"

"马上过了生日就十一周岁了。"

那还是个小女孩儿啊！

"大姐，你让一个这么小的孩子去接她弟弟，放心吗？"

"有什么不放心的，我家老大从小懂事，这么高的时候就知道在我给她弟弟洗尿布的时候给我递肥皂了。"说起大女儿，韩大姐的脸上是得意的笑容。

莫名的，褚年觉得这个笑容有些刺眼。摸了摸自己的肚子，他不知道该说什么，继续去写文件了。

终于赶在下班前完成了预计的工作目标，褚年下班往家走去。

三周之前他学会了炖汤，两周之前他学会了晚上出来散步运动，顺便去超市买点儿打折的水果和面包，一周之前他在小区旁边的外贸店里给自己买了几条棉质的睡裙，还有韩大姐之前给他买的那种背心内衣，颜色挑了黑色、白色和肉色。

上个周末他把头发剪了，曾经几乎垂到腰部的头发变成了齐耳的短发。直到现在，褚年看见镜子里的自己还很不习惯。

余笑从他认识的时候起就是长发，从来不染也不烫，天生的直发不是很黑，却让人觉得毛茸茸的，手感很好，现在剪短了，就好像那个余笑彻底变了个模样。

确实变了个模样，这个壳子里现在装的是他褚年。

就算是褚年壳子里的"余笑"，也不再是当初的余笑了吧——一个半月了，没有一个电话，只有微信上传过来的文字，冷冰冰的，一点儿温度都感觉不到。

八月底了，明明已经出了三伏天，却还是酷热的。

超市里上架了月饼，褚年从前不喜欢吃月饼，现在看着金色的散装月饼却有点儿馋，买了两个最普通的芝麻馅儿的。蔬菜买的是菠菜，用开水烫了之后再浸凉蘸酱吃，酱是之前余笑妈妈送来的肉丁酱。此外他又买了一包切好的小肋排，前几天在网上看见了一个懒人做糖醋排骨的办法，今天想试试。

排队等着结账的时候，电话突然响了，褚年拿出电话时可谓是手忙脚乱，好像那是个会化了的宝贝。

电话却不是余笑打过来的，是他亲妈。

"笑笑啊，最近身体好点儿了吧？"

"您有事儿？"

自从上次大闹，他妈就不再上门了，顶多一周来一个电话。有时候褚年都佩服自己这个妈了，不管干出来多丢人的事儿，她再次跟你说话的时候依然是一副"我为你好"的样子。

"哦，是这样，这个周末你有时间吗？褚年他表姨在下面一个医院，我陪你一块儿去一趟。"

褚年觉得自己的眉头跳了一下，这一听就又是没有好事儿啊。

"去干吗？"

"这事儿都怪我，我早该问问褚年他表姨的，这不前几天她来，我说起你怀孕了，这才想起来，早知道就该早点儿去，也不用拖到现在……"

自己明明已经明白发问了，对方却嘀嘀咕咕些不相干的，这让褚年的心里越发没底。

那个表姨他是知道的，据说是当年中专毕业的时候分错了地方，本来该留在城里的，却去了下面的乡镇医院，又苦熬了几年，调进了县里的医院。褚年十来岁的时候县改成了市，县级医院成了市级医院，那之后，他这个表姨的日子就好过了起来，也不像从前那样总说自己命不好了，反而开始说褚年的爸妈一辈子在一个国营厂子里打工没前途。升了护士长之后，表姨家里还买了车……要不是后来褚年家里拆迁给房又给钱，城里的房价又飙高了一截，这表姨估计能说的话就更多了。

不管怎样，褚年都清楚地记得，他妈并不喜欢那个表姨。

"您要是不说，我就挂电话了。"

"唉，你这孩子。"褚年的妈妈笑了一声，说，"你是真不懂还是装傻啊，去医院干吗？当然是看看你肚子里的是男是女了。现在到处都不让看，我不得贴着脸面去找熟人？褚年他表姨在她们医院是护士长，让她跟 B 超室说一声，咱们不也省事儿了？"

看是男是女？褚年冷笑了一声，说："看了有什么用？我不去。"说完，他就挂了电话。倒不是褚年对孩子的性别不重视，只是一想到这事儿是他妈安排的，他的心里就不舒服。

他亲妈又打了过来，他也没接，结账之后拎着东西往家里走去。没走几步，他的身上出了一层汗，在树荫下停了一会儿，手机又响了。

这次打来电话的是余笑的妈妈。

褚年的第一反应，就是他亲妈去找了她的亲家来夹击自己了。

"笑笑，你婆婆要带你去看男女是不是？"

电话里的声音尖锐刺耳，褚年下意识把手机远离自己的脑袋，等对面吼完了才说："是……妈，我不去看。"

"对！咱们千万不能去看！笑笑啊，我告诉你，孩子是你的就是你的。你知道吗，是男是女，到了你肚子里那都是老天爷注定的缘分，人不能强行改命啊，会遭报应的。笑笑，你答应我，你无论如何不能去看是男是女……你也不要想二胎的事情，这事儿不是这么个道理，绝不能为了要儿子就舍了身子去生孩子，知道吗？"

余笑妈妈的紧张和急迫，褚年通过电话都能感受得一清二楚，他有些茫然地说："妈，你是听谁说什么了？"

"笑笑，你不能生二胎，你知道吗？孩子一个就够了，你不能生第二个……"电话那头传来一声抽泣，褚年甚至怀疑自己听错了。

忙音传来，他呆呆地看了看手机，先是拨号打给了余笑，又挂断。手里拿着东西不方便，他发了语音过去，跟余笑说了一下她妈妈不知道为什么嚷嚷了一通不准看胎儿性别、不准要二胎的事。

褚年呆立了一会儿，又打电话给余笑的妈妈："妈，你没事儿吧？"

"没事儿。"余笑妈妈的声音有些模糊，仿佛鼻子被堵住了。

褚年听得心里特别不舒服，他真是从没见过自己丈母娘这个样子。从前他见过最多的是她温柔关爱的笑容，变成了"余笑"，他见识了自己丈母娘撒泼不讲理的样子，也见识了她直言直语的样子，更多的是感觉到了一种坚毅和刚强，虽然有时候姿态并不好看。

"妈，你放心，二胎我现在不考虑，我也不去看孩子的性别。"

"嗯，好，千万不能去啊！"

"我不去，我一定不去。"

"千万不能去啊！我跟你说，女儿也好，儿子也好，那都是你身上掉下来的肉，知道吗？那是你的孩子，你不能随随便便就扔了，怎么都不能扔了知道吗？"

"嗯……妈，你怎么了？"

电话又挂断了。

怀着心事，褚年走回了家，糖醋排骨没心情做了，随便加了点儿酱油、糖和葱姜一起煮了，快出锅的时候点了点儿醋，味道很一般。所以他只把蘸酱菠菜吃完了，又吃了一个五分熟的无菌蛋。

洗了碗，扫了扫地，把垃圾袋收到门口，再下楼扔垃圾散步……一套下来，时间已经到了晚上八点。

做了一套盆底肌的训练，看了半小时电视，褚年还是觉得心口闷得慌。电视机里声音嗡嗡作响，他耳朵里一会儿是韩大姐"我女儿可能干"的声音，一会儿是余笑妈妈"你绝不能看性别，咱们不要二胎"的声音。

过了九点，一个电话打了过来。

这次终于是余笑的了。

"不好意思，我妈今天有点儿激动。"

"她没事儿了？我也不知道怎么了，可能就是我妈找了你妈，但是……"

"没事儿了。"

"能不能告诉我到底怎么回事儿？我现在顶着你的壳子，总不能什么都不知道吧？"

"没什么，就是……我妈生了我之后，我爸爸那边的人想偷偷把我带回老家，好让我妈再给我爸生个儿子。那时候我妈刚生产三个月，她一个人跑到老车站，才把我从公交车上抢下来。"抬起手，用小手指轻轻蹭掉眼角的湿润，余笑的声音很平静。

其实她也是刚刚才知道这件事，也是刚刚才彻底理解了母亲的歇斯底里。

那年，她妈也才二十四岁。

温柔善良隐忍能够保住自己的孩子吗？

第二章

安全感

如果不能，她能怎么办？

莫名的，褚年闻到了一股血腥气，明明他是站在家里的洗手间门口，只有潮湿的水汽和他洗过澡之后的沐浴露的香气。

"余笑。"他叫了一声，"女儿……女儿也挺好的。"

余笑笑了一声，说："褚年，你这么会说话，不会不知道'也挺好'三个字意味着不够好吧？"说完，她把电话挂了。

叹息一声，坐在床上，余笑想起自己的母亲刚刚说的话。

"笑笑，他们逼着我生儿子，我说我是老师，有公职的，不能要二胎，他们就要把你带走……笑笑，你答应妈妈，不管生的是儿子还是女儿，你不能不要他。真的，知道你被抱走的时候，我太疼了，疼得话都说不出来。我第一次冲你爸发火，他也刚下班回来，还跟我说说不定是他那个嫂子带着你出去散步了。笑笑，妈妈记得一清二楚，妈妈说服不了你爸爸，我就跑出去，我直接就往老车站跑，我相信你就在那儿，你爸在后面追我。我跑啊跑啊，等我找到你的时候，还有两分钟车就开了，我哭着求司机，我说我的孩子在车上……笑笑，我的声音他们听不见啊，人太多了……"

回忆里的每个字都轻轻敲在了余笑的心口，她慢慢仰躺在床上，用手臂盖住了眼睛。

有一个问题，余笑刚刚想问而不敢问——她爸爸知不知道，同没同意？

可即使是不知情又怎么样呢？即使是不同意又怎么样呢？那只能说明他没那么坏，却不能说明他足够好。他的妻子因为这件事从此学会了歇斯底里，他的女儿因为性别连名字都要改掉。

两个女人的一生明明被他无比深刻地影响着，他又做了什么呢？

他只会对一个女人说"你能不能让我安静会儿"，再对另一个女人说"不要学你妈那样"，好像一切的改变都与他无关。

还有褚年，他执意生下那个孩子，以母亲的身体和父亲的身份，却只会说"女儿也挺好的"。

好在哪儿呢？是好在将来再有一个女孩儿被教着说"不要学你妈那样"，还是好在会变成她血缘上的奶奶和外婆的模样？

躺了半个小时，余笑猛地坐了起来，掏出手机，想给江今打电话咨询一下离婚之后的孩子归属问题，却先打开了短信，定定地看着陈潞和"褚年"的聊天记录。

"要是……"

4

前一天说错了话，褚年用了半个小时总结经验，用了五分钟自我反省，还在网上搜了一下该如何表达自己对女儿喜爱的句子。

只可惜，余笑再没打电话过来。

上班的路上，褚年看见了几个穿着裙子的女孩儿，也就是十一二岁的年纪，她们梳着干净利落的辫子，穿着可爱的小裙子，说话叽叽喳喳，像一群无忧无虑的小鸟。

褚年情不自禁地想到了韩大姐家女儿的十一二岁，又想到了余笑三个月大的时候那场惊心动魄，他轻轻摸了一下自己的肚子。

"这么能折腾，应该是个儿子吧？"

其实是个女儿好像真的挺不错，就是得教好了，不能吃亏。

快要进工作室的时候，褚年看见工作室隔壁的商店里在卖粉色小兔子的布偶，粉粉嫩嫩的，耳朵上还戴着黄色或者红色的蝴蝶结。他买了一个。

"小余，你都是要当妈的人了，还玩小兔子呀？"看见"余笑"揉着小兔子进来，正在拖地的韩大姐取笑道。

"不是。"看看手里的小兔子，捏了一下软软的耳朵，褚年把小兔子放在了韩大姐的桌上，"送给你家宝贝女儿的。对了，她叫什么？"

"你这也太客气了！嘿嘿，那我替我家老大先谢谢她笑笑阿姨。她大名叫李若竹，她弟弟叫李胜柏。"

我没问她弟弟叫啥。褚年看着韩大姐把小兔子放进包里，又嘱咐了一遍："别忘了啊，是给李若竹的。"

"知道，知道你是给我家老大的。"韩大姐笑看着"余笑"，似乎觉得"她"怀孕月份大了之后越发孩子气了。

褚年却还不满意，又把兔子要了回来，在屁股底下的标签上用签字笔写了"给李若竹"四个字，一边写一边在心里狂骂自己幼稚。

写完之后，褚年把兔子递给韩大姐，却又拿了回来，用手机拍了一张照片。

——"我同事有个女儿，小小年纪就要帮妈妈照顾弟弟，我觉得这样不太好，买了个小兔子送给她，怕这个小兔子落在她弟弟手里，我还写了她的名字。"

配着图发出这条微信，褚年心口一轻，转着圈儿坐下，哼着歌儿开始了一天的工作。

先是对照着和合作方的合同看看后续还有哪些需要调整和准备的，等小玉到了，褚年又写了几个跟版面设计有关的需求。

"笑笑姐，我昨晚做梦都是你压着我说我的版面还没做完，这日子没法儿过了。"话是这么说，小玉还是打开软件，开始调整起来。

压着你？褚年看了小玉一眼，又打量了一下自己现在的小身板儿，现在这个样子肯定是压不动的，要是换成自己那个身体……一想到"褚年"压着小玉，褚年瞬间就想到了现在的余笑，最近一直不联系自己，不会真在外面找了小姑娘吧？

想起陈潞看着余笑的眼神，再想想自己偶尔和余笑一起出去时那些女收银员和女服务生都对余笑笑得格外殷勤，褚年心里一梗。

上午十点半，合作方果然发来了对宣传页的修改意见，小玉对着长长的EXCEL表格哀号，倒是褚年觉得对方的难缠程度比自己预期的要低一些。

"抓紧做，咱们今天未必加班！"

"那太好了！"听见不用加班，小玉可算是精神起来了。

两个人细分了一下各自负责的部分，就在电脑上敲敲打打、写写画画了起来。

八月很快过去，九月中旬的某一天，就是牛姐的工作室参加家博会的日子。

展会第一天，原木色的样板展示台边有不少人被温馨舒缓的设计风格和"爱的安全感"这个主题所吸引。

小玉穿着亚麻色的长裙，脸上画着精致的妆，只觉得展会刚开始没多久，自己的嘴都要说干了。

程新那边的情况也没比她好多少，一次应付一两个人那是少的，多的时候身边围了五六个。想要装修房子的人总是有一肚子的问题，有些问题他们这些做设计的遇到过、解答过、解决过，不过也有很多问题让他们很想挠头。

偷空抓了一瓶水往嘴里倒，小玉喘了口气，对着墙上挂着的镜子补了补妆。

她一个一直留在省城的同事靠过来说："你看那边，余笑可真厉害啊！"

小玉连忙伸头去看，嘴里惊诧："啊？笑笑姐今天不是下午就回去吗？"

昨天，"余笑"和程新、小玉一起来了省城，晚上也一起参加了"誓师大会"，不过所有人都知道，叫"她"来是因为"她"在先期策划的时候出了力，可没指望这怀孕五个多月的孕妇能在展会帮什么忙——做展会招待得一站一整天，这活儿可不适合孕妇。

"我估计她是走不了的，你看，她一个人顶咱们好几个。"

这话倒也不算夸大。褚年站在展台的旁边，跟那些打扮靓丽的同事相比，他只穿了一条宽松的棉质裙子，看不大出肚子，可也没什么线条，更是戴了一副口罩来防备展厅里残留的甲醛气味，但在他身边围了十来个人，那些人听他讲着这个设计的特点，偶尔还有人点头。

"安全感是多方面的，在家庭来说，我们需要感情上的安全，也需要家居生活的安全。这套设计在电源上做了特殊布置，埋线点隐蔽，插头会被包裹在这个盖子下面，不容易进水，也不容易被小孩子碰到……家具的圆角设计和防

071

磕绊设计技术在国内来说是我们合作品牌独创的，当然我们的设计师还针对这种需求出了更多别的设计……"

分发着手里的小册子，褚年牢牢把握着交流的节奏，十来个人没有一个听到一半走的，倒是有三四个人在大体了解之后立刻说："我们想跟你们的设计师谈谈。"

这就是要下订单的节奏啊！

小玉一边忙自己的，一边抽空关注着她"笑笑姐"那边，被这高效率和高成功率给震撼到了。

褚年不止震撼了小玉，也震撼了牛姐和品牌方的负责人。

没有人再提"她"得回去这事儿。

当晚，褚年被安排住在了一家四星级的酒店里，牛姐给"她"挑了一条宽松又不失设计感的裙子亲自送来："这几天辛苦你一些。你放心，我和品牌那边说好了，你的提成比别人再高一个点，你也不用在展厅里面待着了，明天外面大门口的路演你去做。你要是忙不过来，我就让小玉和程新去帮你。"

大门口的路演并不是在太阳底下，而是在进入展厅的通道里，不热，就是人更多一点儿，之前牛姐是交给了她的一个老同事的。

"好的牛姐！"褚年的眼睛亮了，仿佛很惊喜的样子。只有他自己知道，他为了这一天等了多久，又筹谋了多久。

交流，他最大的本事在于交流，这才是他在"熟练操作办公软件""独立完成市场推广策划"之外的第三个也是最重要的一个竞争力。

捂着又在轻微胎动的肚子，褚年露出了一个志得意满的笑容。

一周后，展会结束，褚年成功谈下了五十二个品牌产品单，其中有三十个是家具全包，还有十六个设计单，光是提成估计就得近十万块钱。牛姐还直接给了他一个大红包，里面是两万现金。

这还不是褚年最大的收获。

因为这次的合作极为成功，品牌方想在十二月京城的家博会上继续与牛姐合作"爱的安全感"这个项目，在谈二期合同的时候，"余笑"作为重要参与者参与了合同细节条款的洽谈，对方指定"她"作为项目的整体策划人。

"余笑，现在真觉得你在我这儿是屈才了。"谈完合同，送"余笑"去火车站的路上，牛姐如此感叹道。

褚年只是露出一个微笑，说："是您信任我，我才能做出来一点儿成绩，要是没有您，我就是真被屈了才自己也不知道。"

牛姐喜欢更自信的人。

听见"余笑"这么说，牛姐哈哈一笑："你这丫头可真是对了我的脾气，我就喜欢能干又敢干的！等着京城的活动忙完了，咱们俩考虑换个合作模式怎么样？"

褚年瞪大了眼睛，他的两个耳朵都听见了牛姐说的三个字——"合伙人"。他连自己腰背因为久坐而产生的酸痛都忘了。

"好！牛姐！我会继续努力的！"

什么脚胀、腰背酸软、胸口胀痛、晚上睡觉都累、走路变鸭子……挨着这一切的折腾，褚年一步步往前推进他的项目，这不只是他的项目，也是他的安全感。

倒是他的孩子，大概是他习惯了当"孕妇"的原因，竟然也让他觉得安稳了很多，不像最初让他那么慌乱了。

十一月末，距离展会开始还有半个月的时候，褚年一早就被肚子疼给惊醒了。疼痛感突如其来，十几分钟后又来了一下。褚年没当回事儿，他现在觉得自己肚子里这个要真是女儿，估计也是个将来能跑能打的野丫头。

上班之后，他倒了一杯水，正跟小玉说着布展时候的几个问题，肚子又是一阵抽疼，疼得他把杯子都砸在了地上。

"宫缩……先兆早产……住院休养吧。"

一个小时后，褚年在医院的急诊听见医生这么说。

他起先仿佛聋了，只看见医生的嘴在动，接着脑子里"轰"一声，便是天昏地暗。

"我早就说你不该这个时候出去工作，你不听我的。你好好在家里怀着我的孙子不行吗？你这个孩子啊，也不知道怎么回事儿，越活越糊涂，连带着我家褚年都跟着发疯。所以老人都说娶妻娶贤，娶了你这样的，我老褚家可倒了八辈子血霉了！我可告诉你，余笑，要是孩子没事儿，咱们什么都好说，要是孩子有了什么三长两短，我一定让褚年跟你离婚！"

"啪！"

东西砸在桌子上的声音，带着忍无可忍的狠意。

"褚年他妈，会说话你就说，不会说话你就闭嘴！我告诉你，现在躺在床上受罪的是我女儿，宫缩不舒服得打针的是我女儿，你要想拿你儿子逞威风，先等你儿子回来再说吧。"

"你……你们做错事还有理了？！"

"谁都知道生孩子自古以来就是一脚踏进鬼门关里的事儿，亲家母你长到这么大总见过几个生孩子不顺利的吧？你自己生孩子的时候就一点儿苦没吃吗？再说了，我女儿只是先兆早产，不过得卧床休养几天，又不是什么大事儿，你看你那恨不能孩子出了什么事情好把我家笑笑骂死的样子，你是孩子的亲奶奶吗？"

结亲这么多年，褚年的妈妈还真没见过余笑的妈妈在自己面前这么硬气的样子，她转头看向站在那儿的余笑的爸爸："亲家，你们到底还想不想跟我家走动了啊？这都说的什么话，啊？"

跟在后面进门的余笑爸爸看向余笑妈妈，得到了一个冷冻级别的眼神。他张了张嘴，又看看"余笑"，到底没有说话。

余笑的妈妈表情轻蔑，继续说："你不用管我说的什么话，褚年他妈，我女儿怀孕这么长时间，你家褚年一直不在，你指责我女儿的时候想想你儿子有没有尽到当丈夫、当父亲的责任。别以为我女儿嫁到你家就得给你家为奴作婢，你要是真的这么不待见，我可以告诉你，姓苗的，闹到现在，小两口要是离婚，错都在你儿子的身上，我女儿生了孩子就跟她姓余。"

这话挺狠，余笑的爸爸听不下去了："这什么事儿，都没到那个份儿上，你撂什么狠话呢？"

他的妻子看向他："现在躺在病床上的是你女儿，怎么，你还要帮着别人说话？要是你对我的话有意见，笑笑和她的孩子跟我姓萧也行，你以为你家的姓多金贵呀？"

余笑的爸爸说不出话来了。

褚年的妈妈看着自己的这对亲家，又看了看躺在床上一动不动的"余笑"，凉凉地笑了一下："行，行哈，你们一家人这是合起伙儿来仗着有了我的孙子就来欺负我们家了是吧？你以为我一个人在这儿就能由得你们欺负了？我告诉你，就余笑现在大着肚子的丑样儿，等她生完孩子，肚皮上全是褶子，我们家褚年不嫌弃她就不错了，谁还敢要她这个被穿破了的口袋？"

余笑的妈妈气炸了："你说谁呢？你自己不是当妈的人吗？嘴怎么这么毒？！"

褚年的妈妈不甘示弱："我说错了吗？她不就是被我儿子用过的破口袋吗？现在我儿子摆明了都不想要她了，就你们还仗着肚皮跟我使厉害呢！"

"啪！"

"别，别动手！"这是余笑爸爸的声音。

"你敢打我？"这是褚年亲妈的声音。

"哐！"病床被挤了一下，是余笑的妈妈把褚年的妈妈推到了病床上。

"啪啦"，余笑妈妈的包被碰到了地上。

"哎哟！"试图拉架的余笑爸爸不知道挨了谁一记肘击。

二十年机床操作者对阵十年广场舞资深玩家，一场摩擦刚刚上升到推搡级别，即将发展到扯头发级别的时候，病房门口传来一声暴喝："干什么呢？不想陪病人就走！上一个在医院闹事的可还在拘留所没出来呢！"

一场闹剧戛然而止，只剩褚年头上悬着的液体包晃个不停。

中午的阳光透过那个软包里的液体，让整个房间的光线都变得凌乱起来。

褚年一直不说话，缩在被子里，只有一双眼睛直直地看着天花板上凌乱的光。医院的天花板，真的不好看。

褚年的妈妈不肯走，余笑的妈妈也绝不肯让她留。

医院妇产科的病房从来是医院里的紧俏货，仅次于儿科和秋冬交替季节的呼吸内科，三个家属盘踞在三人病房最里面的位置，一个沉默闭嘴，另外两个开口就是吵架，这样又僵持了半个小时，护士长亲自来赶人了："不到探视时间，最多只能留一个人。"

两个妈妈瞪着对方。

"你还不走？"余笑的妈妈理直气壮，"就你刚刚说那个话，你也有脸留这儿？"

"我说什么了？我……"

褚年的妈妈到底还是走了。

打发完了一个，余笑的妈妈又让丈夫出去给女儿买饭："笑笑现在……爱吃半生不熟的鸡蛋，医生让清淡饮食，你在周围转转，看看哪个饭店好，买一份好吃的小炒，再让厨师给下碗馄饨什么的，里面的蛋不用熟透了。"

余笑的爸爸点点头。

终于把余笑爸爸和褚年妈妈都给赶走了，余笑的妈妈坐在了床边："笑笑，从我们来你就一直不说话，你这是怎么了？"

褚年动也不动。

余笑的妈妈摸摸手，摸摸头，又叫来医生。医生也说检查结果都好，可能就是累着了。

"怀孩子这事儿，真是摊上一个是一个。我当年怀你的时候就是顺风顺水，不是跟你说过吗，我怀你的时候一直到还有几天预产期都还站着给学生讲课呢，一针催产针下去，还没等进产房呢，你的头都已经出来了。说好要给你接生的高阿姨就回家吃了个午饭回来，你都被洗干净抱出产房了。可也有的人，瞧着身体挺好的，从怀到生就没顺过……唉，细想想，你这也都是些小毛病，就是现在得保胎。我来的时候，跟你一块儿的那个韩大姐还让我跟你说，工作的事儿你别着急，慢慢来……"

褚年一声不吭。

余笑的妈妈把吸管插杯子里喂他喝水，他就喝了一口，喝完了水，还要继续受教育。

"你也是，之前工作强度那么大，肚子里还有一个呢，干什么那么拼啊？给你找份工作是怕你待在家里废了，也没指望你就一定得挺着大肚子冲锋陷阵啊！"

褚年还是没说话。

半个多小时后，余笑的爸爸送了一份馄饨、一份炒菜，还有两个酱鸡腿。

余笑的妈妈看了一眼，说："医生说了清淡饮食。"

余笑的爸爸小心地说："女儿不高兴，你哄哄她。"

余笑的妈妈余怒未消，看着自己的丈夫，眼角一抬说："有这个心，你自己劝她呀，一个当爹的，用得着你的时候跟个锯嘴葫芦似的，正经事没干一点儿，买了两个鸡腿倒显出你来了。"

余笑的爸爸说："生孩子的事儿，我还能说什么？"

"怎么不能说了？"余笑的妈妈猛地提高了音量，又闭上了嘴，浊气从鼻腔出来了，"算了。晚上我在这儿陪她，你回家吧。"

越过妻子的肩膀，余笑的爸爸看着在床上躺着一动不动的女儿，白色的被子勾勒着单薄的身体轮廓，只有肚子的部分是隆起的。

"那……那要不，我……我明天送饭过来吧？"

"你爱来不来！"

下午探视时间，傅锦颜来了，两天没洗的头用皮筋儿绑成了马尾，手里拎着一个大袋子。

"……萧老师，我来看看余笑，给她带了点儿吃的。"

余笑的妈妈看着傅锦颜放下东西，点了点头。

傅锦颜没说什么，她和余笑的妈妈见过几面，彼此的关系在一般以下。一个天天全国到处跑、不肯结婚也没有一份稳定工作的女人，在余笑的妈妈眼里自然是不讨喜的。

其实在更早之前，傅锦颜就不讨余笑的妈妈喜欢，因为傅锦颜是个不怎么听话的学生。

看见余笑妈妈的瞬间，傅锦颜的身体就紧绷了起来，完全是学生时代留下的后遗症。作为一个死宅，她的社交能力最高值还一直停留在学生时代。

"锦颜，谢谢你。"

"阿姨您客气了。"嘴里干巴巴地客套着，傅锦颜凑近了去看"余笑"，只看见一张拒绝跟人交流的脸，"她情况怎么样？医生给了什么治疗方案了吗？"

"咱们出去说吧。"

5

十一月的京城，晚上六点天就黑透了。坐在机场等待登机的余笑揉了揉额头，从早上褚年出事儿开始就有人不停地联系她，她也在第一时间交代好工作，请了假往回赶。

手机的屏幕又亮了，这次给她发消息的是傅锦颜。

"我怀疑褚年得了产前抑郁。"

字映在眼睛里，余笑看了十几秒，脸上什么表情都没有。

过了半分钟，她拿起手机："喂，我想改一下我的假期申请，延长几天……我妻子怀孕七个月了，状态不是很好。"

晚上十点，医院的灯都要熄了，一个高大的人影站在妇产科的病房大门前跟值班护士沟通了几句，护士放"他"进去了。

"笑……褚年，你可算回来了！"端着洗脸盆的余笑妈妈看见"女儿"，心猛地往下一放。

"妈，我回来了，您去我那儿休息，今天我陪床。"

病房里只有褚年一个人躺着，旁边两床的孕妇都是白天在医院治疗，晚上回家。

褚年睁着眼睛，看见一个高大的人影走到了自己面前。他终于动了，抬起头，看着明明属于自己的那张脸。

"你还好吗？我回来陪你几天。"那个人说。

"余笑！"愣愣地看了好一会儿，褚年伸出手去抓住了余笑的手，"余笑，我到底做错了什么？！为什么就这么折腾我？！只要再给我十天！再给我十天！我要十天去做我的工作！我不要十天都躺在病床上！我从夏天忙到了冬天，我肿着脚到处跑！我浑身上下没有一个地方不疼，我也能写方案！我晚上觉都不能睡了，我还是能去上班！为什么我就是这么个结果？！为什么？我什么都没有了！我什么都没有了！"

安静的病房里，余笑任由褚年抓着她的手喊叫。

"我不是困在你的身体里，我根本就是被扔进了地狱里！我跟你说，余笑，你就算乱刀砍死我，我都不会像现在这么难过！"

"能做的我都做了。"

褚年拒绝承认自己流眼泪了，尽管有水从他的眼角流进了枕头里。

他抓住的那只手很稳，还是温暖的。

"我……我像个真正的孕妇一样，我还学着做什么按摩，我用那个小球，天天疼到要死，我还练瑜伽动作，别人跟我说的法子能试的我都会试试。难道还不够？说不让吃我就不吃了，说让我吃的，我能吃也都吃了！这些还不够吗？怎么别人都没事儿，到我这儿事就没完了呢？余笑，除了工作之外，我都不知道这个皮子下面的人到底是我褚年还是另一个人！我做得还不够吗？我做得还不够吗？我只要十天，再给我十天，我妥妥能成为工作室的合伙人！"

余笑还是不说话，由着褚年发泄。

抓着那只手，褚年几乎想把自己的脸埋进去，无数的怨念与痛苦其实一直积压在他的心里，这不是骂人、歇斯底里地对抗和一直坚持工作就能真正排解掉的，今天听见自己要卧床休养至少一个礼拜的时候，褚年觉得支撑他的东西真的倒了。

最可恨的是，他连倾诉的地方都没有。

他自己的亲妈笑他现在是个要被抛弃的破布口袋。他身体的母亲能在生活上照顾他，却不知道他一直以来真正的痛苦。直到余笑回来，他才发现自己有多么的脆弱。

多可怕，明明余笑在他生活里消失了几个月，除非自己求助，不然她什么都不做，可自己一看见她，却觉得自己终于可以哭了。

他也真的哭了。

他至今难以相信，他付出全力挣扎出的结果，竟然就以这样的一个方式宣告结束了。

"余笑，你告诉我，我是出了轨，我是在外面有了花花肠子，难道就活该受这些吗？"

好一会儿，余笑才回答："不是，你别想这些了，好好休息吧。"

"你只想跟我说这个吗？"

"我不知道该怎么回答你。"余笑低着头看着他，"褚年，我现在看着你，觉得你真的很惨。如果你是别人，我会很同情，但是对你……我觉得同情是没有必要的，因为如果没有这场交换，现在承受这些的人就会是我，不对，我会比你承受更多，那时候的你会同情这样的我吗？只要这样问一问自己，我就不知道该如何看待现在的你。好好休息吧，我请了几天假陪着你，陪到你出院。"

褚年还是抓着余笑的手不肯放，细细的、白色的手指几乎要嵌进淡褐色的大手中。

"余笑，不是的，你不会比我更多了，你……我……"褚年努力地组织着语言，"余笑，你比我幸福多了！你有你妈，你有你朋友，甚至你爸对你都有好的时候，我呢？我什么都没有！你的好能留在他们的心里，可我的一切都随着褚年这个身体被你带走了！余笑，想想这些，我求求你，你想想这些。你不要总觉得你是受了我的伤害了好吗？我是背叛了你，我背叛了咱们的家，可这不代表你的人生一无是处！反而是我，我现在才明白，抛开褚年这个光鲜好看的壳子，真正没有被人惦记、被人保护的是我！没有人爱我躯壳之外的东西，我爸妈都不爱，我比你可怜！余笑，是我褚年，是我比你可怜！"

那只手被抽了回去。

查房的护士从病房门前经过，病房的灯被关上了。黑暗笼罩了整个病房区，也笼罩了短暂的沉默。

余笑轻声回答他的痛苦哀求："你错了，褚年，是有人爱过你的，是你自己不要了。不要说没有人爱你，这句话会把你之前在我这儿卖的一切惨都打散。"

初冬的风声有点儿大，从窗外一直漫到人的心里。

抽出一张纸巾，慢慢擦掉手上沾染的泪水，余笑接着说："之前他们说你一直不说话，我还怕你是产前抑郁，既然现在脑子还这么清楚，能哭会说，估计你的状态比我想象中要好。好好休息吧，不要太激动了。"

借着月光，余笑和衣躺在了旁边的病床上，黑色的大衣被她当被子盖在了身上。

褚年再没说话，那句"有人爱过你，是你自己不要了"在他空荡荡的脑海中回荡着。

大概过了半个小时，他慢慢转过头去看着余笑，看了很久，睡了过去。

第二天早上睁开眼睛又看见了余笑，褚年突然有一种很奇怪的感觉——他又活了。

余笑只要出现在他的眼前，他就觉得自己又活了。

医院的清晨很早就来临了，余笑用热毛巾给褚年擦脸擦手，擦得干干净净，白色的面皮儿都泛起一层粉，又从自己的包里拿出一瓶面霜给褚年擦。

"你现在一个大男人还用面霜啊？"

"所以我现在一个大男人比你以前帅啊！"

褚年不说话了。

早饭是昨晚就在医院食堂订的，一张鸡蛋饼，一碗红豆白米粥。余笑翻了翻傅锦颜送来的东西，在里面找出一包淡盐榨菜，让褚年卷着鸡蛋饼吃。

"我想吃半熟的鸡蛋。"

"等你查房结果出来了，我回去一趟，给你煮了带过来。"

"好。"

赶在医生查房之前，同病房的两个人都赶回来了，看见高大俊朗的男人在病房里进进出出，两个孕妇都忍不住去看。

看着她们的眼神，褚年的心里又是一阵心累。

查房的结果，自然是褚年得继续卧床休息。

有了这么个结果，余笑就先回家了。

她刚走，褚年就听临床的孕妇跟他说："你老公长得可真好看啊！有这么个老公，还一大早给你忙里忙外的，你真是好福气。昨天看你婆婆那个样子，我还以为你是个小苦菜花儿呢。"

小苦菜花儿是什么？余笑这样就算是对自己好了？

褚年歪头，看着孕妇挺着肚子瘫在床上，一只手挂着吊瓶，另一只手还得去拿床头柜下面装着水果的兜儿，而她的老公就在一边坐着玩手机。

褚年顿时觉得余笑作为一个老公……好像还行？

这么想着，他拿出了手机，微信里满满的都是消息，有牛姐的，有其他同事的，甚至还有合作方和之前被他签单的客户的。

听说了他先兆早产，所有人都让他好好休息。

合作方的省级经理说："你就放心生孩子，别担心项目了，等你生个胖娃娃出来，要是牛老师那边你觉得耽误了，就来我这儿，我给你个区域市场经理！"

看着这话，明知道是商场上的客套，褚年还是有一点点的高兴。他好像也没有他自己说的那么惨。

余笑走之前给他削好皮的苹果，他拿起来咬了一口，是脆甜的。

6

拎着包打开家门的时候，余笑耳边响起了熟悉的声音——

"归零，归零，归归归零！"

居然又归零了。

余笑的妈妈昨晚没有留宿在这里，而是直接回家了。现在家里空荡荡的，还是昨天早上褚年上班后的样子。

关上门，看着墙壁计分器上的"0"，余笑叹了一口气："我应该好好谢谢你。"她对计分器说，"我想过很多次，如果不是你突然出现，我会变成什么样子。之前很长一段时间我会想得很糟糕，现在我不会了，甚至不怎么会想了。有个人跟我说，如果不知道路在哪里就低下头去做事，可能是事情做多了，我想得就少了。可我不懂，我现在已经不像从前那样讨厌我自己了，为什么这个分数还是会归零呢？难道我想换回来，就只能真的去爱褚年吗？"

计分器当然不可能回答余笑的问题。

"可是，会再爱上褚年的余笑也不再是我了。不换回来，余笑不是余笑；换回来，余笑还不是余笑。有时候我觉得你在测的根本不是什么相爱指数，你是一面镜子，想让我们从里面看清自己，又生怕我们从里面看见自己。"

北方的房子都已经开始供暖，融融的暖气包裹着余笑，驱散了她大衣上的寒凉。她站了好一会儿，才脱下外套。

上次回来是一个月前，那天正好褚年去省城开会了，余笑在家里等到九点多，去火车站开车把他接回来之后才走的。

每隔一段时间回来，这个家都会让她多几分的陌生。

茶几上的桌布换成了蓝色的方格，电视上面的盖布彻底不见了，甚至茶几底下的地毯都换成了灰色的。

卧室的变化更大，一套颇有 20 世纪 80 年代风格的小碎花床品占据了整个床。一些简易的健身设备就放在窗台上。床边放了几本书和一台新的笔记本电脑，好几支笔都在地上。书的种类还挺多，有财经的，有房地产的年度分析，还有胎教的。

衣柜一打开就很凌乱，一些余笑没见过的衣服占据了半壁江山，几乎每件都是宽松的、棉质的，有的颜色和款式还不错，有的就特别一言难尽，显出了它们主人飘忽不定的审美。

把衣柜大略收拾了一下，找出两件能给褚年替换的衣服，余笑又拿出一件褚年从前的羊绒衫，往身上一套，再照照镜子，她挑了一下眉头，从前褚年穿这件衣服可真没有现在这帅气逼人的味道。

回来的路上买的牛肉切小块下在锅里炖着，再脱了衣服去洗了澡，出来煮鸡蛋……十一点五十分，余笑拎着东西出现在了病房门口。

看见她的一瞬间，褚年露出了他住院以来的第一个笑容。

"老公！"他很自然地叫。

"我给你把电脑拿过来了。"说着话，余笑从包里拿出笔记本电脑，架起床桌放在了褚年的面前。

"啊？"

"你要是想看看工作相关，还是用电脑方便一点儿。"

余笑说得很自然，褚年却有点儿蒙："你还让我工作？"

"要是不让你工作，你就像昨晚那样抱着我的手哭，那还是工作对你的情绪好一点儿。"

"可……可……可医生让我静养啊！"褚年说话都结巴了。

"我又没让你跑着工作，躺在床上看看相关总是可以的。当然不想看就好好休息，你心情怎么好怎么来，医院的WIFI不怎么样，我下次回家给你存几部剧，还是你想看小说，或者玩个游戏？"

褚年还没说话，邻床的孕妇已经开始说她自己的老公了："你看看人家，人家还关心一下媳妇儿想看点儿什么、干点儿什么，就你，你就跟你的手机过

084

日子去吧！"

看着他们，心里有点儿甜的褚年顿时觉得自己的幸福指数飙升。

中午褚年吃完饭继续打针，一只手挂水，另一只手操作着电脑。过了一个小时，液体打完了，余笑扶着他去了一趟厕所。

再回来，他觉得有点儿困："我睡一觉。"

"好，你睡吧。"余笑帮他收好电脑和放在电脑边的水杯。

躺在床上没一会儿，褚年"哎哟"了一声。

坐在一旁的余笑站起来，慢慢帮他调整了一下睡觉的姿势。

"谢谢。"褚年含糊着说了一声，越来越大的肚子就像是在身上绑了沙袋，长时间维持一个姿势是很痛苦的。

"没事，你好好睡。"

给褚年整理好了被子，余笑就坐在病床旁边的椅子上，安静地看着手机。

冬日午后的阳光照在穿着羊毛衫的男人身上，似乎是在融融地发着光，越发俊朗的脸庞引得同病房的孕妇忍不住看了过来。她老公就在旁边低头玩手机，但这样的帅哥，谁不爱看呢？

不仅病房里有带着粉色泡泡的暗流，就连病房门口的嘈杂声似乎都比平时更大了，是护士和年轻女孩儿们路过的脚步声和私语声——

"好帅啊！"

"真的好看啊！"

外面有点儿聒噪，病房里倒是很安静，安静到褚年能听清楚那些人在说什么。过了十几分钟，他睁开眼睛说："你在这儿也没什么事儿，要不你先回家休息吧？"

只有他自己知道，自己现在是多么的忍无可忍。

余笑想了想说："那我回公司把车开来。"

褚年的脸蹭在枕头上，点了点头。

等余笑真走了，褚年发现自己睡不着了，维持着侧躺的姿势，闭上眼睛又

085

睁开。他也不想看工作方面的东西,拿出手机正想看点儿财经新闻,就听旁边床的孕妇说:"姐,你老公脾气看着挺好的,就是他在那儿一坐,我就不敢说话了。"

嗯?是在说余笑吗?褚年想了想,笑了一下说:"没有吧。"

"你们是夫妻处得久了没感觉,我看着他就知道,就算你婆婆那个样子,只要他对你好呀,你就肯定不吃亏!"虽然要当妈妈了,这个女人说话的时候还带着一点儿少女的甜味儿。

褚年的笑容顿时有点儿干,也不知道是被哪句话给戳了一下,心尖儿和肺都有些闷。他蹭着想坐起来,却觉得腰腿都没什么力气,可能是躺了一天多的缘故。

余笑不在,褚年觉得自己在病床上动起来像个被压着壳的乌龟,挣扎了一会儿,他也懒得再折腾了,就这么半靠在床头上,虽然脊柱和颈椎都不太舒服,但是也能忍。

他是忙着想坐起来却不能,隔壁床的那位是想躺下:"老公,你给我把床摇平。"

女人的老公看着二十多岁的样子,眼睛盯着手机说:"干吗?"

"我想躺一会儿。"

"躺什么呀,别躺了,再过一会儿我就带你回去了。"

"我累了,我想躺一会儿。"嘴里撒娇,女人一只脚从被子里伸出去,踹了她老公一下。

男人这才把手机放在一边,给她调整床的位置。

"唉,这些男人真是,自己还是个得让人催着的孩子,结果这都要当爸爸了。"又把自己的老公打发出去洗水果,女人这么对褚年说,语气里还带着一点儿宠溺和甜蜜。

褚年没觉得这有啥甜的,被踹一脚才知道干活不拖延,那不就是一头驴吗?嫁给个驴还这么开心,姑娘你口味有点儿重啊!你看余笑,有她在,自己就不用操一点儿心……唉，这个类比好像不对，应该是反过来，要是余笑怀孕住院了，自己照顾她……

不，我没照顾她。褚年拍了一下自己的额头，像是要把过往的记忆从里面打飞出去一样。

放空了大脑，人变得更无聊，又不想跟人聊天，褚年看起了之前看的宫斗小说。这几个月他最大的消遣就是这个了，偶尔觉得心情不好、工作实在太辛苦的时候就拿出来看看，倒是很能解压。

余笑回来的时候，看见褚年抱着肚子又缩在了床里。

"你怎么了？"

褚年的脸色很难看："我看小说，里面女主生了个死胎。"

余笑表情平静："所以呢？"

褚年眨眨眼："没事儿，我就是被吓了一下，要不……你抱抱我、哄哄我？"

把买来的饭菜放在桌上，再把病床后面摇起来，余笑说："你吃饭吧。"

他的晚饭是两种青菜，一碗南瓜饭，还有一碗热腾腾的鸡汤。褚年把半生不熟的鸡蛋扒开倒在米饭上，又往上面浇了两勺鸡汤，对余笑说："我真是给吓着了，怎么都要生了，还能……"

余笑站在一边给他打开青菜的包装盖子，轻声说："还有人吃饭说话的时候噎死呢。"

咽下嘴里的饭，褚年咂咂嘴，委屈巴巴地说："今天隔壁床的还夸你对我好，结果你一回来就欺负我。"

余笑没理他。

又吃了两口饭，褚年再次抬起头："怎么就我自己吃啊？你吃饭了吗？"

余笑低头看了一眼手机，说："有人约我出去一趟，等你吃完饭我收拾好了再走，大概两个小时回来。"

"你又出去啊？行，你去吧。对了，护士说我明天早上得做 B 超，单子放那儿了。"

"好，我今晚就在这儿休息，明天送你过去。"

"嗯。"听余笑说今天晚上还陪着自己，褚年又觉得开心了，他自己都没想到，自己居然会这么开心，还对余笑挥了挥手，"你早点儿回来啊！"

约余笑见面的人是傅锦颜，约的地方是傅锦颜最近常去的私房菜馆。

"我还以为他这次真撑不下去了，昨天他的样子……真是不太好。"看着余笑点菜，傅锦颜的手指在桌子上点了点。

余笑一边看菜单，一边低声说："他没那么容易垮。"

傅锦颜笑了一下："也对。那你这次回来是想陪他住院，还是看他没事了就走？"

"陪他到出院吧，现在项目是施工期，赭阳和总公司两边都进行得很顺利，我离开几天没问题，也已经跟公司打过招呼了。"

"真好。"傅锦颜突然笑了一声。

余笑抬眼问她："什么真好？"

"能看着你再次为了事业去拼，而不是跟我说褚年长婆婆短，真好。"

余笑又笑了一下："从前傻，让你替我担心了。"

傅锦颜单手撑着下巴，细细打量着自己闺蜜现在的样子："你的变化还真大，这段时间没少勾搭小姑娘吧，是不是又有人为你这个渣男伤心了？"

余笑当傅锦颜是在拿她开玩笑，她最大的变化不就是换了个身体吗？

看着自己的闺蜜脸上那浅淡无奈的笑，傅大编剧嘴里"啧"了一声："帅而不自知，真是致命啊！"感叹完了，她换了个话题，"本来想问问你最近好不好，一看你的样子就知道一定过得挺好，看着就是精英成功人士的样子了。"

"也没有，就是低头做事。"

"啧，这话说得就够成功人士了。"

余笑再次面露微笑。

傅锦颜也开心地笑了："这样比我想象中更好。"

曾经温柔又温和的人一度被伤害得戾气滋生，现在重归了温和，却又在温和中生出了力量，傅锦颜为自己的好友开心。

花胶炖鸡端上来的时候，傅锦颜问余笑："我一直没有问你，你现在这样是想等褚年生了孩子之后就安心当个爸爸吗？以后就升官发财，平步青云？"

余笑摇了摇头："我跟褚年说过，项目做完了就想办法换回来……当褚年真的有千百种的好，可我是余笑，我做不到把'余笑'真正地弃之不顾。但是要想换回来，就得我重新喜欢褚年。"

傅锦颜手里的汤匙碰到了细瓷碗上："重新喜欢他？居然是这么不要脸的条件吗？"

"是的，但是这就有个悖论……我这段时间学会的最大的道理，就是我得对自己忠诚，我得找到什么是我自己真正想要的，然后去坚持，而重新喜欢褚年这件事，违背了我的这个'道理'。"余笑放下手里的餐具，手肘撑在桌上，傅锦颜是她目前唯一能真正讨论这件事情的人，"你还记得你大学的时候写第一本小说，我们讨论过这个问题吗？肉体与灵魂哪个才是一个人在这个世界上真正的锚点。我现在遇到的选择就跟这个问题很相似。"

傅锦颜挑了一下眉头，听懂了。摘下眼镜，擦掉热汤蒸腾出的雾气，她低着头，任由细长的眼睛被头发微微遮盖："身体代表着你这个人的社会性，灵魂代表你的自我，想要找回自己的社会性就要践踏你的自我，或者说，为了你的社会性而压抑自我，只这一个选择就让你想起了从前的自己，对吗？"

余笑点头："对。所以这件事情最好的解决办法，就是我找到别的途径让我们两个换回来。"

傅锦颜的手指在眼镜腿上轻敲："这是一个死结。研究一下还挺好玩的，那就……你继续忙你的工作，刷刷经验值，我去研究一下规则，至于褚年，就让他忙着生孩子吧。"说完这句话，她重新戴上眼镜，然后忍不住笑了，"我是不是应该恭喜你，你要当爸爸了？"

过了一会儿，吃着凉瓜竹笙煲的时候，傅锦颜说："其实我想过劝你不要

089

这个孩子，这样以后才能跟褚年断得干干净净，但是不知道为什么，我总觉得……"

余笑抬起头看她，脸上是浅浅的、温和得一如既往的笑："你觉得什么？"

"没什么，这个孩子我肯定是要被叫一声干妈的吧？"

晚上七点半，褚年第十八次看向手机上的时间，病房里现在只剩了他一个人。

余笑还没回来。

说好的两个小时，现在都两个小时十分钟了。

肚子一阵胎动，褚年"嘶"了一声说："你要动，能不能趁着你妈在的时候动啊？一点儿眼力见儿都没有，真不像你爸我。"说完，他感到自己的肚皮上又凸起一下，"消停点儿，你练拳呢？！"

等穿着黑色羊绒大衣的"男人"出现在病房门口，褚年立刻挥手说："快来，你孩子在动呢。"话还没说完，他就觉得自己的肚子安静了下来。

余笑脱下大衣挂在床边，随手拿掉一根头发，说："是胎动吗？"

褚年的脸已经拉下来了。他看见了！那根头发是长发！

余笑越是一副没事儿人的样子，褚年的心里就越慌。那根长发提醒了他一直以来在害怕的事情——要是余笑真的喜欢上了女人，那她肯定不会想换回来了。

褚年感觉到了心慌，心慌到他一声不吭地躺回到床上，仿佛能听见自己的血在耳朵里流淌的声音。

"还在动吗？"

大手抚在肚子上，明明隔着被子，褚年似乎都能感觉到手心的温度。

"不动了。"他闷闷地说。

"要是疼就说出来。"

"嗯。"

直到病房里的灯关了，褚年都没怎么说话。黑暗中，他睁开眼睛，转过头去看躺在另一张病床上的余笑："余笑，你睡了吗？"

"还没。"余笑这么回答，眼睛还是闭着的。

"余笑，我给孩子想了个小名，就叫褚褚。"说这个名字的时候，褚年有些得意，这个孩子是他褚年的孩子，又是他自己亲自生的，叫这个小名没毛病！

余笑的眼睛还是没有睁开，只说："好。"

她很痛快地答应了，褚年却又不爽了起来。他故意在这个时候说这个，就是想让余笑生气，宣告自己对孩子的所有权，可是很显然，余笑并不在乎这个孩子。

对，这个孩子余笑一直不想要，是他自己非要生的。

想到这件事，褚年的手在被子下面摩挲着，这是个并不被妈妈期待的孩子。

这一刻，褚年突然觉得很难过。这就是他几个月来独自辛苦和无数痛苦换来的结果。真的值得吗？只是为了不离婚，为了不让属于自己的东西离开，他就决定生下这个孩子，对这个孩子公平吗？对他自己是真的好吗？

被强行压制的疑问在这个夜晚一个接一个地冒了出来，褚年摸着肚子，牙关紧咬。太晚了，到现在了，他不能回头，而且……

手掌下，是孩子又在"打拳"了，褚年深吸一口气再缓缓吐出，才缓解了突如其来的疼。

他知道，他已经舍不得了。

这比无法回头的无奈更让他痛苦。

感情是个坑，陷在里面的人会被站在坑外的人埋住，曾经的自己是站在坑外的，可对待这个孩子的时候，褚年知道，他才是掉进了坑里的那一个。

7

住院第四天，褚年觉得自己很忙，早上做了各种检查，医生说他得继续住院，打针的时候留置针里还回血了。

不仅忙，还累，是心累。

下午五点，他亲妈和余笑的妈妈前后脚来了。有"褚年"在这里，两个妈的态度大变，说话都温柔起来，也不互呛了。

"褚年啊，你在京城忙了那么久，是不是领导很重用你啊？"这是褚年的亲妈。

"褚年啊，来吃个橙子。"这是余笑的妈妈。

"唉，我们家褚年呐，那是多大的生意都不管了，就因为他媳妇儿把自己折腾得差点儿早产，一回来就忙这忙那地照顾着，家都没怎么回。"这当然是褚年自己的妈，她在跟同病房的另一个孕妇家属闲磕牙。

"褚年啊，你中午吃的什么？昨天吃的什么？别只顾着别人，自己的身体也得仔细看着。"这是对自己的"女婿"进行全方位嘘寒问暖的余笑的妈妈。

开口闭口都是"褚年啊"，让真正的褚年一度以为是那个"男人"在怀着孩子又得保胎呢。

更让褚年觉得不舒服的是两个妈妈对"褚年"的各种夸赞。不过就是送个饭、陪个床，她怎么就辛苦了？真正辛苦的难道不是几个月来吃不好睡不好，现在又被迫躺在床上每天各种被检查的自己吗？

让褚年越发生气的是，不仅两个妈妈不停地夸，就连那些外人也都在夸"褚年"，从外貌到职业，从照顾老婆到气质、风度好，在他们的嘴里，"褚年"简直是个绝世好男人。

好个屁！明明昨天晚上还出去跟别的女人鬼混好吗？！

余笑一直不说话，只要笑着别让褚年的亲妈靠近褚年就行了，至于那些夸奖，她根本没往心里去。这个世界对男人真的很宽容，尤其是对有点儿事业的男人，在家里他就算捡起一片纸，人们也会像赞美国王一样赞美他。

"对了，褚年啊，你想好给孩子起什么名字了吗？你爸虽然一直不说，其实可着急了，他写了这么些名字让我带过来……"褚年的妈妈放低了声音说，"不管怎么说都是他孙子对不对？这些名字啊，你爸都是挨个儿在字书上对过的，个顶个都是好名字。"

褚年的爸爸是很会起名字的。余笑还记得她和褚年当年谈恋爱的时候，还在名字测算的网站给自己的名字算过分，"褚年"是九十九分，当时褚年就很骄傲地说他的名字是一个很有名的算命大师给"称"过的。

"不用了。"大略扫了一眼那张纸，毫不意外上面一串儿都是男孩子的名字，余笑回头看了一眼褚年，然后说，"孩子的妈妈已经给孩子起好名字了，叫褚褚。"

"褚褚？这什么怪名字？褚年，我跟你说，你得听你爸的，起名这种大事……"

余笑淡淡地说："有本事，他就把生孩子的大事一块儿做了，不然就别掺和别的'大事'了。"

"褚年，你怎么说话的？"有些心虚地看了一眼自己的亲家，褚年妈妈的声音更低了，脸上硬是挤出了笑来，"都这么大的人了，还这么没轻没重地开玩笑，你也不怕你丈母娘笑话！"

余笑轻轻地笑了一声："您觉得我是在说笑话吗？"

"当……当然是说笑话，给孙子取名字那不是……"

"嘶啦。"那张写满名字的纸被轻飘飘地撕成了两半，然后是四半……然后成了无数的碎纸屑，大手把它们笼在指间团成一团，再扔进病床下的垃圾桶里。

余笑沉声说："那我也把这个当笑话了。"

褚年坐在床上，看着余笑的背影，不由得想起那天掀翻了桌子的人。那个人与眼前的背影重合在一起，让他前所未有地感觉到余笑确实变了，在他不知道的地方变得深沉又强硬，变得冷静也尖锐。他心里有几分痛快，又有更多的酸涩。

"儿子"把那张起了名字的纸撕了，褚年的妈妈当着亲家的面又不敢跟儿子掰扯，生怕又碰了儿子的哪根筋把家丑扬了出去，在不安中过了几分钟，她就说要走，却又被"儿子"叫住了。

"妈，余笑身体不好，事儿也多，您来了我们也招待不过来……"

褚年的妈妈一脸惊讶地转过身："我？"

"您就不用过来了，我爸也是一直在忙，那就继续忙吧。"

"哎？"

"您放心，我会好好工作，该给的也不会少给您。您要是来，也就不用带给余笑生孩子的钱了，我把那笔钱直接给余笑好了。"

"那我孙子……"

"您慢慢走，我就不送您了。"说话的人还很礼貌地点了点头。

之前充斥在整个病房里的赞美声彻底消失了，人们惊讶地看着亲手赶走自己亲妈的"男人"。

"他"面上毫无羞愧之情，坦然地说："照顾老婆已经很辛苦了，我还想好好休息，不想被人添乱。"

这就是直接说褚年的妈妈是在添乱了。

连余笑的妈妈都对自己女儿的表现大为惊讶，几分钟后，拉着她到病房外面的角落里小声说："你这是干什么呢？用了褚年的身体就把他爸妈得罪死了，你这是干吗？"

"妈，你放心，我不是在报复褚年，也不是使性子。褚年的父母太自私了，他们已经教坏了一个褚年，如果可以，我不希望孩子将来受他们的影响。"

"孩子？笑笑，虽然我也是从心眼儿里膈应姓褚的这一家子，可是他们怎么也是孩子的爷爷和奶奶，难道还能一辈子不接触不成？现在你给他们脸色看，以后需要他们帮手的时候……"

听见这样的话，余笑不由得笑了："妈，这么多年，您什么时候看褚年的爸妈帮过我们？从小您就跟我说，说话做事不要得罪人，忍着让着，吃亏是福，省得以后找人帮忙都找不到。可现在我觉得，要是人自己爬不起来，那再多的人帮忙都没用。看他们把褚年教成那个样子，我想不到他们会在孩子的成长中起任何的积极作用，还是隔离起来最好。"

余笑的妈妈还想说什么，余笑抬手抓住了她的肩膀，低声说："妈，您还记得吗，您说我受了委屈都不会哭的。我不希望我的孩子也是这个样子，我不希望他的人生还没开始，就已经注定了会有让他委屈和痛苦的人存在。"

她的语气郑重得让她自己的母亲都感到陌生。

"余笑啊！"萧清荷女士轻轻叫了一声自己女儿的名字，好像是在确认眼前这个人真的是她的女儿。

——"我不希望我的孩子也是这个样子，我不希望他的人生还没开始，就已经注定了会有让他委屈和痛苦的人存在。"

回家的路上，余笑的妈妈还是忍不住想起这句话。

坐在地铁里，扶着车厢门口处的铁栏，她的眼泪一下子就流了出来。

旁边的年轻人被吓了一跳，摘掉耳机，拍着她的后背说："阿姨，您怎么了？"

"我是那个人！"看着就又体面又能干、面容有些严肃的妇人慢慢蹲下，好像身体里有什么地方疼得不行了，"我就是她命里那个注定的人啊！"

8

"你到底怎么想的？"吃过晚饭，看着给自己削苹果的余笑，褚年出声问道。

长长的果皮从刀下垂到地上的垃圾筐里，余笑手上保持着原本的节奏，反问："什么怎么想的？"

褚年抬手挠了挠头，病房里又剩下他和余笑两个人。之前他还觉得这样挺美的，看着余笑围着他团团转，偶尔会让他以为自己又回到了从前的时候。可经过今天余笑撕了他爸的起名纸，又把他妈赶走，他的感觉又不一样了。

现在他们两个人的关系很微妙，余笑是个保护者，甚至可以说是余笑在用她自己的方式支配着三个家庭，这种越发明确的认知让褚年很不舒服——他能分辨出这种支配并不属于"褚年"的身份。

在余笑的身体里，褚年可以接受现在的余笑以"褚年"的身份去保护他，但是一旦这种保护超过了属于"褚年"能够做到的界限，又让他有种超出了掌控的惶恐。换句话说，就是余笑比褚年自己做得好，他就觉得不是滋味儿了。

"我是想知道你现在这么天天照顾我的时候在想什么。有没有觉得看到我这么惨，你很开心？"手指扣着手指，褚年观察低着头的余笑。

"你惨也是用了我的身体去惨，我有什么好开心的？怀孕过了四个月，流产就对人的伤害很大了，你执意要生这个孩子，我又不能强行把孩子给打了，只能由着你，让你用我的身体遭着你从前想都没想过的罪。至于说我现在在想什么，你都差点儿先兆早产了，我只能回来看着你，一百步走到现在是九十九步，我也不能让自己的身体垮在这个时候。褚年，我要想的事情挺多的，但是那些事情都是'我'的事情。与你有关的事，我实在没什么可想的。"

削好的苹果皮完完整整地落在了垃圾筐里，她接着说："实话说，到了现在这个地步，我对你当初出轨的事情早就不放在心上了。"

说完，余笑突然觉得心里一松。

"我自认对你没有犯过错，过去七年，甚至是过去很多年，我对不起很多人，最对不起的是自己，所以现在努力弥补，让自己变得有用一点儿。要是能换回来，我也想换回来，但是如果让我爱你才能换回来，我觉得那实在是世上最对不起我自己的事情。我这么解释，你懂吗？"

她用水果刀利落地把苹果削成片，放在小盒子里摆在褚年的面前。

随着余笑的话，褚年的眼睛不知不觉低了下来。看着眼前的苹果，他很艰难地笑了一下说："行了，我知道了，你也就当我是路边一块沾了屎的石头……不对，你的身体是石头，我是那块屎，你现在就是等着屎掉了好把石头拿回去。"粗鲁地嚼着苹果，他说话的时候都能感觉到苹果汁儿溅在舌尖儿上，应该是甜的，却没感觉。

余笑只说："难为你吃着苹果还能想出这么倒胃口的话。"

"不过，余笑，你为什么还会想换回来呢？你知道吗，我现在，就大腿根儿这个位置，"褚年手里拈着牙签比画了一下，"就跟里面有棵树在长一样，时不时就觉得疼，还涨。还有这个后背，我觉得下面三节骨头已经不属于这个身体了。哦，还有肚子，你知道吗，侧边的肉都撑开了……余笑，你要是不告诉我为什么你还想换回来，我只能当你是骗我的你知道吗？就……就我现在这样，跟个串了丸子的竹签有什么区别？就这个样子……走路都已经开始撇腿了，等肚子再大一点儿，跟个鹅也没什么区别了。"

褚年话刚说了一半就后悔了，他知道自己不应该提醒余笑现在这个身体有多糟，可他根本忍不住。

一次又一次，在这个身体里遭受了这么多从前想都没想过的痛苦之后，褚年自己都很困惑，这个世界上竟然有人还愿意回到这副皮囊里继续这样活着？她是疯子还是骗子？

"褚年，你知道我们在赭阳的那块地上做了很多规划，你猜对我来说其中最核心的是什么？"余笑这话说得很突兀，仿佛自始至终没有经手东林这个项目的褚年就应该知道这个项目的相关情况似的。

褚年毫不犹豫地说："我看了新闻，一大片地方划归民生建设用地，有市场有学校，最核心的是那个学校？"

余笑摇了摇头："对我最重要的，是女性职业培训中心。"

"啊？"

"在赭阳，我其实一直抱着随时可能换回来的想法在做事。你知道吗，那段时间我能感觉到自己像是一个上了牌桌不想走的人，一定得把能出的牌都出尽了。"余笑说完这话，笑了一下，北风在窗外轻轻地呼啸，她倚靠在窗边，让自己的头脑冷静下来，"慢慢地，我又想明白了，我不是个赌徒，我没有赌博的资本，我只能当个做事的人，当'褚年'就做'褚年'该做的事，当'余笑'就做'余笑'该做的事。"

这话，褚年仿佛懂了，又仿佛没懂。他看看余笑，有些嘲讽地笑了："那你做了什么呢？有时候我很佩服你，余笑，你总是把自己定位成一根蜡烛，找着个位置点上火，就不管不顾地开始烧。一个烂尾地改造项目，怎么到了你的嘴里还了不得了？"

"蜡烛？也行吧，多少人活了一辈子不知道自己该是个什么呢。我要还是从前那样，你绝不会说我是蜡烛，但是你会眼睁睁看着我变成灰。可见就算是蜡烛，也得找对了地方烧，才能让人称赞一声。其实我……我都没想到我的心还挺大，我不光想给自己找个地方烧，在做这个职业培训中心的时候，我还想将别的蜡烛从落满了灰的旮旯里——"话说到一半，余笑突然停住了，"你有没有听见什么声音？"

"什么？"褚年愣了一下，就看见余笑冲了出去。

褚年隔壁病房的厕所是掩着的，余笑听见从里面传来的呻吟声，连忙去摁床头的呼叫器，又跑到病房楼道里大喊："快来人啊，有人在厕所里喊救命！"然后，她打开卫生间的门，看见一个孕妇瘫倒在地上，脸色苍白到了极点。

这个病房里还有一个待产的孕妇，正开着公放看剧，看见余笑冲进来，吓得差点儿把手机扔到地上去。

两个值班护士和一个值班医生很快跑了过来。

余笑给他们让开地方，听见医生对护士说："应该是摔了一跤，羊水破了，剧烈宫缩，孩子入盆了，快送产房。"

他们说话的时候，另一个护士已经开始卸掉病床的边栏，把病床变成一个推床。余笑过去帮忙，护士说："你别忙这个，去帮黄医生把产妇拖出来。"

产妇明显养胎的时候营养不错，体重不低于一百五十斤，因为剧烈的疼痛，她的双腿根本使不上力，每一次好不容易托起来，那两条腿还挣扎着帮倒忙。医院卫生间的门又狭窄，余笑没办法，只能让累得满头大汗的黄医生去对面抬脚，自己托着孕妇的上半身。

"三，二，一！抬起！"

壮实的肩膀直接顶开了碍事的木门，余笑咬着牙托着孕妇后退了两步，终于先把她从卫生间里给"拔"了出来。

护士在她耳边喊："别往下放！直接送病床上！"

余笑没说话，脸涨得通红，咬着牙一口气把产妇硬生生抱到了病房门口。

黄医生已经抓不动她的两条腿了，也不用抓了，他冲到病床的另一头，和两个护士一起使劲儿把孕妇的下半截身子送了上去。

另一个护士冲过来喊："三产室准备好了！"

所有人推着车子往那儿奔。

褚年心惊胆战地站在门口，护士喊了好几次让他回去，他都没动。手指抓着门板，他看见孕妇痛苦的脸，还有所有人脸上焦急的样子，明明只是一瞬间，却又像是长在了他的眼睛里。

他慢慢走出去，跟附近几个病房的人一样。

"哎？刚刚那个是你老公吧？"

褚年迟钝地点点头。

说话的人竖起一根大拇指："你老公好样儿的！"

褚年没说话。

等啊，等啊，过了十几分钟，就好像过了几个小时那么漫长，他看见科室的大门打开，一个穿着灰色毛衣的人慢慢走了回来。

是余笑。

褚年一把抓住她的手臂："我要生的时候，你必须一直守着我！"

"好，我知道。"

"不能光说你知道，你必须答应我！你得守着我！"

手指的凉透过毛衣传过来，余笑看着褚年跟刚才那个孕妇差不多苍白的脸，点了点头："好，等你到了预产期，我就请假。"

褚年这才有了一点儿安心。

扶着褚年慢慢走回病房，余笑的眉头一直微微地皱着。

褚年看着她说："怎么了？是刚刚那个孕妇不好吗？"

余笑摇了摇头。

突然的事故惊扰了整个病房的夜晚，有病人家属忍不住去打听情况，于是很快，一些消息就从产房门口传到了病房这边。之前夸过余笑的那个家属摇了摇头说："产妇也没别的，就是要生了，现在家属到了，医生说孕妇没劲儿了，家属说什么都不肯剖。"

"孕妇刚刚摔了一下是不是伤着哪儿了呀？"

"倒是没这个消息，也不至于吧？可能就是产妇使不上劲儿，你看刚刚拖出来多费劲。"

"那怎么办呢？"

"怎么办？硬生呗。"

"我的天啊，没劲儿可怎么硬生？这话一听就是没生孩子的说的。"

"我看家属买了巧克力、红牛送进去了。"

"红牛？巧克力？哎呀我的妈呀，那孕妇没劲儿，光疼去了，吃这些有用吗？"

褚年听着那些话，才知道刚刚被余笑救了的产妇正在经历什么。他又一次呆住了，什……什么叫硬生？

"生孩子怎么还能没劲儿？"他都感觉不到自己的嗓子在抖。

余笑拍了拍他的肩膀，大概算是在安慰他，低声说："顺产是需要体力的，不然就算什么都行，生孩子也还是很困难。你别想那么多。"

怎么可能不想那么多？！看看自己的肚子，褚年慌了："我觉得我也没劲儿，余笑，我……我……我也想剖腹产。"

余笑的心情有点儿低落。

刚刚她听见那个产妇挣扎求救的声音，一秒钟都不敢耽误，她和医生、护士争分夺秒是想让那个女人别这么痛苦。可她的亲人，为了什么"顺产对孩子好"就任由那个产妇无力地痛苦吗？

明明医生已经建议了剖腹产。

明明她那么疼了，连她这个陌生人都觉得她的痛苦难以忍受。

只为了"顺产出来的孩子更聪明"这种不知哪里来的理由，就可以任由自己的爱人躺在门的另一边哀号吗？

"我说了，你别想这些，听医生的意见比较好，剖腹产和顺产各有利弊。"

平稳的声音进了耳朵，褚年猛地抬起头看着余笑："余笑，你相信我，我会好好照顾自己，我会好好吃饭……要不你再给我点儿苹果吧。"

"你干吗？"

"万一我落到这个地步怎么办？妈呀，要是没力气，就在产床上生疼，然后你不让我做手术，我的天啊……"褚年脑海中那张脸已经变成了他自己的，他甚至都开始觉得肚子疼了。

这加剧了他的恐惧。

"余笑，不管你怎么恨我也好，你……你做决定的时候得想好了这个身体是你的！你不是想要换回来吗？我要是真疼死了，这事可就完了！你……你……我跟你讲……"褚年深吸了一口气，说，"我要是在产房里知道你不让我剖，我……我立刻咬舌自尽，你再也别想换回来了！"

还在为那个产妇担心的余笑抬起头，用看傻子的眼神看着褚年："说得好像你能受得了自己咬断舌头的疼似的。"

褚年像只被掐住了脖子的麻雀，一下子就呆住了。

余笑又说："一切按照医生规划的来，该顺该剖毫无意外。在产床上临时决定剖腹产也够吓人了，你以为顺转剖是什么好事儿吗？"

好一会儿，褚年木木地说："哦。"

又过了一会儿，他的心情平复了下来，说："反正要是……算了，我也别说'要是'了，万一好的不灵坏的灵，我才是真把自己给坑了。"

余笑的唇角勾了一下，神情比之前松缓了不少："你好好休息。"

"嗯。"

褚年上床的时候趔趄了一下，一只有力的手臂扶住了他，同时，他听见了一声轻嘶："怎么了？"

"没事儿，刚刚肩膀撞了一下。"余笑说得轻描淡写，给褚年盖好被子才去揉了揉自己的肩膀——那个今天生生撞开了好几扇门的肩膀，"褚年，好好照顾这具身体吧，不然你受的罪会越来越多。"这句话，她说得很真诚。

褚年"唔"了一声。

九点，十点，十一点……

褚年睡不着，余笑也睡不着。

黑暗里，褚年看见余笑从床上起来了。

"你干什么？"

"我去产房那边看看。"

"哎？你？"

褚年拦不住余笑，只能看着她用手机的手电筒照着亮，慢慢走了出去。他也掏出手机，想到不肯让产妇剖腹产的产妇家属，搜了一下"产妇的父母可以签字手术吗"。要是到时候余笑真靠不住，他还可以指望一下余笑的爸妈，要不，爸就算了，余笑那个妈，要是自己去求，应该是可以的。

心里盘算着，褚年点开了一个答案——

"可以的，不过建议产妇生产之前诵读'南无阿弥陀佛'避免难产。"

这是什么狗屁答案？

褚年把手机屏幕锁了。

关了灯之后的病房格外安静，都能听见隔壁病房有人在打呼噜。褚年眼前又是刚刚的那一幕。他小时候淘气，和玩伴们一起掏过蚂蚁窝，挖下去半米深，直到挖出白色的蚁后。一团白色的东西在那儿蠕动着，跟在床上挣扎着要生出孩子又没力气的产妇真是像极了。褚年觉得有些恶心，恍惚间，仿佛躺在那儿的人是他自己，余笑推着车，一脸的焦急。

"啪"，抬手拍了一下自己的脑门儿，褚年自嘲地笑了一下："做梦呢，她着急八竿子打不着的也不会着急你呀。"

这么一想，他觉得自己身边更空了。

褚年打了个哈欠，也不知道过了多久，突然感觉自己身边有人，睁开眼睛，看见是余笑在给他整理被角。

"睡吧，解决了，开始手术了。"余笑对他说。

"嗯。"

迷迷糊糊地，褚年觉得自己的一颗心放了下来，不知道是为了那个只见过一面的孕妇，还是因为余笑回来了。

第二天，褚年才从别人的闲谈里知道余笑到底做了什么。她给产妇的爸妈出了主意，又说服了医生，让产妇在产床上签了授权改变书，把手术同意的授权给了她的爸妈，然后爸妈签字同意了剖腹手术。差不多凌晨一点的时候，产妇生下了一个七斤八两的男孩儿。据说产房外那个产妇的丈夫和公公还想找余笑的麻烦，也被余笑给解决了。

还真是惊心动魄的一夜呢。

医生查完房之后，褚年正想跟余笑说自己想上厕所，就看见一个穿着粉色外套的阿姨走进了他们的病房。

那个阿姨的眼睛直直地看向余笑："褚先生，昨天真是谢谢你了，真的谢谢你了！"再没别的话，在床头放下一个袋子就走了。

褚年打开那个袋子，看见里面放了一堆红鸡蛋，蛋皮都是拿颜料染红的，还有几个红糖包子："呿，她女儿都是你伤了手臂才拖出来的，就送了你这么点儿东西。"

大手拿起一颗鸡蛋，余笑问褚年："你想吃吗？"

褚年抬了下眼睛："鸡蛋我不想吃，糖包子我想吃半个。"

余笑放下鸡蛋，看到手上没有沾颜料，才拿起一个红糖包子小心地掰开，热热的糖汁差一点儿就流了出来，被她眼疾手快地用另一半给挡住了。

褚年看见余笑的脸上瞬间闪过不适的神情。

"你的那个肩膀赶紧去看看，别落下后遗症。"

"嗯，吃包子。"

褚年接过包子，看余笑开始给鸡蛋剥皮。

染了色的鸡蛋有什么好吃的？这鸡蛋都煮老了，老得快子孙满堂了！在心里计较着，褚年咬了一口红糖包子，别说，还真挺好吃的。

吃完了糖包，褚年被余笑扶着下了床，在病房和外面的走廊里走了几圈儿。外面正冷，医院里却还算暖和，肥肥的病号服里面穿着保暖裤和薄薄的羊绒衫，走了一会儿他就觉得热了。

"你要是再出去，给我看看有没有那种拖鞋，不冻脚后跟的那种。"

"你是想回家穿吗？"

今天的检查结果还不错，要是不出意外，明天褚年就可以出院了。

"嗯。"褚年点了点头。

"好，你还有什么需要的跟我说，我走之前给你准备好。"

褚年往回走的脚步顿了一下。对呀，等他出院了，余笑就又要走了。褚年的心一下子落了下来，像是窗外枝头那片以为自己能熬过整个冬天的枯叶，轻飘飘无声地落了地。

第三章　孕期记事

一切从孩子出发，那"他"这个承受着孕期痛苦的准妈妈呢？

1

下午探视的时间，余笑的妈妈拎着炖好又净了油的鸡汤和几个半熟的鸡蛋来了。看着"褚年"被"余笑"支使着干这干那，她的脸一下子就沉了下来。

"笑笑你怎么回事？褚年给你陪床已经够累了，你现在能动，有些事情就自己干，怎么养个身体还把自己当皇后了？"见"褚年"随手给她"女儿"把床桌给清出来放饭，她赶紧过去帮手，又说瘫在床上不动的"余笑"，"你从前住院可不是这个样子的，怎么还越活越回去了？"

褚年有些委屈地缩了一下脖子。

还是老样子，半熟的鸡蛋倒在米饭上，再浇上鸡汤，褚年吃了两口青菜，就开始对着鸡翅根儿使劲儿，一抬头，看见余笑的妈妈把一个大鸡腿放在了余笑的碗里。

褚年："……"我以前的待遇有这么好吗？

"明天你们出院，也不用管吃饭的事儿了，我炖你最爱吃的红烧排骨，再做个蒜泥茄子，前两天我们办公室的许老师给了我两包酸萝卜，做个酸萝卜老鸭汤好不好呀？"

褚年跟着说"好",却看见余笑妈妈的眼睛落在另一个"褚年"的身上:"妈,现在怀孕的是我,怎么你总顾着褚年啊?"他噘着嘴,几乎是将"不高兴"三个字写在了脸上。

看看他,再看看他的肚子,余笑的妈妈叹了口气,才说:"褚年大老远回来照顾你,工作都不管了,你这是干什么?还撒娇吃醋?都快当妈的人了,能不能懂点儿事?"

余笑心里知道自己妈妈是看不惯自己照顾褚年,在给自己出气,差点儿笑出声来,借口去找医生走出了病房。

很快,余笑的妈妈也跟了出来:"笑笑啊,明天我给你炖红焖羊肉,你还记得吧,你小时候我带你去你陈阿姨家,她做得好吃,回来之后我还学着给你做过的。"

"好呀,谢谢妈。"

"你别跟妈说谢谢。"手轻轻拍在女儿的手臂上,余笑的妈妈微微低着头,"我想了好几天,翻来覆去地想了,除了你爱吃什么之外,也就记得你爱画画了。那个,你还爱画画吗?我昨天去文具店看了,现在的水彩真是了不得的漂亮啊!"

"妈,我现在喜欢什么都可以自己去买。"

"不一样,不一样。"

有什么不一样呢?不过是时间不一样了。喜欢画画,却因为画画会影响成绩而在中学时被迫收起所有画材的女孩儿已经长大了。

余笑的手放在母亲的肩膀上,轻声说:"妈,您不用担心,我现在很好,真的。"

她的父母不需要她去原谅,过去的那个女孩儿也不需要现在的她去代表。

过了一会儿,她们两个人前后脚从医生那儿回了病房。

余笑的妈妈又对褚年说:"你现在是孩子长得快的时候,得控制饮食,不然孩子太大了不好生。要不这样吧,你以后少吃肉,一顿饭就一碗汤,然后吃点儿主食、蔬菜就行了,还可以吃点儿鱼啊虾啊。"

还在啃鸡架的褚年一脸蒙地擦了擦自己嘴上的油。怎……怎么一下自己的待遇就降了？

晚上，余笑的妈妈想留下换女儿回去休息，被余笑给劝走了。

躺在床上，褚年轻轻哼了一声，后腰的一根筋突然抖起来似的疼。余笑过来帮他翻了个身，他才长出了一口气。

"余笑，你之前说你宁肯当个蜡烛，所以这几天是又跑我面前烧来了？"话说出口，褚年都觉得自己酸溜溜的。

余笑本来正在给保温杯里灌水，防着褚年半夜想喝水，听了这话，她静静地把水装完，盖子拧好，才转过身看着褚年："之前我妈说你现在比我当初娇气可爱了。"

褚年："噗！"

余笑接着说："那我当男人也当得比你好。至少在这里，在这个时候，我该怎么是个丈夫的样子，就不能少。"

这话换来褚年一声不屑的轻哼："你不用变着法子说我从前有多不好。啊，余笑，我以前再不好，现在是我在这儿跟老母鸡抱窝似的等着生孩子，你倒是出去见风见浪，自以为了不起了。"

面对褚年的挑衅，余笑很平静："到现在你还觉得变成女人怀孕生孩子就是一种惩罚，可见你是真没什么悔过之心。褚年，你正在经历的，是这个世界上绝大多数人都认为每个女人应该甚至必须经历的，怎么换了个性别就成了惩罚呢？"

外面风声隐隐，她把水杯放在床头柜上，慢慢地说："人类发展这么多年，连出生所在的地球都可以突破，可以去太空，可以去月球，甚至很快要去火星，可作为人类个体，我们的心依然受困于自己的性别。我是这样，你也是这样，不同的是，我现在开始改变，可你还没有。"

明明是在说他怀孕生孩子的事情，怎么就能扯到性别上？褚年想要反驳，肚子里突然一动，他"嘶"了一声，屏息等着，可惜里面那位小拳手只打了一下，就没有第二下了。

"你让我跳开性别？你看看我的肚子，你跟我说，我怎么跳？你让我怎么跳？"

余笑已经和衣躺在另一边的床上。当褚年是个男人的时候，他理直气壮地去谋取属于"男人"的利益；当褚年是个女人的时候，他也理直气壮地使用属于"女人"的优势。这一点，她真的拍马不及。

可对余笑来说，重要的也不是这些。

双手枕在脑后，她看着天花板，轻声说："褚年，在赭阳我见到了很多很多人，我跟他们打交道，有特别成功的官、商，也有城中村里连工作都找不到的……我发现他们每个人都过得有自己的滋味儿。"

褚年不喜欢余笑的语气，挑刺儿说："谁过日子不是这么过的呢？"

躺在床上的"男人"笑了一下："从前的我就过得没什么滋味儿啊。不过这不重要，我想说的是，我总是沉浸在自己的思维里，自以为什么都明白了，却真的想不到别人到底是什么样子的精彩。有时候，反而是我自己看低了的人又回过头来教训了我。"

余笑顿了一下，仿佛在回忆什么，过了一会儿才接着说："在赭阳，我认识了一个想离婚被老公拿刀砍的女人，在那个男人真的进去了之后，她又出去打工赚钱，你猜她想干什么？"

褚年不知道为什么话题会转到一个素未谋面的女人身上，什么离婚，什么砍，什么打工赚钱，不是在说为什么余笑想换回来吗？

"她想干什么？"

"她要赚钱接着打官司，跟她老公离婚，把孩子的抚养权夺过来。你能想到吗？她之前为了让老公不要被告，能大热天的跪在地上求人，那时候整个东林城中村的人都说她有情有义……可是一旦事情变了个方向，她就能再次冲到前面去，哪怕所有人都骂她，哪怕她的婆婆学她在冷风里跪在地上求，她也要

109

离婚，也要夺过来孩子的抚养权。我之前以为她太傻，被有心人利用，我也觉得她被困在笼子里，就算努力挣扎了，也逃不过一个笼子，可我错了。"

余笑的神情很平静，这段时间她所经历的事情实在是纷杂精彩，让她越发有了喜怒不形于色的气度。可她还是忘不了在东林看见的那一幕——老妇人跪在地上哀哀地哭泣，所有人都在劝那个女人不要落井下石。

那一幕是何等的熟悉啊！余笑还记得自己撕开了伤口给那个女人看，嘴里喊着让自己也会痛的话。

她绝没想到自己会看见后来那一幕——

"你为了你的儿子跪在地上求我，我也能为了孩子跪在地上求人！现在就是法官都说你儿子有罪！你儿子有罪关我儿子什么事？凭什么牵累他被人看不起？！我就得离婚，带着孩子去南方过日子，你有种跟你儿子一样拿刀砍我！一命换一命，我死了你也跑不了，我不死你也进去了，你儿子就连个探牢送饭的都没了！"

晚秋的冷风里，那话字字都带着冰，又在冰里裹着火。

"你们都让我当好人，你们摸摸自己的良心，我挨打的时候你们在哪儿呢？啊？你们姓黄的，外姓人嫁进来也是外姓人，挨打受骂你们一声不吭，你们自己家的人出事了，逼着我去求人，又逼着她来求我，你们自己倒好。"

绝望无助的母亲也可以变个样子。不管她是为了自己还是为了孩子，都让余笑震惊了。

那一堵又一堵的死人墙困了不知道多少人，却也一直有人往外爬，拼了命、不怕死地往外爬。

听着余笑说话，褚年费劲地转过身，眼巴巴地看着她，问："所以呢？这么一个女人，是让你有了什么想法吗？"

余笑轻轻笑了笑："她能走出那个笼子，我没理由走不出我自己的笼子。褚年能做到的事情，余笑没理由做不到。男人能做到的事情，女人也能做到。你知道吗，褚年，这是我遇到你之前为自己想过的人生。"

只是凋落在自我放弃的拥抱中了，像一朵没来得及开的花。

余笑想把那朵花拾回来。

这些日子，她学会了贪心，也学会了欲望，学会了问"为什么不可以"。

只是这些东西没有指向那条看起来平坦的路。

因为那条路的下面葬着这朵花。

"你之前问我为什么突然想要换回来，就是因为这个。"

"为了那段什么人生，你愿意换回来？"褚年觉得这个解释像个笑话。

保持着仰躺的姿势，余笑点点头。

"但是哪怕是为了这段人生，哪怕是为了换回来，你也不想再对我有感情？"

余笑再次点头。她一直很佩服褚年的理解力。

"我想不通。"褚年是这么回答余笑的。

"我也不需要你想通。安心生下孩子吧，要是你想到了什么换回来的办法，记得告诉我，我可以配合你。对了，需要我给你擦脸吗，还是你自己去洗漱？"

"我自己去吧，那个洗脚盆在哪儿？我脚有点儿肿，想泡泡。"

"我拿给你。"余笑从床上坐了起来。

一场交谈最终还是归于了生活琐碎的平淡，熄灯之后，褚年躺在床上，腰背和肚子都不舒服，可他不想打扰余笑，就慢慢地蹭着转身。

——"褚年，这是我遇到你之前为自己想过的人生。"

遇到我之前？

终于找了个还过得去的角度，褚年轻呼了一口气，手摸了摸肚子。

这天晚上，他做了个梦。

大学图书馆外的梧桐树很高，树下的路也很长，他走在树下，听见有人喊"余笑"。

余笑？这个名字怪怪的。他下意识转头，看见一个女孩儿跑了过来，越过他，对着别人说："对不起，我刚刚走错路了。"

111

"哼，下次再走错我就不等你了。"

跟余笑说话的声音，褚年觉得有些耳熟。

接着，褚年就发现自己站在了一个三岔路口。

二十二岁的余笑文静清瘦，但是每当解开一道题或者背诵出一篇英文课文的时候，她都会露出一种很好看的笑，真的很好看，就像她的名字一样，莫名吸引着褚年。所以褚年转过身，一直看着她，看着她用一双明亮的眼睛看着自己，那双眼睛里，满满的全是他。

应该是这样的。以后他们会在一起，有一场浪漫简陋的求婚仪式，有各自努力拼搏的几年，然后他们会结婚……会……会有孩子，会有一个安定温暖的家。

应该是这样的。

褚年突然觉得自己的心很空，好像整个人站在了一个悬崖上，不对，应该说他脚下就是万丈深渊，而他随时会掉下去。

是什么让他这么不安呢？

"我不跟你走了。"年轻的余笑对褚年说。

他们又回到了最初的那个三岔路口，这次，余笑站在了另一边。

"你看，那段路我得自己走了，这才是我想走的。"

"不对！"褚年说，"不对！"

看着余笑走进一团雾里，褚年猛地睁开眼睛，却被光刺得茫然。

"怎么了？这么亮？"他以为自己说话的声音很大，其实是含混不清的。

"外面下雪了。你再睡会儿，我把窗帘拉上。"

医院外面的安全灯下，雪花飘飘然落下，路灯照在雪上，又映进了病房里，照亮了窗前站着的那个人——瘦瘦高高，短发利落，双手插在裤兜里，犹如一幅画。这让褚年瞬间想起了曾经的那个人——清瘦娇小，长发飘飘，双手抱着胸前的书，每当与她说话，她的唇角就会有一点儿笑，春雨里的花儿似的。

是，那个被余笑缅怀的、想要找回来的女孩儿，他褚年喜欢过，也丢弃过。

112

2

因为下雪的缘故，余笑的妈妈没有在褚年出院这天来他们家做饭。余笑送了一趟东西放在家门口，又坐着电梯下去拿第二趟。

褚年先打开家门走进去，几天没人待的家比之前还整齐一些，显然余笑回来洗澡换衣服的时候也把家里收拾过了。他习惯性地看向客厅墙壁上的计分器，看着数字从"0"开始狂跳，最后停在了"98"。

褚年有些意外："我这几天也没干啥呀，怎么分还这么高？"

正在他想的时候，余笑拎着东西进来了。

"归零，归零，归归归零！"

呵呵，这个倒是毫不意外了。

褚年含笑看着门口，对余笑说："你就口是心非，说是不怪我了，然后天天归零归零，指不定心里怎么膈应着我呢。"

余笑没理他，该洗的先分了一拨扔进洗衣机，住院用的东西单独放着，等褚年生产的时候也不用再找。至于住院证、医保卡之类的东西……她看着褚年说："你把这些随身带着吧。"

褚年没拒绝，找了个小钱包塞了进去。钱包是粉的，上面印了一只小猪，耳朵是缝上去的皮子，还能动。

收拾完了东西，余笑扎上了围裙，转头问他："炸酱面吃吗？"

褚年忙不迭地点头。

余笑的手艺是很不错的，比她妈妈的手艺还好。因为她爱学，比如她做炸酱面，学的是网上流传的京城地道做法，芝麻酱和面酱调成二八比例的酱，肉得用五分肥五分瘦的去皮好五花肉，菜码也是菠菜、豆芽、黄瓜丝、胡萝卜丝。褚年以前爱吃一点儿辣的，她还会在肉酱里加两根二荆条，或者另炸一碗辣椒油。

113

"辣椒油还要吗？"

"不用了，我吃面能拌个鸡蛋吗？"

余笑站在厨房里，肉丁蒜末爆出来的香气萦绕在她身边："放了鸡蛋味道不一定好。"

"没事儿。"

他这么说了，余笑就在煮蛋器里放了两个无菌蛋。

晚饭的时候，褚年并没有像他说的那样用鸡蛋拌面条，熟悉的炸酱面味道一入口，他就什么都忘了。等他想起来鸡蛋还没吃，碗底只剩下两根蔫嗒嗒的黄瓜丝儿了。

吃完饭，余笑收拾好了碗，又把家里的地拖了一遍。厨房料理台上沉积的水痕终于不见了，甚至连洗菜盆的边缘都重新变得白亮可爱起来，卫生间的地板上一点点的斑驳也都消失了。

极利落地把整个家收拾了一遍后，余笑对褚年说："你明天在家里再休息一天，我在赭阳认识了一个搞月嫂培训的大姐，她在咱们这儿也有月嫂中心的点，明天会有人来让你看。一个钟点工是在你生孩子之前每天给你做晚饭、打扫卫生、洗衣服，一天两个小时；一个月嫂是你生了孩子之后来帮你带孩子。你要是觉得行，就先加月嫂的微信，有什么不懂的就问她，比你在网上乱查好一点儿。"

褚年抬起头看着余笑，好一会儿，有些磕绊地说："那……那请月嫂的钱我出。"

"好。"说完，余笑已经拿起了挂在门口的羊绒大衣，"我五点的火车去京城，雪后路况不好，我现在就得走了。"

她这句话是通知褚年，并不是征询意见。

褚年也知道这一点。

"车给你留在家里了，钥匙在鞋柜上面，也别自己开车，明天来的钟点工会开车，有事可以麻烦她。"

"哦。"褚年除了一声"哦"也不知道该说什么。

可看着余笑头也不回地走了，褚年还是忍不住站了起来："嘿，也不知道是跟谁学的臭毛病，还来去如风啊，回来的时候也是没声儿的，这提前订了火车票也不告诉我了。"

话音溶在了空气里。这话也不过是说给空气听的。

褚年足足站了半分钟，又空落落地坐下了。

"走就走呗。"他说。

这次的话是说给他自己听的。

刚坐上出租车，余笑就掏出手机："小莫，刚刚你说的是什么情况？"

"是这样的，总公司的年度项目审批，池新这边把东林改造项目作为了今年和明年的重点项目，但是总公司这边不这么看。"

余笑的手指在腿上轻敲了几下："这个事情是总公司和池新扯皮，跟我们有什么关系？"其实她已经有了某种隐隐的猜测。

"总公司这边提出把咱们调入总公司编制，之前只是有点儿风声，您应该也知道。但是刚刚我收到了人事部发来的调职意向表。"

"嗯。"从中午到现在，余笑还没打开她的工作沟通软件，"你们有什么想法？是想调入总公司，还是继续待在池新？"

这其实就是莫北在纠结的点。调入总公司的好处是显而易见的，像她这样的小小办事员，在调入总公司之后可以朝着更高远的方向去努力，天池集团的上升通道还是很明晰的。对于褚经理来说，池新的市场部副经理如果平调入总公司，哪怕只是改建部分的市场部副经理，那也可以说是平步青云、一步登天了。

"经理，要是调入总公司，我是不是就算京漂了？"

莫北的问题让余笑差点儿笑出来："你这么想也没错，以后确实会有大部分时间留在京城。你在京城应该也看见了，总公司的工作压力是比池新要大很多的，你做好准备了吗？还有一些其他方面，比如……你的个人生活？"

电话对面，女孩儿笑了一声，说："经理，我明白你的意思，现在这个局面确实跟我原本规划的生活天差地别，我也真的有点儿蒙，我得再想想。不过，要是您决定留在总公司了，那我还是更想跟着您的。跟着您干活，有劲儿！"说完，莫北就挂掉了电话，让一个平日羞涩寡言的姑娘这么说话，她还有些不好意思。

余笑看看手机屏幕，又看见了其他人给自己发的消息，内容大致相同，他们都接到了人事部门的调职意向表，也都有各自的纠结，但是如果"褚经理"要留在京城，他们也都想跟。

看着看着，余笑的笑容是真的忍不住了。这才是她一直以来想要的环境，这才是她真正应该去经营和努力的方向——被尊重，被认同，甚至被跟随。

打开办公软件，余笑没看见人事部发给自己什么消息，只看见了董事长办公室的秘书给自己的留言——"如果明天能够确认回岗，下午两点，董事长要与你面谈。"

面谈？余笑偏过头，看着窗外的雪。

出租车司机打开了电台，两个电台主持人正在插科打诨地讨论这个雪好还是不好："下雪当然好了，老话儿怎么说的？这叫瑞雪兆丰年呐。"

瑞雪兆丰年？那是挺好的。

手机屏幕又亮了，跳出褚年发来的消息："你怎么没跟我嘱咐两句好好照顾自己就走了呀？"

夜半，褚年躺在床上，家里的床比医院的舒服多了，但他还是觉得后背与腰侧都不舒服。

缓慢地翻了下身，他迷迷糊糊地歪过头，一边睁眼一边说："余笑，我没吵到你吧？"

入眼的，是借着窗外微光能看见的空空的枕头。

看着枕头，褚年刚睁开的眼睛又呆滞了。过了好一会儿，他抬起手，放在

116

了自己的胸口——不是他已经熟悉的胸部涨疼，真正在疼的是胸部的下面。

胸的下面是什么？

是骨头，是……心。

褚年猛地从床上坐了起来，搬着他的肚子，快步走到外面。

计分器上的分数是"77"。

瞪着那个分数，褚年随手抄起茶几上的遥控器猛地砸了过去："你早就知道了是吧？啊！我就知道你不是个好东西！你一直看我的笑话呢是吧？你！你知道！你一直都知道，你就是看着我一步步往坑里走啊！"用手扶着后腰，他对着那个除了"归零"啥也不会的计分器破口大骂，"计分！我算是知道怎么分数长得快了！哈！"

怒吼之后就是不可抑制的脱力，褚年后退了几步，缓缓靠在卧室的门框上，手扶着沙发的靠背："还有余笑！"夜色里，他的眼睛红红的，"做丈夫该做的？做得比我好？狗屁！她就是故意的！"

"嘭！"拳头砸在了沙发靠背上，褚年的牙关咬得紧紧的，好像肋骨之间烧着火，烧得他连吸气都做不到了。

"什么有求必应，什么帮忙，我一求她，她就帮我，她那是帮我吗？她根本不是在帮我！她是在报复我！你们都是在报复我！还给我买衣服、买鞋，给我找保姆，她是干吗？她是真的对我好吗？狗屁！都不是！都是假的！都是假的！"

"嘭！嘭！嘭！"一拳又一拳砸在沙发上，一拳比一拳更无力。

"她根本没什么好的！她是在骗我！她是在做戏！她就是等着我落在这个坑里呢！什么过去的她，什么她想找回什么，都是假的，都是在骗我！骗我！骗我！"

看着计分器上的分数在自己的怒骂中变成了"79"，褚年的心被浓浓的绝望笼罩了。没有用，怎么骂都是没有用的，分数就是在涨，快得让他难过。

他完了，他陷入了最悲惨、最绝望的境地，不止他的意识被困在了这么一副将要生产的身体里，就连他的心也已经没有了自由。

他终于不再咆哮，靠在墙上，无助地仰着头。

这个计分器还有他的心，它们都知道真实的现实，知道他的绝境——在这样的处境下，他爱上了余笑。

除了孩子，他已经没牌可输，现在连感情也毫无优势了。

3

"我猜，你的属下应该告诉了你他们收到了人事部门消息的事情吧？"

"是的，董事长。"

天池集团大厦的最高层能够俯瞰外面的芸芸众生，余笑第一次上来的时候就曾经想过，在这样的一座城市站在这样的一个地方久了，人会不会油然而生一种傲慢和把世界掌握在手中的错觉。现在她知道了，那些傲慢与错觉并不会出现在眼前这个男人的身上。

董事长办公室并不像电视上的那么宽敞明亮，仿佛随时可以让十个模特在那儿现场表演，也没有贴墙的香槟酒柜。整个房间布置简单，高高的书架从天花板到地板，里面有各种书和文件袋，仔细看，书籍都有被翻阅过的痕迹，尤其是中间靠上的两排，即使被保护得很好，也明显是翻旧了的书了。

第一次来的时候，余笑就注意过那个放在书柜旁的躺椅——从光线角度来说，那是这个房间最适合躺着休息或者看一会儿书的地方。躺椅也是旧的，扶手都磨出了油光色，和书柜一样，它仿佛在那儿已经待了十几二十年。让余笑感到奇怪的是这个躺椅相比较池谨文的身形来说实在是太窄了，更适合一个身材瘦削的女士，或者一个……小孩子。

现在，余笑坐在池谨文董事长的对面，隔着一张大木桌，上面摆了三台电脑，还有几大摞的文件。池谨文看着有些累，把鼻梁上架着的眼镜摘下来，看起来更像是个写完了论文的学者，而不是个操控着无数人饭碗的领导者。

118

"你是怎么打算的？"

余笑的两只手放在身前，纹丝不动，说："董事长，对我来说，最重要的事情是做完东林那块地的招商，至于其他的，我服从公司的安排。"

"这个回答很标准。"池谨文把眼镜折好放回眼镜盒里，继续说，"这个提议是总公司这边的市场部提出的。之前公司为了做好旧城改造相关的项目，在南方和北方分别弄了两个分公司，南方的锦池发展得不好，即使是在天池有发展优势的城市也没能把握好项目。池新呢，在旧城改造这个行业内也算不上最好的，在整个集团体系里也不过中等。换言之，虽然旧城改造是个全国范围的广泛事件，可天池集团并没有在这个领域保有自己应有的领头地位。"

余笑微微低着头，没说话。其实池新在业内已经是前八的水平了，也做了不少有影响力的项目，但是……就像学霸出生在学神世家，在别处听起来不错的成绩在这儿就很不够看了。

池谨文从一摞文件里抽出一个文件夹，递给余笑："这个公司叫橙子口味，老板叫杨峰，京理工毕业的计算机专业研究生，之前是一家地方银行的业务主管，因为牵扯到坏账问题现在出来单干了。我一个朋友的融资公司注资了这个橙子口味，那天说起来，我才知道他们是怎样的一个运作模式。他们大批量地从炒房者的手里低价租房，改装之后作为公寓转租出去，才一年多，在全国已经掌握了上万的房源。这还是在他们融资之前。"

余笑一边听着，一边仔仔细细地看着"橙子口味"的资料。这是一家定位明确、面向年轻中高收入群体的公寓管理企业，企业的负责人也有独到的眼光和头脑。

"我想要这样的思维。"

池谨文的声音在余笑头顶响起，她抬起头，看见一杯茶放在了自己的面前。

"谢谢董事长。"

池谨文站在她身边，说："我一个……好朋友，她朋友送的茶，她喝着不错，就给我也送了点儿。"

余笑轻啜了一口，融融的红茶顺着咽喉到了腹腔，一下子就抚慰了五脏六腑："茶真好。所以，董事长您是想把杨峰挖过来？"

余笑觉得这事儿不算难，虽然"橙子口味"现在状况不错，但是只要天池给出足够好的待遇，杨峰应该会很乐意在天池的管理层做上几年——更好地积累人脉、融入环境，会是这种目标明确的人喜欢的。

"不是。"池谨文转身拿出另一个文件夹，"我希望，你成为杨峰这样的人。"

"啊？我？"余笑惊讶了。

池谨文把文件夹放在余笑的怀里："我打算成立一个新的分支公司，工作重点放在针对性改建。杨峰的这种模式有他的优点，也有他的局限性，我说希望你成为他这样的人，是希望你做得比他更好。"

余笑有些蒙，也有些茫然，她打开文件夹，看见的是一个草案。

"针对性改建，联合天池集团内的各个公司，对旧有资源改造提出合理化建议，补全项目中的缺失，或者给改建项目找出新的侧重点……如果我这么说你还是不理解，那就像你在东林提出民生改建，尤其是学校和职业培训中心那部分一样，我需要我们的项目里有更多的社会性。"

每一个字落在耳朵里好像都能听懂，可不知道为什么，耳朵里就是"嗡嗡"地响，干扰了她的思维能力。

"当然，你们一开始是个工作室的形式，也是防止董事们在你的职权范围有不必要的干涉。另外，这些都会在赭阳东林的项目彻底结束后开始，所以你还有很长的时间考虑。"看着"褚年"说不出话来的样子，池谨文的唇角挑了一下，似乎是想笑，但又忍了下去，"怎么？是不是很意外？"

"是！"余笑连着点了三下头。

"那激动完了、意外完了再好好考虑这个草案。"

"是！"余笑站了起来，双手拿着那份草案，"谢谢您。"她竟然对着池谨文鞠了个躬。

池谨文忍不住笑了。他好像还是第一次发现他这位自诩是"赵子龙"的属下有这么好玩儿的一面："先把赭阳的项目完完全全地做好，有了一个标杆，不管你以后要不要做这个工作室，选择的主动权也都在你的手上。"

"是，董事长！"刚才思维被冲击后产生的麻痹感终于消退了，余笑的眼睛都亮了起来。

"至于你的属下，先调到总公司的市场部来吧，除非你现在打定了主意要回池新。"正事说完了，池谨文低头看了一眼手表，"已经是下班时间了，那我们可以聊点儿别的了。"

冬天的天黑得早，外面的灯光都亮起来了。池董事长问道："你的妻子还好吗？"

"还好，医生说状况不严重，谢谢董事长关心。"

池谨文点点头："那就好，我还真怕你在外面冲锋陷阵，结果家里出了什么问题……下班就别叫董事长了，走吧，我约了姓封的小子晚上一起吃饭、看电影，你在京城也没事儿，跟我们一起吧。"

姓封的男明星之前和池谨文一起打过球，余笑还被抓去当过裁判。但吃饭、看电影？两个大男人？还加上我？三个大男人就不奇怪了吗？

"……好。"

池谨文看起来比平时活泼一点儿，穿外套的时候嘴里还在说："你放心，是看罪案片，《以彼之道》国内没上，我从国外买了蓝光碟。"

"哦。"

吃饭、看电影的地方都在一栋别墅里，余笑到了才意识到这可能是他们董事长的私宅。

牛排、香肠、啤酒、沙拉……好像是为了应那个外国罪案片的景儿，连准备的饭菜都洋气。

另一个看电影的同伴早就到了。他和池谨文一见面，两个人之间就像是有火花儿一样："这个片子我看了三遍，还做了拉片。"

121

"才三遍？我可是看了五遍，你拿这个片子做拉片，心里不酸吗？"

余笑吃着香肠暗想，你们看了这么多遍，怎么还要拉着我这个半生不熟的人来再一块儿看一遍啊？男人的友情就这么奇怪吗？

电影开始十分钟，余笑就明白池谨文为什么要拉自己来了——他们两个人需要一个人听他们俩比着剧透，而且是毫无观影道德的剧情分析式剧透！

原来我还是一个莫名其妙卷进来的裁判啊。

喝一口啤酒，余笑捧着酒杯，心里冒着愉快的小泡泡，看着电影上的女人在不同的人格间反复切换。

"我喜欢这个女演员。"她笑着说。

在她身边喝着酒吵嘴的两个男人都安静了。

"她演的陈凤厨真好看！"对着大投屏，余笑举起了酒杯。她终于明白陈凤厨为什么是陈凤厨了。

4

余笑找的钟点工和月嫂看着都不错。钟点工姓黄，是个三十多岁的大姐，一看就是热情又本分的人；月嫂姓戚，年纪更大一点儿，瞅着是温和好相处的。

褚年对她们也没有更多的要求和期待，就他自己亲爹妈那样，来帮他的只要是个能干人事儿的他就满足了。可黄大姐干了一次活儿，他的感受就完全不一样了——窗明几净，鼻子里只有淡淡的清洁剂的气味。

"真舒服啊！"

戚大姐更厉害，跟他聊了一会儿之后就走了，可黄大姐干完活跟褚年说戚大姐把他未来一个礼拜的菜谱给列出来了，真是管得整齐又妥帖。戚大姐还说会找时间来陪孕妇把坐月子要准备的东西买齐了。

褚年高兴地只想扔钱过去，把那些他想到没想到的琐事都交代出去。

生活上的事情解决了，褚年又舒服了两天，决定回去上班。这个时候，牛姐他们还在外地忙展览的布置，褚年每天就是和韩大姐一起接待一下来访的客人，做做合同。

朋友圈里，小玉几乎每天都会发展览的进展和收获。看着那些照片，褚年的心里还是会难过。明明现在应该是享受成果的时候，可他一手做出来的项目跟他好像没什么关系似的。

"可能我之前别那么挣扎才是对的。"一天夜里，他突然这样想。

褚年给了自己一个耳光。

恢复工作二十来天，褚年每天早上走出小区打车去上班，对着电脑写一些材料，闲暇的时候和韩大姐一起聊聊天，午饭吃得营养健康，下午下班之后打车回家，如果路况允许就在小区里散步半个小时以上……他还跟韩大姐和月嫂戚大姐一起去给孩子买了东西，从衣服到尿布、奶瓶，甚至还买了一张可爱的婴儿床。

生活很平静，平静到褚年自己都不敢相信，他竟然也会这样没有欲望、没有动力地过着一天又一天。

白天，他不去想自己事业的规划。

晚上，他也控制自己不要去想余笑。

事业、情感两头空，都没有指望，念着"阿弥陀佛"心里才能好过一点儿。

计分器上的分数上了"99"，然后纹丝不动，褚年觉得也挺好的，可以假装自己心如止水。

城里下了第二场雪的那天，程新从家博会回来，跟他一起来了工作室的还有牛姐。从沪市回来的牛姐烫了卷发，身上穿着一件廓形的黑色羽绒服，跟程新一脸的疲惫相比，她的脸上简直写满了春风得意。

"余笑！"褚年还没来得及站起来，就被牛姐一把摁在了工位上，"你可好好坐着吧，我们的大功臣！"

褚年又哪里真坐得住，他仰头看着牛姐，心一下子就腾空了。他不在乎在

123

一个小小工作室里真被人重用，真的，就他的本事，只要他想，怎么也能再闯出一片天来。但这些话在他心里至少转了十万个弯儿，也变不成层层的锁链把他那颗怦怦跳没有着落的心捆在一个地方，让它老实待着。

"你不知道……哈哈哈，程新一直想在微信里跟你说，那怎么能行呢？我让他们把消息憋到了现在，你猜咱们在家博会上签了多少单？"没等"余笑"回答，牛姐已经哈哈大笑起来，大声说，"是你预期计划的两倍！咱们出设计，合作方出配装！咱们的图纸一口气卖到了全国，光设计的订金就收了几百万！"

褚年也被这个数字给震到了。

"你别看程新累得要命，我已经找了两个设计室做分包合作，他是在回来的火车上还跟人谈项目累着了。哈哈哈，余笑啊，你可真是太棒了！"牛姐从她的大手袋里掏出一个厚厚的文件袋甩在"她"面前，"分成和奖金等小周他们回了省城总部就打到你工资卡上，这个是咱们说好的合伙人合同！"

居然真的给我？低头看看这个文件袋，再抬起头看见牛姐无比灿烂的笑容，褚年比刚刚更加震惊了。

几百万的订金背后代表的订单分成已经是个很可观的数字了，能把这笔钱拿到手里，对褚年来说已经是意料之外的事，换个老板估计会因为他的病假把钱扣掉至少一半。至于这份合伙人的合同……对褚年来说，简直是意外之喜。在他的眼里，牛姐突然就成了个圣人，不，不是圣人……只不过在这个瞬间，褚年突然觉得有了一种"士为知己者死"的冲动。

"可……可我……我不是住院了吗，根本没跟到项目真正开始啊！"褚年结结巴巴，仿佛舌头都不是自己的了。

牛姐轻轻拍拍"她"的肩膀，说："你住院是客观原因，该做的你又没少做什么，我都说了，你怀孕生孩子那是很正常的事情，孩子折腾你也是正常的事情。你就是个战士，就算为了更好地战斗去短暂休养了，总还是要回来冲锋陷阵的。怎么？你不会以为我说话不算话吧？"

褚年眨了眨眼睛，手指下意识捏住了自己衣袖的一角，哽了一会儿才说："不是。"

"哎呀，怎么了这是？怎么还掉眼泪了？"牛姐帮看起来可怜兮兮的"姑娘"擦掉脸上的泪水，笑得豪气干云，"好好养好身子，等你结束了产假，我这边也就能把手上的单子解决得差不多了，到时候咱们再搞一波儿大的！"

"嗯！"褚年微微低下头，他知道自己应该再说点儿漂亮话，表决心、展士气，让人知道他虽然当了合伙人也依旧谦逊低调，会好好做事，让领导放心，可他一个字都说不出来，什么都说不出来了。

这样的好，他没受过。

"怎么又哭了？是不是住院的时候受委屈了？还是身体不舒服啊？哎呀，我天啊，咱们这冲劲儿十足的余笑今天这是怎么了？"

褚年低着头，在充斥在心里的复杂情绪略微淡去之后想起了余笑说过的话——"我总是沉浸在自己的思维里，自以为什么都明白了，却真的想不到别人到底是什么样子的精彩。有时候，反而是我自己看低了的人，又回过头来教训了我。"

是，他看轻了牛姐，也看轻了余笑。

下班之后，因为路上有雪，牛姐开着程新的车把褚年送回了家，怀孕八个月的人可没人敢给他搞什么庆功宴。

车子停到了楼下，褚年下车，手里还拎着小玉和牛姐给他肚子里的宝宝买的东西。走进电梯里，他看看电梯门上映出的被冷风吹了一下就越发冷白的小脸儿，挑眉眨眼，得意扬扬。

虽然这脸上还是带着没消下去的浮肿，可是那个打不垮的褚年又回来啦！

回到家，褚年没去管锅里黄大姐做好的饭，而是把东西往沙发上一扔，掏出电话打给了余笑。

"我告诉你，我可不是什么都不行的人！别看我揣着八个多月的大肚子，我告诉你余笑，我现在可是工作室的合伙人了，光是项目提成就拿了几十万，我自己养孩子的钱足足的！你以为你本事可大了，我告诉你我也不差！"

很好，这段话很有气势，就这么说！

电话接通了，对面传来一声："喂，今天身体还好吗？"

褚年抬起手捂住自己的胸口："我今天挺好的，没有心悸，中午吃饭的时候有点儿反胃，但是没吐……腿还疼，早上起来手指还是发麻，然后就还是尿频，不过也还行，一个小时一次……"絮絮叨叨，啰啰唆唆，恨不能事无巨细地把自己的生活都交代给余笑，什么炫耀，什么得意，在这一刻都没有了。

听着褚年的孕期不良反应，远在赭阳的余笑在沙发扶手上敲了敲："戚大姐给你找的办法你试过了吗？"

"试过了，挺好用的，尤其是心悸喘不上气来的时候转着肩膀呼吸，我觉得没那么难受了。"

"好用就好。"余笑只回了这四个字。

褚年察觉出她有中断通话的想法，又连忙说："对了，我的项目奖金和分成拿到了，奖金六万，分成三十万，这个分成只是现在的，等项目尾款结算清楚了还有更多呢！牛姐一点儿也没扣我的。"

"那挺好。"

"还有，我成了工作室的合伙人了。"褚年以为自己的语气会很激动，可事实上，他的声音很平缓，没有那些浮夸的炫耀和表功，在这一刻，他只是单纯地想跟余笑分享一下自己的生活和工作。

"恭喜。"

"嘿嘿嘿。"

电话对面突然传来模糊的女声："褚经理，我们该走了。"

余笑对褚年说："我这边有个应酬，先挂了。"

通话结束。

褚年慢慢抬起头看着墙上的计分器，还是"99"。

"我想跟她说，我好像更理解她了。可是，为什么我……"

为什么我越是理解她，就越发觉得我一直在失去她呢？

那些他看不见的风景，早就在他无视的岁月里散了春花、负了秋月，只有凛冽的寒风和酷烈的炙阳——它们都不是曾经了。

捂住脸，深深地吸了一口气，褚年慢慢地站了起来。随着耻骨联合部位的韧带松弛再加上腿部的浮肿和变形，他现在已经不怎么坐沙发了，刚刚忘乎所以地坐了下去，现在就要扶着沙发靠背一点点地站起来。

"嘶。宝宝啊，你可得好好的，你爸我想把你妈找回来，就全靠你了。"终于站稳的褚年拍了拍自己的肚子，手很轻，声音也很轻。

5

入职半年成功升为工作室合伙人，褚年这样的升职速度可以说是业内神话了，可事实上，他的生活并没有什么变化，依旧每天上班下班，处理文件和研究市场推广方案，依旧是每天上下班出租车接送，依旧是穿得像个球一样在小区里慢吞吞地散步——钟点工黄大姐每天来帮他做晚饭，周五晚上还会来打扫卫生，他吃了饭还得活动活动……虽然他的腿浮肿得越发厉害，走路像只别扭的鸭子。

要是天气好一点儿，隔两三天，余笑的妈妈还会来看他，同样是大包小包的给孩子买的东西。可褚年从前心里那种被照顾的享受感越发淡了，他能明确地感觉到，余笑的妈妈在照顾的不是大着肚子的自己，而是肚子里的孩子。

一切从孩子出发，一切为孩子着想，而他这个承受着孕期痛苦的"准妈妈"总是会被说"不要娇气""都是这么过来的""你以为你不需要，你怎么不想想是孩子在需要呢"……

从前在社会新闻上看见说孕妇会抑郁，褚年只觉得是那些女人矫情，现在轮到他自己，他觉得委屈，忍不了的委屈。

可这个被轻忽的委屈他一说出口，余笑妈妈的表情就会冷淡下来："你要是觉得我来得不对啊，那我就不来了。"

被这样一威胁，褚年就不敢再抱怨了。委屈就委屈吧，至少有人能来陪陪他，能听他说说晚上睡不着、早上起不来、白天不舒服的那些辛苦。毕竟除了半个月回来一次的余笑，也只有这一个人能听他抱怨不嫌烦了。

"你加油！等你要出生了，她就回来啦！"褚年拍了拍自己的肚子。

厨房里，余笑的妈妈正在用牛腱子肉做清汤牛肉片，这会儿走出来对褚年说："我看你今天水肿还不好，给你少放点儿盐。"

坐在椅子上的褚年点点头。水肿折腾得他很难受，到了这个时候也顾不上自己想吃什么不想吃什么了，别让症状加重才是关键。

"褚年是不是快回来了？唉，你们可真能折腾钱，来来回回飞机、火车，又贵又累，我当年怀……你的时候，你爸还在外地进修呢，等他回来，你都快满月了。"

褚年的手停在了自己的肚子上，他现在特别怕余笑像她爸。

"笑笑啊，你什么时候开始休产假啊？我看你肚子不算大，但是也已经有九个月了吧？"快下班，韩大姐趁着褚年不忙的时候这么问"她"。

"是九个月了，不过产检医生说还不错，我觉得我也能上班。"他现在的肚子确实不大——余笑的妈妈耳提面命不能胡吃海塞让孩子长得太大，黄大姐做饭也是冲着营养均衡的方向使劲儿，褚年照镜子的时候自己盘上两圈儿，也觉得没比七个月的时候大多少。而且不上班干吗？天天一个人在家里直挺挺地等着生孩子吗？被余笑的妈妈和黄大姐耳提面命各种产育经验，对褚年来说也很痛苦。

可就算这样，距离生产越来越近，他也越来越害怕："到时候可怎么生啊？这么大！下面那么小！"褚年现在想到气球爆掉的画面都会遍体生寒，在网上查各种医学知识，越查心里越没底，什么入盆、撕裂、侧切……

褚年现在特别怕遇到认识的中年妇女，每个人看见他的肚子都会问他"几个月了""男的女的"，然后其中的一半人会开始说起自己的生育经验，有很容易让人觉得安慰的普通关怀，当然听多了也没啥区别；也有一些人的话在褚年看来完全是个恐怖片，什么内脏下移，什么产妇太胖了，剖腹光是划开口子就八九刀，孩子是从肥油里被拽出来的，什么生孩子用劲儿用过头了直肠出体……褚年很想摁着这些人的脑袋说"麻烦你们把这些话告诉那些不用生孩子的男人，不要来吓我这个马上要自己体验的可怜人"。

想想当初自己还大言不惭地跟余笑说自己会生个大胖儿子，现在褚年觉得连最后两个字都无所谓了，前面的那俩字更是没必要，他能活着把孩子生下来已经是祖上积德了！

唯有上次他自己亲妈来闹事的时候帮助过他的那个阿姨偶尔见到了，跟"余笑"聊的是"余笑"自己，并不会只把话题围绕在孩子身上。这让褚年忍不住去想余笑还真是跟不错的人那儿攒了人缘，现在让他受益了。

如此一想，褚年的心里泛起的都是甜，就好像余笑偷偷给他留了礼物。

当然他也知道自己不要脸，可糖能让他开心，脸做不到。

虽然已经成了工作室的合伙人，褚年的工位却没变，主要是他现在怀孕晚期，尿频现象很明显，原来的位置进进出出都方便，倒是把一直没来上班的那个财务的工位也收拾了出来，让褚年放自己的东西。

褚年是到了这个时候才知道，那位孕妇早三个月就已经生了孩子，却还以身体为由想继续休息，让工作室给她缴纳五险一金和发放最低工资，被牛姐大笔一挥直接开掉了。对方去劳动部门申诉了，好像也没什么结果，似乎还想来工作室闹，但是她之前似乎为朱杜继做过假账，也不知道程新和她老公具体怎么谈的，事情便再也没有后续了。

按照韩大姐的话来说，就是"好好一个女的，非要用怀孕这一点儿时间把一辈子的福气都作进去"。

褚年不明白这个劳务纠纷怎么就扯到了"一辈子"上面，韩大姐就给他举了一堆七大姑八大姨邻居家表姐的例子，什么趁着怀孕的时候可劲儿作，压着公婆嫂子转着圈儿伺候她，给她干活儿，甚至仗着肚子霸占公婆家的房子，结果生完了孩子没人疼没人爱，十八圈亲戚的嘴里都抠不出一个"好"字来。

褚年听得一阵头大。说真的，他现在觉得就自己怀孕受的这个罪，应该跟女皇登基只差一个社会主义社会了，可韩大姐的观点显然是女人得勤劳朴实，哪怕生孩子也不能给人添麻烦，不然婆家会嫌弃。

"嫌弃？嫌弃什么？要我说啊，怀孕之后一直不工作占用人单位便宜是不对，可要是女人怀孕了，天天这儿疼那儿疼，还能自己赚钱，结果家里人还像从前一样要求她乖顺老实不给人添麻烦……那他们不是在占女人的便宜吗？是不是最好女人连肚子都别大，跟个母鸡一样咯咯叫两声，好嘞，热腾腾的孩子生完了！"褚年小嘴儿嘚吧嘚吧，说得韩大姐哭笑不得。

他慢悠悠地上了趟厕所回来，费劲儿坐下，又说："我觉得吧，结婚生孩子得建立在承认女人生孩子是有付出和牺牲的基础上，这种承认不是简单的钱的事儿，是得另一半也付出、陪伴、尊重。要是一个女的平时不被爱护、尊重，那怀孕的时候当然就会可着劲儿地折腾。韩大姐你说她们在生完孩子之后就被婆家嫌弃，可一个女的生完孩子婆家就翻脸嫌弃了，那不就是哄着骗着人把孩子生下来吗，又是什么好东西？"

这话说别说韩大姐了，连还没结婚、刚开始谈恋爱的小玉都听愣了："笑笑姐，你这话，嘿嘿，可真看不出来是你说的。姐夫不是一直在外地出差吗？那你觉得他是做到了付出、陪伴、尊重吗？"

"她呀……"褚年想起了医院病房外的雪、一口气被吃完的炸酱面，以及踏着风雪回来不说话、先帮她收拾的床铺的那个身影，他深吸一口气，感觉好像是肚子一直顶到了心上，"虽然她不常回来，但是我觉得她该做的、能做的……挺好的。"

他说不下去了，只能说挺好的。再说多了，褚年就觉得自己刚刚说的每个字都成了巴掌——打的不是脸，是一下一下地扇在他的心尖儿上。

这天回家，褚年看见路上的积雪都被清干净了，就在距离小区门口的菜市场下了出租车。

黄大姐在微信里给他发了图，今天吃的是龙利鱼、蔬菜、鸡蛋做的蒸丸子、西芹虾仁、南瓜米饭。褚年想吃块猪头肉，最好是切成片用尖辣椒炒过的那种，实在不行就买块猪头肉切成块蘸辣酱，也能吃好几块。

最近他的口味跟之前又不一样了，对半生不熟的鸡蛋的爱意终于消退，每天都有心血来潮想吃的东西。昨天想吃炸里脊，好说歹说让黄大姐给他做了，也承诺了今天晚饭会吃得清淡一点儿，所以褚年才偷偷来买肉。

倒是可以告诉余笑，顺便卖卖惨。马上要生孩子了，想吃口肉都跟打游击似的，他苦，他得让余笑哄哄。

想着想着，对着肥头大耳冒油光的卤猪头，褚年的脸上就露出了笑："就要这块！"

"好咧！"卖肉的老板切了肥瘦兼有的一块下来，称好之后又在里面缀了一角猪肝，然后才把肉按照褚年的意思切成片，装了两层塑料袋，外面还有一包浮着红油的料汁，吃的时候一拌就好。

把肉藏在包里，褚年拍了拍肚子，又看了一眼手机，确认黄大姐已经收拾好家要出门了，这样他们最多在门口碰一下，绝对不会被发现偷买了肉。

摸着肚子，他得意扬扬地说："孩子啊，看，偷吃就得这么搞，还得确认藏得仔细了，以后你藏零食啊藏钱啊藏……咳，你爸我藏东西的本事也没那么好，要不你就别学了。"说着说着就想起自己藏头藏尾出轨的事情了，还真是藏得挺好，"算了，孩儿啊，咱们学点儿别的，那什么，你爸我本事多得很。"

拍着肚子，褚年说："小秘密就算了，孩子啊，我跟你讲，人不能沾沾自喜，以为什么事情都能瞒过所有人，最得意的时候可能也是下一脚就要掉下去的时候。"

话还没说完，褚年费劲儿蹭着的步子停了下来，只见小区外面站着一个男人，嘴里叼着烟，一只手背在身后，风有点儿冷，他头顶为数不多的发丝有些瑟缩。

"爸？"

是褚年的父亲。

男人正好转过身，他看了好一会儿才认出自己的"儿媳妇"："余笑啊，之前都是褚年开车接我送我，我这有年头儿没自己走过来，都想不起来你们是住哪个楼了。褚年他妈也是，可能在家里做饭呢，连我电话都不接。"

"您来干什么？有事儿就在这儿说吧。"发自内心的，褚年不想让自己的父亲到自己家里去。他现在大着肚子呢，战斗力还比不过四分之一只鹅，就他爸开口闭口谈钱的样子，褚年可不信他这次来会是好事儿。

"我就是来看看你，你怀孕之后都不怎么回家了，褚年也一直在外面。"褚年的爸爸扯着脸上的肌肉，勉强露出笑的样子。

"行吧，儿子在外头，儿媳妇大着肚子，九个月了您第一回登门，连兜苹果都没带。"

听着褚年的话，他爸脸上的表情僵了一下："我也不知道你爱吃什么……等孩子生下来，你放心，我给我孙子打个大大的金锁。"

褚年闻言冷笑了一下。

"生孩子的钱，你们准备好了吗？"

"钱"这个字一出现，褚年的心里就敲起了警钟："没准备好，您这个亲爷爷是想给几万呢？"

褚年的爸爸又笑了一下，很慈爱又骄傲："我儿子那么有本事，哪儿能缺了这个钱？我就是人老了，随便问问。其实啊，余笑，我是来跟你说……"

褚年什么都不想听，可他爸的话还是钻进了他耳朵里。

"你坐月子就回家坐吧。"

回家？回哪个家？

褚年抬起头看着自己的爸爸，不知道是不是怀孕了的关系，他的脑袋里总会有些回忆冒出来。比如现在，入眼的明明是寒风里稀疏飘摇的发，他想到的却是他小时候参加的一次婚礼。

因为长得好看，他被人请去当花童，那家人的婚礼办得很好——虽然那时候不流行在酒店，可是在国企的大食堂里，每个人的碗里都有根海参，桌上有油乎乎的扒肘子，其他的菜也很丰盛。褚年穿得很好，新郎新娘穿得更好，细细的金纸从爆开的气球里冲出来，落了他们满头满脸。顶着一身的灿烂，那时候才上小学一年级的褚年收了一圈儿的夸奖去找他妈妈，却看见她正把被人吃了小半儿的猪肘子往塑料袋里装；再去看另一桌上的爸爸，他正在跟人煞有介事地谈论着国家大事，言语间笃定又自信。

那时候，褚年真的很崇拜自己的父亲，哪怕他后来成了"一家的骄傲"，也一直尊敬自己的父亲，直到"西厂的杨寡妇"，直到现在……

呵呵，当年那个猪肘子拿回家，他妈切了片炖白菜足吃了三天，他爸可还喝了两小瓶二锅头呢。他妈一直冲到前面来哭来闹，可要回去的钱和好处都是他们共享的，甚至他爸得到的更多。

"你是让我去你们那儿坐月子？我妈愿意照顾我吗？"

"那是肯定的，你怀的是我们的孙子，你放心……"

"我不放心。"褚年又不傻，他脑子转得飞快，他妈现在管着余笑送来的钱，新衣服新鞋子穿着，又哪里愿意伺候月子？上次来故意闹事儿说不定也是为了赶紧闹翻了她就不用来照顾人了。所以他爸才亲自来，可惜这活儿他实在是不熟练，笑起来怎么看都像是在冷风里被吹了八个小时。

"余笑！"

"干吗？我告诉你我可是孕妇，你对我大呼小叫，我出事了你负责吗？！我说了我不去，我不放心你们，我不想让你们伺候月子，懂了吗？！"

褚年的爸爸瞪着自己的"儿媳妇"，和蔼的样子再也装不住了："你放肆，余笑我告诉你，你……"

"你什么都不用告诉我，我怕我一听再听出一个杨寡妇！我现在要回家了，你让开行吗？"褚年把包挡在前面，就要从他身边过去，手臂却被拉住了。

"你要是不在我那儿坐月子，满月宴……满月宴得我们办！我们是孩子的

133

亲爷爷奶奶、褚年的亲爸妈，余笑，就你现在对我说话的这个态度，要是换了别人你早就……"

褚年冷笑："你们办，收的礼钱都是你们的对吧？不就是想要钱吗？再表表功孩子是你们照顾的，到时候为了孩子、为了名声，褚年也得多给你们钱。爸，以前这种上不得台面的事儿可都是我妈做，怎么今天您亲自出马了？"

变故发生在一瞬间，褚年猛地抽出自己的手臂，往后退了一步，一脚踩在了人行道的边缘。跌坐在地上的时候，他感觉到脚踝有些疼，接着，在腹部结板一样的宫缩痛苦来临之前，他先感觉到一股热流从自己的身体里冲了出来。

"啊！是不是有血？"

"天啊，这儿有个孕妇摔倒了！"

褚年不知道自己瞪着亲爸的眼睛是血红的，他抖着手拿出了手机，想打给余笑，想起余笑还在外地，又准备打电话给余笑的妈妈。

"余笑！我的天！"

听见黄大姐的声音，褚年略有一点儿安心，他一只手在发抖，另一只手抓着黄大姐的手臂："送我去医院，我的卡都在包里，啊！！！"突如其来的痛苦抽走了他身上所有的力气。

脚踝疼得根本站不住，被人抬上车的时候，褚年想起了那个被紧急送进产房的女人："我要是没力气了，就剖腹产。"他用尽全力"喊"出一句话，在别人耳朵里却不过是一声哀叫一样。

驾驶座上的是黄大姐，副驾驶座上的是他的亲爸。

"我是她公公，说着话她就摔倒了，哎呀，太不小心了。"

手里抓着手机，褚年疼得浑身是汗，对着不知道打给谁的电话，他努力地说："救我！余笑你快点儿来救我！我要生了！我要生了！"

最初始的痛感终于熬过去，厚厚的大衣几乎成了让他挣扎不动的囚笼。褚年觉得到处都是湿的，内衣、外衣，甚至他自己。

视野从模糊到清晰，他先是看见了一个白色的碗一样的东西，好一会儿才明白那是医生的口罩。

"我在哪儿？"

"深呼吸，余笑，还记得我吗？我是黄大夫，在给你做检查。"

"黄医生！我知道！"褚年说话的时候胸部剧烈起伏，好像每个字都从他的身体里吸走了大量的空气。

"好，你现在告诉我，这是几？"

对着手指头，褚年说："是……是三。"

"好，现在我要告诉你，你的宫缩很厉害，宫口正在开始打开，但是孩子还没有入盆，只是现在有了一点儿入盆的迹象，过一会儿我可能要给你打催产针，帮助孩子生下来。现在你要签一份委托书，一旦你昏迷过去，我们需要采取进一步的手段，就需要那个人来签字。"

"签字？"褚年又呛了一口气，觉得仿佛下一秒剧烈的疼痛就会再次袭来，可他又不知道下一秒到底会不会来到。

努力找回自己的理智，褚年抬起手对身边的医生和护士说："告诉我，外面现在有谁？"

"我们先扶你坐起来，你不能躺着。外面一个是你爱人的父亲，一个自称是你家的钟点工，是他们一起送你来的。"

黄大姐和他爹？褚年几乎不假思索："我想找黄大姐，就是那个钟点工。"

黄医生也不多问，对着旁边另一个医生点点头，那个医生就出去了。

几乎是伴随着那个人的脚步声，褚年感觉到自己的腰腹都在抽搐，整个人都开始冒冷汗。

"你现在不要着急，先把文件看完。"

"好……"褚年觉得自己的眼睛根本就是在机械性地转动，好像把每个字都看进去了，又好像什么都没看见。

过了一两分钟，刚刚离开的医生进来了："余女士，你公公说黄女士回去收拾你生孩子用的东西了。"

这话在脑袋里转了十几秒褚年才反应过来，外面只有他亲爹一个人了："我……我现在还生不出来吧？我得等人来，我不能让他给我签字。"他看着黄医生，目光里满是求助，甚至是求救，"医生，是他把我推倒的，我不能让他给我签字，我……我想等人来。"疼痛让他说起了车轱辘话。

　　"好。"黄医生拍了拍"她"的肩膀，"你想找谁来就赶紧打电话。"

　　打电话，打电话……盯着通讯录，几乎不用想，褚年就把电话打给了余笑。

　　"我要生了。"他只说了四个字，就突然被一种巨大的绝望和悲痛给打倒了，"你不是说你会回来陪我吗？你人呢？我要生了，你赶紧回来吧！"说话的时候，他的嘴唇都在抖。

　　电话对面，余笑的声音传来："怎么这么突然？我马上订机票，你不要着急。"

　　"我疼啊，我疼啊！你怎么还得订机票啊？我都要生了！"褚年喊着疼，脸上又有水流了下来，是泪。

　　抱着电话，褚年死活不肯松手，恨不能就这样远程监督余笑买机票、去机场、坐飞机回来……

　　这时候，外面又传来说话的声音。

　　"余笑，你父亲来了。"

　　"我父亲？"

　　"笑笑，你刚刚打电话给你妈，她一着急把脚给扭了，我就先过来了，你怎么回事儿啊？怎么就突然要生了呢？"脖子上乱七八糟地缠着一个围脖，大衣的扣子歪七扭八地纠缠着，余笑的爸爸像是被秋风从杨树上扫落的虫茧一样滚进了诊疗室，"笑笑，笑笑你是不是要生了？"隔着白布帘子，他想探头又忍住了，只用褚年从没听过的声调连声问着。

　　"爸……"褚年拿着手机，脸上都不知道是什么样的表情了。此刻他不信任的人里，他自己亲爹排第一，他自己亲妈排第二，余笑这个爸就是铁铁的第三了。

　　他试探性地说："爸，我太疼了，要……要不我剖了吧？"

"别这么说，笑笑啊，爸爸知道你疼，可是……可是生孩子就是这样的，你看你自己也是这么被生出来的是吧？你别怕啊，坚强一点儿！疼了你就叫，爸爸陪着你，好不好？"

不好！好个屁！有种你自己来生啊！你来坚强一个我看看啊！心里无数的话就这么飞了过去，褚年已经不想骂了。

又是一阵难忍的疼，他抽搐似的又吸了一口冷气。

听见他的声音，余笑的爸爸又说："笑笑啊，这就是每个女人人生中的一道坎，迈过去就一切都好了！爸爸相信你，你一定能闯过去的！"

褚年一口气垮了下来。

手机一直没有挂断，褚年握得更紧了，他必须承认也必须接受，这个世界上，可能真的只有余笑能明白他现在的痛苦。

还在努力想用精神鸡汤滋养女儿的父亲被医护人员请了出去。

褚年拒绝把那个授权给他，可是余笑的妈妈伤了脚，也不知道什么时候过来。万一她过来了也让我"坚强"呢？这么想着，褚年又狠狠地抽了一下，也不知道是疼的还是被吓到了。

在坠痛感的围剿下，褚年看完了厚厚的一沓手术须知，签好了字，只是那个委托人他找不到。

手机里传来余笑的声音："我已经买好了机票，现在往机场赶的路上，有些事情我要跟别人交代一下，一会儿我打给你。"

"我疼啊！"褚年委屈得两眼发热，身上的冷汗流个不停。

"我知道，你听医生的，不要慌，保持体力。"

"好。"

电话挂断了，褚年却还在空荡荡的病房里说话："余笑，医生让我找个委托人，一旦我昏过去了，他就得帮我签字。你知道我病房门外是谁吗？你爸和我爸，我不能把我的命交给他们俩……余笑，我不知道我能疼到什么时候，我一直疼啊，孤零零地在这儿疼啊……"

137

抱着屏幕黑下来的手机，褚年仰着头看着病房的天花板，白色的灯光刺得他眼睛生疼。

又过了不知道多久，泡在无边无际名为"疼"的大海里的褚年感觉到有人掀开了自己身上的被子，是一名护士。

"哎？还真是你呀。"小护士对着褚年笑了笑，露出一口小白牙，"开了四指啦，不要紧张哦，越紧张越疼。你爸爸给你买了晚饭，你要不要吃？"

褚年动了动已经僵住的手臂，摇了摇头："我不想吃。"

"好吧。你爸和你公公跟医生沟通了，能顺产最好还是顺产，之前给你诊断的黄医生下班了，杨医生说再观察一个小时，要是孩子还不入盆，就给你打催产针。"说完这些，小护士转身就要走。

褚年伸出手去，没够到对方的袖子。

继续等待，继续疼。

疼痛铺天盖地而来，却是冷冷的冰雨，细细落下，时缓时急。

冷，也疼；疼，也冷。

褚年刚刚也不过是想让护士再给他加一床被子，又或者说，他想换掉身上的湿衣服，之前穿上的病号服也已经湿透了。

余笑的电话又打过来了，告诉褚年她要登机了。

褚年"嗯"了一声，没再说话，刚刚那场倾诉和之后延续的痛苦似乎让他开始变得迟钝起来。

一个多小时后，宫口差一点儿开到六指，孩子却还没入盆。这个时候已经是晚上十点多了，距离褚年被送进医院已经过去了四个多小时。

值班的杨医生带着两个护士进来，给褚年打了一针催产针，又问："她吃晚饭了吗？"

小护士回答："没有。"

杨医生"嗯"了一声，又问褚年："你现在有没有力气起来走走？"

褚年的脚还伤着呢，可是医生建议了，他便挣扎着慢慢把脚放在了地上，然后在护士的帮助下站了起来。

一步，又一步，明明疼得想要崩溃大叫，但是当你知道每一刀后面都还紧跟着一刀，那疼痛似乎也就不配让你为之号叫了。

绕着病房走了两圈儿，褚年重新坐回床上，身上的病号服几乎能拧出水来。

两个护士也累，很快就离开了。

空荡荡的房间里，褚年只能听见自己的呼吸、心跳和随着疼痛产生的抽噎声。他突然恍惚了起来，也许这个世界上根本不存在褚年，也不存在变成了余笑的褚年，其实他就是一个在承担世上一切痛苦的工具而已。因为如果不是工具，为什么只有他一个人孤零零地待在这里呢？

他摸着手机，想给余笑打电话，却只听见关机的提示音。

"骗子。"

又过了两个小时，孩子还没入盆。宫口开到八指的剧痛像是无数惊雷凌空落下，轰炸褚年身上的每一个细胞，他连呼吸都差点儿停止了。

在这样的剧痛里，他听见医生说："八指了，孩子还是维持刚刚的状态没有入盆，还是得剖了。手术同意书找人签一下，宣读术前须知。"

然后杨医生被人提醒褚年到现在还没指定委托人。

这时的褚年几乎在丧失意识的边缘，痛苦折磨着他，让他觉得自己难以活到下一秒，可又强行牵扯着他的每一根神经，让他不能疼晕过去。

"手术，我自己签，那个委托人……"抽冷气的声音里驳杂着话语。

在手术同意书上签下"余笑"，在委托人的那张纸上写下"褚年"，他只能把命交给那个人——从前的余笑，现在的褚年。

外面，余笑从出租车上下来，踩着凌晨路灯的微光快步走进了医院。

6

"余女士，你委托的人现在不在，你签了也没有用啊！"拿着那张写了"褚年"的授权书，小护士的表情很为难。

可是褚年写完那几个字已经用尽了所有的理智和力气，现在连说话的劲儿都没了。

小护士又出去了一圈儿，回来的时候眼睛里带着喜色："来了来了，你老公来了！"

老公？是余笑来了吗？

"呼！"一口浊气打着颤从胸腔里被吐了出来，褚年甚至觉得肚子都不那么疼了。

被推进手术室之前，褚年勉强睁开眼睛，看见了余笑，她正一脸关切地看着自己。这一瞬间，褚年很想拉着余笑的手告诉她，如果这一切都是余笑命里该受的，那他很高兴受这一切的人是自己。可他伸出去的手擦着余笑的手边过去了。

"别害怕，相信医生就好，剩下的事情有我。"

褚年连点头都费劲，宫口开到八指的痛苦简直要扼住他的呼吸。用极为不舍的眼神看着余笑，他抖了抖嘴唇，直到手术室的门关上，一滴眼泪才从眼角流出来，成了白色床单上的一点儿暗色痕迹。

现在已经过了晚上十二点，手术室门上"手术中"的灯亮了起来。

余笑抬头看了眼那个灯，抬起右手擦了擦左手，褚年冰冷的手指从上面划过的感觉好像还一直留在那儿。

"到底怎么回事？你们两个人一直在这儿待到现在什么都没做吗？"余笑回过头，看着这时候才过来的两位"父亲"——她进来的时候，看见这二位一个站在楼梯口偷偷摸摸地抽烟，另一个坐在椅子上打瞌睡。

"褚年你回来了，那我就先走了。"褚年他爸打了个哈欠，熬到现在，他头顶飘忽不定的发丝都已经服帖在了头皮上，"我跟你妈说了让她弄点儿红皮鸡蛋，再赶紧跟你表姑她们说一声……对了，那什么，褚年啊，刚刚亲家跟我说亲家母的脚伤了，等余笑坐月子的时候就让她回咱家吧，你放心，你妈干活还

140

挺利落的。"

亲家都这么说了，余笑的爸爸搓去手里残留的烟味儿，叹了一声说："唉，也是我们家余笑年轻不懂事，都快生了，还那么不小心。她妈也是，余笑怀孕这么长时间，她来来回回还挺勤快，结果真要用到她的时候又掉链子了。"

余笑本来面无表情地看着褚年的爸爸，听了这话，她转头看着自己的爸爸，说："手术室里面躺着顺产转剖腹产的是您的亲女儿，因为着急女儿受了伤的是您相濡以沫三十几年的妻子。我听您这话，怎么觉得您的意思是余笑生孩子找自己爸妈是不懂事儿，您妻子担心女儿是掉链子？对，您倒是又懂事又不掉链子，可您干什么了？就在病房外面干听着您女儿在里面吃苦受罪生不出孩子？"

余笑爸爸的脸有点儿挂不住了，自己女儿生孩子呢，怎么女婿先教训起自己来了："褚年，现在是说这些的时候吗？怎么了？我女儿大着肚子的时候你也一直不在啊！行啊，一回来就教训上我了。我在这儿陪着我女儿还是错了？"

唇角勾起一个嘲讽的弧度，余笑看着自己的爸爸，淡淡地说："也不是错，只不过把一无是处的陪伴当功劳很可笑。我就问你，你知不知道无痛分娩？你知不知道跟医生说你要让你的女儿无痛分娩？产妇在里面干号得力气都没了，你在外面是听着声，抽着烟，就差一盅老酒了是吧？还有，余笑是胎位不正，孩子不能入盆，顺产不出来得转剖腹产，你知道吗？你问过医生吗？"

余笑的爸爸吓了一跳："怎么就剖了？我不就去抽了根烟吗？"

另一边，褚年的爸爸也拉住了"儿子"的手臂，说："褚年，你这是干什么？你岳父是余笑的亲爸，他能不着急吗？可生孩子这事儿咱们大男人能干吗？你说什么无痛，那不就是把人给麻醉了吗？那不是伤孩子吗？再说了，我看余笑是个好样儿的，肯定能把孩子好好生下来……怎么就剖腹了呢？刚刚在这儿生孩子的一个女的可是说了，要是开刀拿出来孩子，那第二胎可就难了！"

他又转头对亲家说："褚年这是急昏头了，说胡话，哎呀，算算时间，他也是一听到消息就坐飞机回来了，这大半夜的，着急当爸爸呢。小年轻，也不知道轻重，随随便便就想动刀子。"

说完，他还笑了两声，第三声还没出口就被自己"儿子"的眼神硬生生给吓住了："褚年，你看着我干吗？"

"余笑是怎么摔倒的？别人不知道，她为什么生不下孩子得转剖腹产，你会不知道吗？"

褚年的爸爸瞬间有些僵硬："我……我……我怎么知道。"

"没关系，余笑知道。"死死地盯着褚年爸爸的眼睛，余笑又补充道，"我们小区门口到处有监控，您要是觉得她不知道或者她知道得不对，我去查查监控，就什么都知道了。"

一听监控，褚年的爸爸着急了，连忙说："查什么？有什么好查的？是她非要挣开，又不是我推的她，我……"

"你说什么？！你不是说笑笑是自己摔倒的吗？怎么是你推的？"凌晨过后的医院走廊里爆出了一声怒喝，褚年的爸爸直接被余笑的爸爸推到了墙上，"是你把我女儿推倒了？她怀着你的孙子你不知道吗？你还是个人吗？！"

"亲家你这是干什么？我都说了不是我推的，是她非要走！"

"她走你让她走啊，你怎么能推她？我女儿我从小到大没动过她一个手指头，你怎么敢？"

值夜班的小护士小跑过来，就看见两位加起来超过一百岁的大叔扭打在了一起："别打了！不准在医院打架！"

看一眼袖手旁观的那个俊美男人，小护士一跺脚，就要回护士站打电话叫医院的保安过来。

就在这个时候，默不作声的男人抄起了座椅旁边的输液架，直接挥向了纠缠在一起的两个人。带着钩子的输液架可不是开玩笑的。看见它砸过来，余笑的爸爸往背后的墙上一缩，褚年的爸爸往后退了两步，两个人好歹是被分开了。

铁钩划在石质地板上，声音尖锐到让人心惊。

虽然是余笑的爸爸先动的手，可分开之后一看，他的样子更惨一点儿，毕

142

竟是久坐办公室的中老年文弱书生，想要跟在一线工厂干了那么多年的褚年的爸爸一较高低，真说起来跟自取其辱也就只有写法上的区别。

褚年的爸爸没好气地质问道："你到底想干什么？又不是我把她推倒的，你是想我孙子还没见着先进局子还是怎么着？褚年，你是翅膀硬了是吧？你看看你今晚说的话、做的事，你想干什么？这都是你该说的，是你该做的吗？里面余笑生着孩子呢，你倒是清算起我来了？"

余笑不用说话，自然有别人开口。

"那你做的事儿是长辈该做的事儿吗？笑笑她是孕妇，你跟她争什么？她之前住院的时候你都不在，怎么你一去她就摔了？"余笑的爸爸指着褚年爸爸的鼻子痛骂道，"当年他俩婚礼的酒桌上你怎么跟我说的？以后就把余笑当你们亲女儿待，行啊，这就是你们家亲女儿的待遇？你们这一家人还有良心吗？我是怎么对褚年的？你们是怎么对我女儿的？！"

可能……要是褚家真有个女儿，也未必比余笑的日子好过多少。

余笑靠着医院的墙站着，无声地低下了头。

骂完了亲家，携着余威，余笑的爸爸还想对着"褚年"骂两句，可刚说了"褚年"两个字就看见年轻男人抬起头露出那双泛红的眼睛，竟然一个字都说不出口了。

手术室里，插着尿管的褚年被支架支撑着身体，从后腰注射进去的麻药已经生效，他能感觉到冰冷的手术刀划开了自己的肚皮。

这是第一刀，他之前想当然地以为只有一刀，可事实上，还有一刀在子宫上。

医生的手好像伸了进去，又做了什么让他不敢猜测的操作。褚年闭着眼睛，不敢看，也强迫自己不要再去想。

"好，准备！"

准备什么？麻醉缓解了之前宫口打开的痛苦，褚年有点儿想要直接睡过去，要是能醒来的时候孩子就在身边，那对他来说应该是这世上最好的事情了。

"唔。"

并不是疼，而是被压到了——几个医生和护士扑了上来，奋力地用手和肘部压他的肚子。

这样两下之后，他觉得肚子里的什么东西终于开始动了起来。

是孩子！

褚年忍不住瞪大了眼睛，头顶的无影灯之外是灰白的天花板，看得人心里发慌。

是的，这些步骤他都查过，在肚皮上开一刀，在子宫上开一刀，为了让子宫恢复得快一点儿，第二刀很小，剩下的创口要医生用手撕开。

"再来一次！"

又是一阵挤压。

"头出来了。"

身体猛地一空，褚年看向医生，看见她的手里抱着一个小小皱皱的红皮小东西。

褚年的脑袋一片空白。

"哇！"

"是个女儿，虽然早来了几天，哭得还挺响。"护士笑着说。

褚年被打了宫缩素，他的手术还没做完呢，所以他费力地抬起手指了指那个孩子，只说了一个字："我。"

过了一会儿，被洗净、包好、做完检查的孩子被放在了他的身边。

"孩子，我的孩子。"还在排胎盘的褚年张了张嘴，声音很轻很轻，然后眼泪又流了出来。

7

"是个女孩儿，2651克，检查结果挺好的。"

洗干净了的孩子包上了小衣服，被抱到了余笑的面前。她看了一眼，小心翼翼地接到手上。

"你抱得还挺熟练啊！"

小护士看见这个英俊又沉稳的"男人"抱着轻轻软软的一团好像哭了，却是无声的，嘴唇紧紧地闭着。

"产妇送出来了！"

手术室的门打开，余笑把孩子重新递回给护士，说："麻烦您帮我抱回病房。"说完，她去帮着把床拉出来。

"我生完了。"再次看见余笑，褚年只觉得是孤身去了一趟地狱又回来了，"大、胖、小子，三样都不是。"想起自己从前挂在嘴边儿的话，他觉得那时的自己幼稚无知得有些可爱。

"挺好的。"余笑对他说。

听了这三个字，脸上全是疲惫和狼狈的褚年笑了，他看了一眼给自己拉病床的余笑，说："我就知道你会这么说。小褚褚一身都是红皮儿，你妈说你出生的时候也是一身红，后来长大了就这么白了，这孩子还是像你。"说完就闭上了眼睛，他太累了。

"是个女孩儿啊！"等在病房门口的余笑的爸爸迎了过来，有点儿激动，但也只是"有点儿"。

他看着"褚年"说："唉，女儿挺好的。褚年，余笑这次生孩子也遭了罪了，那个……"他脸上还挂着一块青，不知道为什么，他面对这个女婿越发气短了。

"什么叫女儿挺好的？女儿不是本来就很好吗？听您这个语气，不是个儿子您还很失望？"帮着护士摆正了褚年的病床，余笑淡淡地说。

"没有没有，我就是怕你期待太高。"

"我不知道女儿哪里就低了，你自己的亲女儿刚受了人间最痛的事回来，麻烦您捡着能听的说两句行吗？要是不会说，您可以走。"

好好生个孩子，别人家都是高兴的事情，余笑的爸爸也是不懂，怎么在女

145

婿这儿就是苦大仇深的样子，自己还动辄得咎起来？

"您通知妈了吗？"

"哦，还没，我这就打电话。"看一眼手机，才五点多，余笑的爸爸放下了手机，过了两秒又拿了起来，"唉，笑笑她妈肯定等了一夜也没睡，我还是先告诉她，再让她好好睡吧。"

对着手机，余笑的爸爸露出一个大大的笑："笑笑生了个女儿，长得像笑笑！哎呀，哎呀，你别着急，我……我开视频给你看。"

病房里顿时就有了迎接新生命的喜悦。

余笑妈妈的声音通过手机传过来，她和她的丈夫看着那个小小的婴儿，讨论讨论鼻子讨论讨论眼睛，像是研究世界名画儿似的。

余笑对爸爸说："要不您就回去吧，妈不是还受伤在家吗？您也陪着守了一夜了。"

余笑的爸爸也没怎么坚持，见女婿把女儿照顾得不错，点了点头。

倒是视频里余笑的妈妈突然说："褚年，你也好好休息下。唉，我这样儿也帮不上忙，让你们那个月嫂去帮你们吧？"

"黄大姐中午过来，戚大姐上一家还有五天，正好那时候余笑就出院了。"

"那就好。"隔着屏幕，余笑的妈妈看着躺在床上养身的"余笑"，叹了一口气，"顺转剖啊，要不是知道你回来了，我肯定得过去。他也是太不容易了。对了，通奶的时候你拿热毛巾让他焐一焐。床下面放了隔垫儿吧？"

事无巨细地关照嘱咐了一轮，她才带着余笑的爸爸一起退了场。

褚年本以为生完孩子就能喘一口气，却没想到明明已经"卸货"了，还得"疲劳驾驶"。

麻药的效力散去之后，刀口的疼就越来越明显，不只是刀口，整个下腹，不，应该说整个腹部的肌肉连着下面的位置都好像是战后的废墟，不管哪里都是残垣断壁。越来越明显的疼痛和空虚感让他根本没办法好好休息。

146

"我疼。"褚年对着余笑说。他不明白，为什么已经受了一遍产前的罪了，生完孩子，痛苦却还没放过他。

"医生说你的状态还不错。"

这个"不错"是指我这儿是被轰炸后的伏尔加格勒而不是广岛或者长崎吗？褚年不觉得自己现在的满目疮痍有什么好"不错"的。

余笑站在床边，拿着温热的毛巾慢慢擦干净褚年的脸和手，又用沾湿了的棉签给他润了润干裂的嘴唇。

虽然疼还在愈演愈烈，褚年却觉得余笑这么给自己擦了擦，就让他重回了人间。静静地看着余笑，想起被推进手术室之前想的那件事情，他轻声说："生孩子真的太难了，比我想象的难一百倍。"

小小的婴儿躺在床边的小床里，安静地睡着。余笑回头看了她一眼，又看向褚年，看见他又倒吸了一口冷气。

"要是真的太疼了，我就去让医生开一针止痛。"

"疼。"吐着字，褚年都觉得累，"我觉得肚皮下面现在被挖空了，一喘气就有什么东西在动，还特别疼。"

那是子宫在被胎儿和胎盘撑大了的腹腔里收缩。

"我去找医生来。"

"别……"褚年又倒吸了一口气，"就你在这儿吗？"

余笑点了点头。她自己的亲爸好歹是看了孩子之后被她打发走了，至于褚年的爸，余笑根本不想让他看孩子，干脆就赶走了。

"现在是只有我一个人，黄大姐中午会过来。"

"那等护士或者医生什么时候来了，你跟他说吧，我不想你把我一个人留在这儿。"

余笑想说走出病房不到十米就到护士站和医生办公室了，但最后还是没说，只是站起来摁了一下床头的铃。

褚年费力地仰了一点儿头，瞧见余笑的动作，有些自嘲地笑了："我是疼

第三章　孕期记事

147

傻了。"

"哎，怎么能给产妇打止痛针呢？马上得给孩子喂奶了，可不能把药喂给孩子！"医生还没来，褚年邻床的病人家属突然开口阻拦他们。

喂奶？！褚年用渐渐被疼痛包围的大脑去想，发现自己之前只想着生孩子，根本没想过喂奶的事儿。不过这些人想什么呢？一个大活人就在这儿疼得要死要活，怎么还得先想好给小孩儿当饭碗了？

"你们年轻小夫妻不懂，现在只是刀口疼，你用了止痛药，马上涨奶了也是疼的，你总不能再吃药吧？一招儿接着一招儿呢。"

护士来了，余笑径直说："他现在疼得厉害，可不可以麻烦你们给他开点儿止痛药？"

"等等，嘶，不用了。"褚年制止了余笑，"反正都是要疼，还是让我从头疼到尾吧。"

余笑低头看他，说："算了吧，你本来就不是个能忍的人，能用医学手段缓解的，你也不用硬扛。"

褚年苦笑了一下说："不是我非要硬扛，我也没那么傻，但是反正以后总有不能靠着打针挺过去的疼，我……我就不折腾了。一会儿疼一会儿不疼的，还不如让我疼惯了算了。"

见褚年坚持，余笑也只能同意了。

八分真诚里掺着两分故意卖惨，"豪言壮语"说出口没一会儿，褚年就后悔了。真疼啊！真疼啊！

想起之前他妈说余笑离婚之后就是个破布口袋，现在的褚年觉得她说得倒也不算错。不过世事难料，谁也想不到现在这个口袋里面套着的是他。

"疼吗？需要止痛吗？"看他脸色难看，余笑又问了一遍。

褚年真的很想点头，可就是点不下去。

病房里人来人往，两位病友也都是昨天生的，今天各路亲戚来看孩子——不到探视时间，外面的亲戚想要进来是很难的，可架不住在病房里陪床的家属

148

们来往如风，把孩子"多长""多重""哭得可好听"之类的话带出去。仔细看看，这些家属真是个个儿都走出了当红小花经纪人的气派。

跟他们比，余笑和褚年可真是安静。有人看见了，彼此闲聊知道生的是个女儿，便觉得探到了什么人间真相，再说起这一床，他们彼此交流的眼神儿都隐晦了起来。

中午，黄大姐过来了，褚年暂时还不能吃饭，她就给余笑包了些饺子，芹菜牛肉馅儿的。

"哎哟，宝宝长得真俊啊，眉毛、鼻子像褚先生，嘴像余笑。"

听着黄大姐的夸奖，目前还不能吃饭的褚年觉得自己大概是看见了一个假孩子——才五斤多点儿、红红皱皱的孩子，他怎么都看不出是像了谁。虽然他刚出产房的时候明明也说孩子像余笑的。

手术完的第一天就在与疼痛的对抗中慢慢过去了，等到了下午，褚年终于放了个屁。黄大姐立刻奉上了炖得烂烂的鸽子汤，汤色挺浓，没什么油，还有点儿山药。

"你要是不想喝，我这儿还有红糖鸡蛋水，要不要喝呀？"

褚年整个人都难受着呢，也没什么吃东西的兴致，勉强吃了几口，看看放在床头的一个大保温桶，翘起一根手指指了指余笑。

"明天我给你炖鲫鱼汤，好帮你通奶！"

褚年点点头，一想到明天是伤口越来越好转的明天，他就觉得人生还是有奔头的。

直到他靠在床头鬼哭狼嚎。

"啊啊啊！我后悔了！不行啊，我受不了这个罪了！我替谁我都不值得！"

奶水迟迟出不来，整个胸部仿佛被人像萝卜一样往外拔。褚年觉得对余笑的爱受到了挑战，对小褚褚的喜欢也受到了巨大的挑战——别看这小东西看着还小，嘴劲儿可真大，褚年这下是真正知道什么是"吃奶的劲儿"了，这劲儿他可都使不出来！

149

偏偏在这个时候，他因为受了刺激而宫缩，肚子里也是一阵剧痛，更惨的是子宫仍然没在那个废墟里找到重建的位置，褚年一会儿觉得是痛到了胃，一会儿觉得是痛到了肠子。

余笑帮不上忙，只能在一边儿站着，一手扶着孩子。

黄大姐说："果然是喝了汤，你看喊得都这么有劲儿了。"

褚年已经疼哭了，稀里哗啦地大哭："你都已经被我生出来了，怎么还折腾我呀？啊啊！"

通乳疼，涨奶也疼，小褚褚的小嘴儿让褚年又爱又恨。

对褚年来说最疼的还不是胸，是每次哺乳连带的宫缩反应，也不知道这两个部件是怎么接上头的，就像是股市和人民币汇率一样，还荣辱与共起来了。

余笑说他是打了促进子宫收缩排恶露的药才会疼得密集，但褚年还是坚持认为是奶水太多的缘故。就为了少点儿奶水，别涨奶太疼，他连水都不敢喝了——余笑会劝他多喝水，黄大姐送来的补奶水的汤就不让他喝了。

手术完了第二天，褚年就可以换着姿势躺着了，小褚褚被放在他的床边，除了吃就是睡。褚年浑身不舒服，看着她淡淡的小眉头，总想用手指把她截起来。

"起来，我都睡不着，你睡什么？"

可手指总是停在离小东西额头半厘米远的地方。

"虽然疼得要死要活，但一想她是我生出来的，我还是觉得这事儿真神奇啊！"这是他对余笑说的。B超屏幕里小小的胎儿和现在躺在身边细细呼吸的小生命，给褚年的感觉是完全不一样的。

余笑在用手机发消息，闻言抬眼看了看他，又看了看那个小小的孩子，没说话。

"怎么了？我生出来的，没毛病！"还想再说点儿什么，褚年突然皱了下眉头，"我下面好像又流东西出来了。"说这个话的时候，他也觉得尴尬，液体流淌的感觉让他偶尔会有种失禁的错觉，也提醒他疼的地方不只是肚子，还有肚子下面的位置。

余笑问："需要换垫子吗？"

褚年摇了摇头。他昨天还矫情，疼了几下就想换垫子，可一天淋淋漓漓总有一点儿，换一次垫子又得折腾他一下，他真心折腾不起了。

"那你要不要换个姿势坐起来？"

褚年这下答应了。

余笑先把孩子抱回到小床上，又帮着褚年坐了起来。

看见余笑又把孩子抱回来，褚年忍不住说："你抱孩子这姿势一看就挺熟练，我现在连怎么摆弄她都不知道。"

从刚结婚就开始准备做个母亲的人，与褚年这种"半路上马"的肯定不一样，不只是准备上的不一样，连心态都完全不同。不过这话余笑不会跟褚年说，事实上，除了照顾褚年之外，她觉得自己没有什么必要再说什么。

下午来了一个女医生，先是摸了摸褚年的肚子，然后说要给褚年按肚子。

听见"按"字，褚年立刻双手去抱肚子，被医生制止了。他脑袋里那个被轰炸过的伏尔加格勒迎来了重建的前奏——拆除废墟的推土机。

"啊啊啊！！"手几乎要把枕头抓烂了，褚年的痛号声听得人心里发颤。

抱着孩子等在外面，余笑的脸上没什么表情。惨叫声里，她垂眼看了看小小的女儿，低下头，轻轻地亲在小襁褓上。

带着孩子再回病房，褚年已经满头大汗地瘫在了床上，嘴里说："不值得啊，不值得。"

什么不值得？褚年不说，余笑也不去问。

下午探视的时间，之前约好的月嫂戚大姐来了医院，检查了一下病房里在用的东西，又问了问褚年的饮食情况，不禁摇头说："不喝那些肉汤就不喝吧，蔬菜应该多吃一点儿，还有蛋白质，能促进伤口恢复。"

戚大姐说话做事都很沉稳，话不多，事儿却干得不少，还教了褚年抱孩子和喂孩子的姿势。她待了半个小时，要走的时候又有人来了——是褚年的妈妈。

"哎呀，我昨天什么都没干，光是分鸡蛋就分个没完，小区里里外外那是弄了六百个鸡蛋啊，哎呀我的妈呀，可累坏了，借了你刘阿姨家的大灶台，煮了好几锅。"褚年的妈妈笑着递过来一包装在塑料袋里的红皮鸡蛋时，仿佛是在给人欣赏自己的勋章，"余笑的妈妈是把脚伤了是吧？哎呀，我昨天煮鸡蛋的时候也把脚给烫了，幸好冬天穿的鞋子厚，热水没真的浇透了，不然我真是连鸡蛋都送不过来了。"

这话有意思，本来低头不想说话的褚年抬起了头。平时他这个妈没事儿都要找出事儿来，现在他们真有事儿了，怎么听话里意思是说自己笨手笨脚照顾不了儿媳妇呢？难不成她以为余笑的妈妈受伤是为了躲闲？

褚年的脑子转了转，想到之前自己这个妈就在自己住院的时候闹了一场，显然是不想照顾孩子的，可那时候余笑的妈妈没受伤，她就算想照顾，这两边的家里也得掰扯一下，现在余笑的妈妈退出了竞争，按说她一家独大了，应该趁机拿捏要价才对，怎么就退了？

鸡蛋放在了床头，褚年的妈妈又拿出一个保温盒，对自己的"儿子"说："我估计余笑生了孩子出来，肯定所有人都围着她转呢，你这两天也累着了，来，妈妈给你包了牛肉包子。"

看着自己亲妈张罗着让"儿子"吃饭,褚年终于想明白哪里不对了。这两天,谁来了不是得看一眼孩子,怎么这个当亲奶奶的就……这么淡定呢？

褚年的妈妈还在那儿喋喋不休,整个病房里仿佛只有她一个人的声音似的:"周末你表姑她们说是要来看看你。哎呀,到时候一看,你老婆生了个女儿,你还累成这样……"

褚年突然打断她的话:"妈,你要不要看看孩子啊？"

褚年的妈妈歪着身子探过头看了一眼,说:"行,长得还挺像她妈的。"只有这一句话,竟然也没说要抱一下,手都没伸出来。

瞬间,褚年的脸就落了下来。开玩笑,他千辛万苦生下来的,生下来之后还得受罪,这么得来的怎么还能被人嫌弃了？他去看余笑,发现余笑神色如常。

褚年的妈妈又说:"唉,早知道那天我来陪着就好了,你们这些大男人什么都不懂，就让余笑这么把孩子给剖出来了，这以后怎么生第二个？"

"你走吧。"坐在床上，褚年对她说，"我刚生完孩子，不能生气，你这个当奶奶的一进门就唉声叹气了好几次，怎么了？生怕别人不知道你有多嫌弃我生了个女儿？还二胎，我现在第一胎还没处理完呢！我告诉你，没有第二个孩子了，我这辈子就这一个孩子，叫褚褚。你认她疼她，你是孩子的奶奶，隔三岔五来看看她，我不拦着你，可你要是不认她不疼她，那你以后也就不用来了。"

褚年的妈妈眉毛一挑，刚想要生气，一只手臂就拦在了她的面前。

"既然不是来看孩子的，那就早点儿走吧，天气预报说今天晚上有雪，早点儿回家比较好。"

褚年的妈妈抬起头，看见"儿子"那张让她越发捉摸不透的脸——没什么表情，却有十足的压迫感。

"褚年，你这话怎么说的？我……我当然是来看孩子的！哎呀，你不知道，我听说生了个孙女的时候可后悔了，我前天夜里就该在这儿守着，人都说了，小孩抱出产房看见的第一个人是谁，以后就长得像谁，她就该像我这个奶奶，别的不说，心灵手巧对吧……"褚年的妈妈发现"儿子"对自己不喜欢孙女这事很反感，立刻一百八十度转了态度，变脸的本事让青出于蓝的褚年叹为观止。

等她走了，褚年抱着女儿，心里说不出的难过。这孩子才出生不到两天，花花草草都还没见过呢，就已经有人把她跟别人做了区分。这是不公平的！

"没事儿啊，爸爸的小褚褚，等你爸我把这一阵子熬过去就去学拳击，以后谁敢不喜欢你还叽叽歪歪，我就把他们都打地上去。"心里默念着自己都不信的话，褚年能感觉到一阵又一阵的酸涩涌上心头……

哎呀，有点儿涨奶了。

小褚褚也正好饿了，张了张嘴就想哭，被人立刻把饭送进了嘴里。

龇牙咧嘴地喂着奶，褚年突然"扑哧"一声笑了："余笑，就刚刚那话，要是真的第一眼看见谁像谁，是不是现在这些护士二十年后都成了大众脸了？"

看了他一眼，余笑轻轻笑了一下。

见自己把余笑逗笑了，褚年也笑了，笑起来仿佛忘了疼的样子。

过了一会儿，余笑说："没事，这些事我明天会一起解决，你好好养着吧。"

什么事？什么一起解决？褚年因为肚子疼前后晃了几下，差点儿没抱稳孩子，他努力调整了一下姿势，再看余笑，她已经倒了一杯水，就着包子大口吃了起来。

8

"这是那天余笑与你争执后摔倒的视频，我从监视器上录下来的。"

褚年的爸爸看着自己的"儿子"，咧嘴笑了一下："行啊，儿子，你这是要拿这个来威胁我了？怎么，你是想把你爸送进局子里关起来？"

坐在对面的余笑没有看他，又拿出一个文件夹："这是我搜集的证人证词，至少有六七个人能证明你拉扯余笑，其中包括我们小区的一个保安。我拿着这些东西去警察局，估计不够把你送进局子里关起来。不过我还有别的……比如，我去查了那个西厂的杨寡妇，她是在做传销吧？你之前跟我要几十万的时候，是真的要买保险，还是你得帮她买货？"

"你是什么意思？"

"从现在开始，我每个月给多少钱——最低是赡养标准的基本线，最高是现状——离我的孩子越远，你们能拿到的钱就越多，明白了吗？"

"褚年，"褚年的爸爸笑了，"你是想不孝到底了？拿着这个威胁我，你就不怕我豁出去闹得你的工作都做不下去？我就不信了，哪个老板会重用一个连自己亲爸妈都不善待的人。"

余笑神情不变："我现在的工作重心在外地，您要想闹就随便，看看我能一个月给你打多少钱。至于其他的，我敢闹，就不怕折腾。"

第四章　舍不得

　　褚年知道，一旦换回来，他就会失去余笑。

1

小褚褚降生的第三天，余笑的妈妈终于来了医院。

那时候褚年刚刚经历完又一轮地鬼哭狼嚎——不仅仅是宫缩疼、被按肚子疼，今天他被强迫下了病床走路，天啊，在感觉到刀口被牵扯的那一瞬间，褚年无比后悔自己选择了剖腹产，童话传说里小美人鱼走在刀尖上的感觉，他算是真正体会到了。

不仅是疼，也是真的腰腹酸软无力，在站起来的那一刻，褚年认同了亲妈说自己是破布口袋的说法。他身体的中间部位所有的肌群仿佛都已经碎开了，再坚硬的骨头都已经撑不住这副皮囊。

护士在一边扶着，褚年把身体大半的重量往余笑的身上靠。"我疼"这两个字他这些天已经不知道说了多少次，可除了说这个，他还能说什么呢？

"太疼了！我没劲儿，我哪儿都没劲儿，你别让我走了。"

从他生了孩子以后就很好说话的余笑却完全不理会。也不对，之前拔尿管之后余笑逼着他上厕所的时候也很坚决，褚年都不知道自己是怎么从仿佛身体里往外流碎玻璃的痛苦中熬过来的。

在某个极度痛苦的瞬间，褚年忍不住想，余笑那么爽快地让自己剖腹产，是不是就因为她知道剖腹产之后会很痛？

当然，这种阴暗的想法很快就随着痛苦的缓解被褚年抛到了脑后。他对余笑的人品很信任，至少比信任自己还要多十倍吧，不然他也不会每到绝境的时候就求助她——明明她才应该是这个世界上最恨自己的人。

有了这样一种觉悟，褚年都说不出自己是该敬佩一下余笑的人品，还是应该觉得自己可悲了。

看见自己妈妈的样子，原本坐在凳子上的余笑猛地站了起来，连褚年都躺不住了。

"不是说只是崴伤了脚？"

"崴了脚，然后从楼梯上滚下来了。"余笑妈妈的后脑上裹着纱布，有些不自在地拍了拍轮椅的扶手，说，"我本来能走进来的，你爸看见门口有那个扫码能租的轮椅，就非让我坐轮椅。"

余笑的爸爸在后面推着轮椅，说："你妈是脚踝骨折了，还摔了个脑震荡，前天在医院吐了好几回，医生让她住院观察，今天还没到出院的时候呢，我把她偷出来的。她怕你们担心，就一直没说。"

"你别听他胡说，我呀，一看见我的小外孙女就一点儿事都没了！"余笑的妈妈手上搓着消毒液，直到彻底干了才轻轻地从余笑的怀里把孩子抱了过来，"我一直没来，也是知道这样帮不上忙。"

说完，她低下头去凑近了看怀里的小宝宝："我的小乖孙，来，看看姥姥！哎哟，这个小嘴长得真像笑笑！"

褚褚小朋友正好醒着，一双乌溜溜的大眼睛倒映着两张成年人的大脸，一个是余笑的妈妈，另一个就是余笑的爸爸了。

"我看孩子呢，你凑过来干什么？"

弯着老腰费劲地看着外孙女，余笑的爸爸也不理会妻子的嫌弃，一张老脸笑成了花，说："我看她这个小嘴是像我，你看笑笑的嘴就是随我长的，这个眼睛也像我，你看是不是啊？"

余笑的妈妈刺他："我看眼睛像褚年，嘴也不像你，余笑的嘴像我！"

余笑的爸爸还是在笑，嘴里发出带着糖一样甜腻的声音："宝宝，看看姥爷，姥爷带你出去买糖吃啊！"

看着他们头也不抬地"玩"孩子，褚年慢慢靠回枕头上。

"我觉得被子里透风了。"他对余笑说。

余笑走过来，仔仔细细地给他整理了一圈儿被子。

"我想喝水。"躺在密不透风的温暖被子下面，褚年又提出了新的要求。

余笑给他拿来水杯，还用手背试了一下温度。

余笑的妈妈抬头看见这一幕，眼皮跳了一下："褚年啊，你别累着了，是不是好几天都没回去休息了？要是余笑这儿晚上没事，你也不用陪床了，再不然就找个护工，我掏钱。"

褚年看看余笑，再看看余笑的妈妈，乖巧地点点头，轻声说："我也是这么和她说的，她晚上趴在病床边上睡，真的太累了。"

一听说女儿晚上这么照顾人，余笑的妈妈有些不满地看向褚年，看着那张养了几天还是显得憔悴的小脸儿，她叹了一口气说："你生了孩子，要经的事儿多着呢，现在就把人熬坏了可怎么办？听妈的话，能雇人就别麻烦褚年，这个钱妈出了，好不好？"

话都到了这个份儿上，褚年还能说什么呢？他无声地点点头，等着余笑的爸妈又在那儿看孩子了，轻轻拉住余笑的袖子，小声说："我想吃炸酱面，你明天给我做炸酱面好不好？"

"你刀口还没长好，炸酱面太咸了吧？"

"我想吃。"褚年说。黄大姐除了炖猪蹄就是炖鲫鱼，他不想喝，都给了余笑，还在心里暗笑余笑虽然没有亲自生孩子，月子餐却是亲自吃了。可这样一来，褚年能吃的就是蒸蛋、青菜、米饭……他吃够了。

"我一会儿问一下护士你能不能吃，要是能吃，我就给你做。"

"好。"褚年算是满意了，有了余笑的这句话，不管是刚刚被人忽视的酸楚，还是要一个人躺在病房里的凄凉，他觉得都可以忍耐了。

这就是喜欢，一粒糖落在一缸水里，喝起来都是新蜜的味道。

可褚年心里也很清楚，就这一粒糖，也是他撒娇耍赖哄来的，他一面因为别人都只关注孩子而心酸，一面又利用孩子博取余笑的同情和关心。

晚上，余笑果然走了，走之前先是给褚年擦了脸洗了脚，陪他去了厕所，再给小褚褚换了尿布，整理了衣服，最后还关照了护工来帮忙照顾褚年。

余笑不在，褚年的心和表情一起垮了下去。孩子自然还是想逗着玩的，可是怎么也不像之前那么开心了，明明一样的噘嘴蹙眉的小表情，就因为不能说"你快来看"，好像一下子失了很多趣味。

"你老公是做什么的呀？他对你可真好，连着三天了，一直围着你打转儿。"晚上快熄灯之前，隔壁床的产妇对褚年说。

"她是搞建筑项目的，是对我挺好的。"褚年说这话的时候，心里又觉得舒服了很多。

"现在像这样的可真难得。我家那个呀，说好了陪我一个礼拜，结果就第一天陪了我，之后就把我扔给婆婆了。我婆婆呢，我怀孕的时候说得好好的，有了孩子我什么都不用操心，这才第三天，中午就说头疼啊腰酸啊，拍拍屁股回家去了，把我扔在了医院。"女人打开了话匣子，想说的话就像她们几天前流出来的羊水一样止不住。

褚年听着，也不说话。意外发生的时候，他也骂过余笑是骗子，明明答应了他生产就回来，却让他孤独地在产房里无助又痛苦了那么久。可余笑照顾他是不掺水分的。

就在这个时候，和褚年说话的那个女人突然提高嗓门骂了起来："我不就是生了个女儿吗？！一个个不是鼻子不是眼的！"

这句话让褚年的心里特别不舒服。遥遥看了一眼睡在小床上的小褚褚，他又想起了这几天爸妈的态度，呵呵。

159

"谁不想生儿子啊，这也不是我一个人的事啊！凭什么我吃苦受罪地把孩子生了，还要看别人的脸色？！"

女人的愤懑好像已经积累了很久，褚年听着真是每个字都带着怨和恨。

他想了想，在女人终于安静下来之后说："其实，真不是生了女儿还是儿子的事儿。"

那是什么问题呢，欺负生了女儿的儿媳妇，那本质也是嫁进了这个家的女人？褚年觉得是这个女人遇到的人实在人品太差，可这话轮不到他来说。

那个女人安静了下来。

整个病房都安静了下来。

第二天一大早，医生们还没上班，收拾得一身清爽的余笑就又来了，深灰色的羊毛大衣里面是黑色的立领羊毛衫，俊美的面庞被冷淡的配色衬得格外白净又文雅。

她手里拎着一个保温桶，里面是白生生的面条。

"看！"

一串儿颜色各异的东西用保鲜袋装好系在了一起，在她的手里晃来晃去，褚年仔细一看，眼睛亮了起来："这个是炸酱！这个是烫菠菜！这个是芹菜碎！"

过了冷水的面被依次放入各种菜码，再倒一点儿酱下去，褚年看见余笑又拿出一包淡白色的面汤。

"还是怕会太咸，你也不好吃太凉的，用热面汤冲一下吧，赭阳那边说这叫原汤化原食。"

"嗯！"褚年不知道，这一刻自己的笑容有多灿烂，笑眯了的眼睛里隐隐藏着水光。同病房的那个产妇是找了太坏的人家，我不一样，我找了人间的一捧雪——寒冷的时候，她是干净又沉默的；温暖的时候，她会滋润所有人。

就在褚年被一碗面温暖的这一天夜里，余笑不在，褚年又加入到了其他人的夜聊中。

"找个好人？哪儿有那么容易。再说了，当时是好的，你哪里能看出不好？

160

等他真变坏了，说什么都晚了。"

"唉，男人啊，当年追我的时候，我爱吃是有福气，现在我多吃一口，他就说我跟个老母猪似的。"

听着女人们的话，褚年一阵恍惚。

下腹传来熟悉的疼痛感，他摸了一下肚子，摸到了余笑以前做手术时留下的那道疤。对哦，他现在爱她，所以沉默温和是值得赞颂的美德，可曾经，他把那些当乏味与无趣。就像这道疤，他现在摸起来觉得是自己接受过与余笑同样病痛的见证，还有点儿隐隐的甜蜜，可曾经他连一眼都不想去看。

"余笑没么好。"他在心里对自己说，"你要是现在去想自己不配喜欢她，你就肯定什么都得不到了。"

可他还是感到了痛苦。

在这个同时涨奶、宫缩、腰背酸疼的夜晚，褚年摸着胸口，只感到从外到里都疼得厉害。之前他就恍惚以为自己的腹腔是空的，现在，他觉得自己的胸腔也是空的。

2

顺产的大多住院三四天就可以出院了，这天下午，褚年的邻床换了个人。看着年轻的孕妇挺着大肚子指挥老公忙东忙西，褚年的眼神都有些迟钝了。

"怎么了？"余笑把插好吸管的保温杯送到他的嘴边。

褚年收回目光，说："我现在有种过来人的沧桑感，唉，经历之前谁知道自己要受这么多罪呢？"

小褚褚又睡着了，余笑利落地把她抱起来送到了小床上。

那个年轻的孕妇笑嘻嘻地凑过来看了一眼小褚褚，笑着说："哎呀，长得可真好。"说完，她拍了一下自己的肚皮说，"宝儿啊，你爹妈的基因不如人家，拜托你努努力，比着长啊！"

161

就冲这句话，褚年就觉得这位"预备役战友"挺有意思。

这位姑娘坐在自己的病床上，又张罗着递水果给其他人吃，又大又圆的苹果，一个足有八两重，她见一个给一个，给褚年和余笑的时候还特意挑了两个好看的。

"漂亮宝宝的漂亮爸妈当然要吃最漂亮的啦！"

一个活泼有趣的人真的能让一个空间里的其他人都变得轻松起来。不过褚年的轻松结束得比较快，因为半个小时之后他就被医生按肚子了。

随着身体的恢复，他鬼哭狼嚎的功率也在增大，震得新来的那个孕妇缩在床头目瞪口呆。

刚刚缓过来，让余笑给他擦掉身上疼出来的汗，褚年可怜巴巴地看着余笑，说："我是真的疼，我的疼劲儿还没过去呢！"

余笑回答："走走就不疼了。"

半吊在余笑的身上，褚年像一条装死的狗，脚底都踩不实地面了似的，非要余笑抱着他的腰才能勉强站好。

一步，又一步……

"刀口还疼吗？"

"能忍。"

"其他的位置呢？"

"嗯……"慢慢从余笑的怀里站出来，褚年一步一步往前走，感受着身体里异样的"颠簸"，窗外又飘起了细雪，他的手指从玻璃上划过，只感受到了一点点的凉，"之前邻床那个人给我推荐了收腹带，说是等伤口好了就能用，你说我是不是应该绑一下，帮着肚子里这些零件儿赶紧回家？"

余笑的回答一如既往："想用你就用，不过要是用了就得坚持。"

褚年摆摆手说："坚持那是肯定能坚持的，我还打算去学什么产后瑜伽、身体调整呢。"

低下头，隔着病号服，褚年捏了一下松弛的肚皮。自己的身体也好，余笑

162

的身体也罢，他不能忍受它是这么一副样子。

"还要去妊娠纹。"褚年掰着手指头说。

余笑站在他身后一步远的地方看着他。

他回过头来，笑着说："你放心，我会把这个身体养得好好的。"

听了他的话，余笑搓了搓手指，终于忍不住说："你上一个保证，好像是会平安无事地生个大胖儿子。"

结果孕期波折不断，生出来的女儿跟"大"和"胖"没有关系。

至于再之前嘛，褚年所有的承诺都被时间证明是狗屁。

褚年噎了一下，干巴巴地笑了一下，过了两秒，又像个小鸭子似的转过身来，对余笑说："我能做到，都……已经是当爸爸的人了，我答应了你的事情都会做到。"

余笑的脸上是浅浅的微笑，温和又让人心中安慰，她只说："好，你加油。"

身后忽然传来熟悉的声音："笑笑今天走了多远啊？"

余笑转身，看见妈妈被爸爸推着到了近前。

"上午走了十分钟，下午又走了五分钟，您今天的伤有没有好一点儿？我有个朋友说他之前有个亲人腿受了伤，吃了一位老中医做的成药，效果不错，我已经联系上了那位老中医，要是顺利……下雪没耽误快递的话，药后天就到了。"

"行了，你们年轻人都第一次当爹当妈的，怕是睡觉都还顾不过来呢，还惦记着我干吗？"

余笑与她妈说着话，在她身后，褚年在那瞬间抬起的手又缓缓落下了。

"从今以后我答应你的事情都会做到，所以你能不能再给我一次机会？"这句盘踞在胸口许久的话，他终究没有说出口。

抬头看一眼窗外的雪，他听见有人唤自己"余笑"，看过去的时候，手指还拈着那一点儿雪似的凉。

红豆饭、红枣蒸鸡，还有一道鸡蛋蒸卷心菜，这菜也不知道是余笑的妈妈从哪里学来的，鸡蛋打散了，放一点儿虾酱、一点儿油，再拌进切了丝的卷心菜蒸出来，特别下饭。从前的褚年挺喜欢吃的，余笑还学着做过，也是难得她做得不如她妈妈好吃的菜了。不过现在"余笑"身上还有刀口，虾酱是不能吃的，鸡蛋里兑的是一点儿鸡汤。

"除了这个卷心菜是我调的味，蒸鸡和饭都是你爸做的。要是不好吃，都是你爸的错。"

吃饭之前，褚年没把这话放在心上，吃了一口蒸鸡后，他猛地抬起了头。

"怎么了？"

褚年震惊地看着余笑的爸爸，把嘴里的鸡肉咽下去才说："这也太好吃了吧？！"他之前一直以为余笑做饭的本事是继承自她妈，现在看来，余笑她爸才是真正的深藏不露啊！

"哼，要不是我受伤了，我都忘了他还有手了。"看着"女儿"震惊的样子，余笑的妈妈撇了撇嘴。

余笑也拿着筷子在吃，确实是好吃，鸡肉味道香滑，又一点儿异味都没有，"咸鲜"两个字都点在了妙处。

可这样的厨艺，她这辈子是第二次吃到。

第一次是初中有一次妈妈去外地听课，得晚点儿回来，爸爸就买了两个猪腰子，剖成腰花调了味儿，再裹一层淀粉，先过油后爆炒，那是余笑这辈子吃过的最好吃的爆炒腰花。正因为是半生才有一次的美味，所以她记得很清楚，就连做法和那时候爸爸脸上的得意表情都记得很清楚。

——"别看我不动手，做饭呀，你爸我是天才！"

她永远记得。

"哼，你说我不做饭，笑笑可记得，你那年出去听课，我给她炒了腰花，她一直记着呢，对吧笑笑？"

褚年嘴里叼着鸡块，抬头，先看了一眼余笑，然后看着余笑的爸爸，摇了摇头。

164

"哎？你怎么不记得了呢？你记不记得，你上中学的时候去参加奥林匹克比赛，拿了个二等奖回来，你说你想吃那个腰花，结果我那时候赶项目，就没做成？"

褚年继续摇头。

余笑的妈妈已经发出了嘲笑的声音。

余笑的爸爸不甘心，想了想又说："你还记不记得你高中那年病了回家，跟我说想吃那个腰花，结果你那时候烧刚退就被你妈赶回学校了，我也没给你做？"

面对着余笑爸爸的目光，褚年突然觉得嘴里的鸡肉没有那么好吃了。

"我不记得了。"他开口强调。

听褚年这么说，余笑低着头，把保温盒里最后两块红枣蒸鸡吃掉了。

隔壁床上，今天刚来的那个孕妇咔嚓咔嚓咬着苹果，突然笑着说："哎呀，这个大叔可真有意思，那个好吃的菜，女儿得奖了他不做，女儿生病了他也不做，倒是一直还挺得意地记着呢。得意啥啊？这道菜是一级文物啊，一辈子就展出一次？"

这话，余笑爱面子的爸爸是听不得的，他从凳子上站了起来，却又被余笑的妈妈拉住了手臂。

"干吗啊？人家说错了吗？你一直记得笑笑爱吃这个菜，却一直都不做，直耗到人家忘了，你还挺有理？"

"我没觉得我有理呀，你拉着我干吗？"

余笑的妈妈对着丈夫冷笑了一下，说："就你这个倔驴脾气，一生气就不管不顾往窝里一缩，我现在伤着脚呢，不拉着你，你跑了我怎么办？"

余笑的爸爸顾不上刚刚别人说了什么了，病房里这么多人呢，他可不想跟老婆这么拉拉扯扯。

褚年不理会发生在身边的争执，只看着默默开始收拾餐具的余笑。

余笑的妈妈还在发威："那个什么腰花，我明天要吃，你给我做。"

165

余笑的爸爸一脸无奈："你说你在这儿凑什么热闹。行啊，我给你做，等笑笑好了，我也给她做，行吧？"

"不行，我发现了，你不是做个菜能美上好多年吗？我回去就找本菜谱，你给我天天四菜一汤，从头做到尾。"

余笑的爸爸皱了眉头，看着"无理取闹"的妻子，压低声音说："你到底在闹什么？"

"我给你做了三十年饭，一年照三百天算，一天三顿，就是我给你做了快三万顿饭，你连碗都没洗过几次，我说过你闹了吗？怎么现在我让你给我做几顿饭你就说我闹了？我闹什么了？"

明明坐在轮椅上矮一截，余笑的妈妈硬是有了两米八的气势，居然生生压着余笑的爸爸答应了她的要求。

褚年除了看着余笑，就是在一旁憋笑，肚子里那残垣断壁的肌肉群转着圈儿疼。

好不容易余笑的爸妈走了。褚年看着又在床边坐下的余笑，手伸了一下，没有够到她，却引起了她的注意。

"怎么了？"

褚年扁了一下嘴，没怎么，就是想拉一下这个人的手。从小到大，人们对她的承诺一定很多，可真正地达成……大概就像那盘她只吃过一次的爆炒腰花那么遥远吧？

"以后我答应了孩子的事情，我一定会做到。"

余笑只是礼貌性地勾了一下唇角。

"真的，不光是答应孩子的……"

"褚年啊，你表姑她们都来了，哎呀，听说你有孩子了，非要大老远来看看！"

得，褚年自己的亲妈又来了。

躺在病床上看着鱼贯而入的乌泱泱一堆人，褚年的心里不由得有些紧张。

余笑站了起来，眼前这一幕让她想起了过年跟着褚年回家时的情景。嗯，

166

具体情景她已经忘了，可某种异样的震慑力这么多年还一直留在她的感官里。

那之前的半年多，她一直沉浸在被褚年当众求婚的快乐中，虽然刚刚工作，有很多困扰与不如意，可周末和褚年在一起，她就觉得世界上没有什么她迈不过去的坎儿，直到那次过年——

"太瘦了吧？"

"家里做什么的？看着不算有钱啊！"

"给你们家里带了什么礼啊？"

哦，对了，就是现在对自己喊着"褚年你可受苦了"的这位，那时候对着褚年的妈妈比画了一下，表示不满意她的身高。

看着这些人，余笑的脸上只是挂着一点儿礼貌性的微笑。

但对这些七大姑八大姨来说，这个态度已经足够了，就连褚年妈妈的笑容都更热切了一些。

一个女人拍了拍"褚年"的肩膀，说："一段日子不见，褚年真是越看越像大老板了，听说你最近都在京城工作，这是飞黄腾达了啊！"

"恭喜啊褚年，你这是升官发财、喜得千金、双喜临门啊！"一个年轻些的女人这么说。

"褚年这是瘦了吧？哎呀，我就说褚年他妈应该早点儿管管，这都是什么事儿啊？哪儿有媳妇儿生孩子把男人熬成这样的？"

"哎哟，别说，褚年当了爸爸真是更好看了。褚年啊，你还记得堂姑不？"

褚年的妈妈在一旁笑着搭话："你堂姑和你堂姑家的表姐可是坐高铁过来的，下午才下火车。你爸让我跟你说，她们俩远道而来，等走的时候你回去一块儿吃饭送送。"

那个堂姑家的表姐就是刚刚祝贺褚年喜得千金的那位。

余笑对她们母女笑了一下。

明明是来祝贺的，真正的褚年却仿佛置身在热闹之外，躺在床上不出声。这样才好，他可不想被这么一大群人围着。只是刚才躺得有些猛，肚子又一阵

167

不舒服，尤其是屁股下面又多了点儿潮热。

堂姑家的表姐拎了个果篮放在床头，笑着对躺在床上的"余笑"说："我们来得着急，也没带什么，就买了几件孩子的衣服，想买奶粉，也不知道孩子喝什么样的，衣服我堂舅母说等她烫洗好了一块儿带过来。"

褚年双手抓着被角，点点头说："谢谢表姐。"

除了这个果篮之外，七八个人再没带别的东西，有会见缝插针的也跟在表姐身后和"余笑"说："我们也是给孩子带了衣服什么的，都放你妈那儿了，你妈也够仔细的，说衣服等着烫一下杀了菌再软软就给孩子。"

仔细吗？褚年只笑不说话，别人给孩子带的东西，他这个"当妈的"连当面收下的份儿都没有。还等烫好了送过来，什么时候烫？什么时候送？是不是还得送家里去？去了家里得吃饭吧？得拿点儿东西走吧？得看看账本，问问花销吧？得要钱吧？

都说一孕傻三年，之前亲妈给褚年留下的心理创伤实在太大了，导致他只要看见她就大脑飞速运转，时刻都是防备的状态。刚生完崽子的野猫看见打过架的野狗，大概也就是他这个状态了。

就在这个时候，一个不知道是表姑还是表姨的妇人一把从下面掀开了褚年的被子。看了一眼，她很失望地说："哎？这怎么就把裤子穿上了？我还想看看刀口呢。"

褚年的另一个亲戚也凑了过来，皱着眉头说："才四天吧？怎么就下床了？"

对着大开的被子，又一个人凑了过来："你怎么不扎一下肚子啊？留了赘肉可就难看了。"

第四个扒过来看的人是褚年的妈妈，她看着"余笑"被子下面整整齐齐穿着的病号服，说："你表姨之前生她家大姑娘的时候就是剖的，前两年还生了一个小子，你让她看看刀口是不是一样的。"

被一群人直勾勾地盯着肚皮，褚年只觉得后脖子上的汗毛都竖起来了，他猛地把腿收了起来，动作太大，又是一阵疼。

"你们看什么？！"

褚年的妈妈不愿意了，背对着"儿子"，脸色阴沉下来，低声说："都说了是看看你的刀口，大家都是女的，你看你这是干什么？"

"你们说是来看孩子，就是这么看孩子他妈的？掀了被子看肚子？你们来了是把孩子当宝，把孩子的爸当宝，把我又当什么了？"

褚年的妈妈皱了一下眉头，说："我们什么都没干呀，什么叫把你当什么了？余笑，我们是来看你的，你看看你一张嘴，又把我们当什么了？"

原本余笑是在人堆外抱着孩子，防着这些人"看孩子"的热情把孩子给伤了。听见褚年的叫嚷，她用手护着孩子，一步挤了进来："怎么了？"

看见余笑，褚年觉得心里的委屈被放大了十倍。他扁着嘴，竟然被气到话都说不出来了。

单手抱着孩子，余笑一只手伸过去，帮褚年把被掀开的被子盖上了。

眼睁睁看着那只大手为自己整好被角，褚年的心里猛地一酸。

"我以为你们是来看孩子，也看看受尽了罪刚生完孩子的产妇，原来不是。"褚年的身高和余笑的气势合在一起，哪怕她的怀里还抱着一个香香软软的婴儿，也没人觉得会是个好欺负的。

"我们……我们就是来看看孩子和孩子她妈的。"手动了动，一个妇人干笑了两声，求救似的看向褚年的妈妈。

褚年的妈妈又哪儿敢再说什么，看着"儿子"，她的手在被角上挠了两下，才说："我们就是看看，真的，那个……剖肚子不是伤身体吗，来的路上你表姨说起来，她有经验，这些年教了不少人呢。那什么，我们把余笑的身体养好一点儿也是应该的吧。再说了，有……有个弟弟，孩子也喜欢啊！"

"他的身体怎么样，听医生的就行，而且出生才四五天的孩子只知道吃奶。我知道你在想什么，可你是不是忘了什么？"手托着孩子，余笑慢慢把孩子送回了床上。小家伙才几天大，已经显出了点儿聪明相，一双眼睛乌溜溜地到处看，也不知道看见了什么，对着余笑露出了无齿的笑容。余笑知道这个时候的孩子根本是没有意识的，却还是在瞬间也跟着露出了笑容。

直起腰，转过身，她看着自己的婆婆，这具身体的母亲："有些事情，我不想像从前那样出了事儿再去补救，所以我把话都说在前面。之前我已经打过招呼了，你们离着孩子远一点儿，我才会考虑每个月给你们的钱多一点儿。要是我这么说还没打消你的小心思，那我可以说得更直白一点儿。"

她往前走一步，褚年的妈妈就往后退一步，脸上还勉强挂着笑，就像是被晒成了半干的葡萄："褚年啊，那什么，有话咱们一家人的时候说。"

其他人看着，也被挤得往外退去。

"不用了，你带亲戚们过来，不就是想显摆一下吗？升官发财的儿子多鲜亮啊，生了孩子正虚弱的儿媳妇也很好欺负是吧？是不是觉得太少了点儿，这些还不够热闹？那我们就把她们不知道的热闹都揭开来看看，好不好？"

"不！别！"褚年的妈妈瞪大眼睛看着"褚年"，仿佛看着一个怪物，"褚年，你在乱说什么，我是真关心孩子。"

"呵。"余笑轻轻笑了一下，"之前除了你们闹到我的面前，我都不会管，可现在不行了，从今以后，我不希望你们插手我孩子的任何事情，注意，是任何事情。这是第一。第二，大概你没跟这些堂姑表姨们说清楚吧？我已经结扎了，也没打算解开，也就是说，褚褚是我以后唯一的孩子，不需要二胎。我不要你们对我的孩子指手画脚，不要你们在我孩子面前说什么弟弟。第三，那个人为了别的女人可以开口从亲生儿子手里骗走几十万，你却还像个奴才一样把他的话当圣旨来跟我传，我又为什么要听呢？我已经把每个月的钱都给了你，如果这样你都不知道该怎么把日子过好，那我也没有办法了，总不能真冲到什么西厂，把他从杨寡妇的床上揪下来。"

"轰！"整个病房都陷入爆炸后的沉寂里。

只有褚年的妈妈几次想要打断却未遂，整张脸都在空白后变得扭曲。

"我的天！"最先出声的是褚年邻床的那个待产孕妇，她嘴里咬着苹果，一脸看八点档看到了狗血反转时的激动。

这一声，唤醒了许多人。

褚年的妈妈撕心裂肺地说："你在胡说些什么呀！"每个字都像是从牙缝里挤出来的，她浑身都开始颤抖，"他都是胡说的！"瞪大眼睛看着那些被自己带来的亲戚，她抬起一只手，神经质地在头发上抓了一下，"他都是胡说的！褚年……褚年他……他累坏了，对，他累坏了，他糊涂着呢，你们……"

余笑看着褚年的妈妈，微微摇了摇头，又说："那个人就是个垃圾，但是只要踩着你，他就有人帮他遮掩所有令人作呕的龌龊。之前我问你为什么要一直踩着余笑，贬低她、折磨她，你跟我说'要不是这样，她怎么会低下头来伺候我'。可你不也是一样吗？我不懂为什么你明明在经历世上最恶心、最糟糕的事情，却会因为同样的龌龊恶心而沾沾自喜。"

坐在床上的褚年惊呆了。

"你们以为你们的玩儿法能千秋万代吗？生了个女儿，却从小让她不安，天天对她说'等你爸妈再有个弟弟你怎么办呢'，然后再给她一个弟弟，让她学着照顾弟弟。她学习好，就说她将来会学习不好；她工作好，就告诉她将来还是要为家庭服务的。同样是人，你们硬是要让她每走一步都惶恐不安，让她知道自己从生下来就不如别人，让她不知道什么是被爱着的，让她学着低头、谦让、沉默。将来嫁给别人，她再成为另一个你，另一个从前的余笑，另一个明明长在垃圾堆里还要甘之如饴的人？不可能的，她是我的孩子，从一开始，我就不许你们把一点儿肮脏和下作带给她！"

"她是我的孩子。"

听着这句话，褚年心里一疼，像是有人把一个刺猬团成团，直接打在了他的心上。

"褚年啊，你……"一位亲戚想要说些什么，但是因为刚刚接收的信息量太大，她似乎丧失了切入话题的能力，叫了一声之后就因为不知道该说什么又安静了下来。

"今天让大家看热闹了，我要陪孩子，就不送你们了。不过我这个人现在就是这个样子，在我的家里，我不想看别人的脸色，猜别人的意思。"

"呵呵。"褚年堂姑家的表姐干笑了一下，用极力缓和气氛的语气说，"这……这……我表弟真是当家做主了……那个，舅妈，一代人跟一代人想法不一样……"话说到一半，这位表姐大概都不知道自己在说什么了。

"您这话说得没错，一代人就是跟一代人不一样，上一代受的罪，上一代受的委屈，不把它留给下一代，才是一代人该有的样子吧？"

上一代受了什么罪？上一代受了什么委屈？

是她母亲的歇斯底里，是褚年母亲的为虎作伥，是无数窗子后面被忽视的伸出的手，是她余笑今天站在这里要挡住的暗影和潮涌。

就从这一刻开始，它们不属于她的下一代，也不属于她。

"啪啪啪！"隔壁床的孕妇拼命鼓掌。她老公一直跟她说别激动，生怕她一高兴就把孩子当场生出来。

褚年的表姨眼神儿凉了几分，假笑着说："我们真的今天就是来看看孩子，怎么听你的意思，我们还有了坏心了，还助纣为虐了？"

"哐！"坐在床上的褚年捶了一下病床，他一手捂着肚子，提着气说："好心？我在床上好好地躺着，你们一群人跟解剖尸体似的围着我，研究我的肚皮，还让我脱裤子，就这样还叫好心？臭流氓都干不出来的事儿你们都要干了，这也叫好心？"

有人正要说话，褚年又捶了一下病床的床栏，咣咣地响："你们是来看我的吧？东西呢？来了八个人，除了表姐这一篮子水果还有什么？看我这个病人得拿东西吧，怎么全是给小孩儿的衣服啊？就几件衣服还说等着烫好了送过来，我这都生完孩子多少天了？！她连块尿布都没给孩子换过，就来送过一次鸡蛋，还是我生完孩子的第二天！第二天！她怎么不等着鸡蛋变成鸡了再给我送过来？！我麻药劲儿刚过，她就跟我说让我再生个儿子，你们告诉我，她要是好心……她要是好心能做出这种事儿？"

话说一半，褚年抽了一口冷气，说话气儿用得太多了，肚子不舒服："将心比心，你们要是个孩子，刚睁眼几天，长辈就都在说怎么给你弄个弟弟，你以后知道了难过不难过？你们要是个产妇，顺产转了剖腹产，刀口还没长好呢，一群人就要看看你能不能再生第二个，还要扒了你的裤子看肚皮，你难过不难过？女孩儿生下来是得多惨？生了个女孩儿是得多惨？你们不都是女的吗？我信，我信你们千里迢迢跑过来不是为了给我添堵的，可你们做的事儿就是不地道！好心办坏事难道不该挨打？再说了，我……我老公说错了吗？没说错你们在这儿酸什么呢？"

所有人都看着褚年，包括余笑。

"老公你真棒！"褚年对余笑这么说，变脸似的笑容灿烂，两只手还并在一起啪唧啪唧地鼓掌。

褚年的妈妈从"儿子"揭开了那层皮的时候起就捂着脸，不知道该说什么。掌声里，她慢慢放下手，看看"儿媳"，再看看"儿子"，动了动嘴唇，刚想说话，她身后褚年的堂姑就先开口了："嫂子你怎么回事儿，男人管不好，儿子管不好，儿媳妇也没管住，今天是让我们来看笑话的，还是顺便来上课的呀？哪儿有这么处亲戚的？"

听了这话，褚年的妈妈呆了两秒，撕心裂肺地干号了一声就往外跑。

她跑，其他人都去撵，只剩下褚年那个表姐在门边儿站着不动，不光不动，还对着"褚年"笑："我女儿过了年就上小学了，咳，那个，你们现在孩子还小，等……等过两年我带着孩子来看舅舅舅妈，或者你们方便了去我们那儿玩儿吧。"她还掏出手机，跟"表弟"互加了微信。

做完了这些事儿她才要走，走之前又说："没事儿，舅妈那边我看着呢，你好好照顾余笑，刚刚真是对不起了。"

这下，人才是真的都走了。

对着空荡荡的病房门口，余笑长出了一口气，再看褚年，发现他还精神奕奕地看着自己——余笑走回去，他盯着；余笑坐下，他盯着。

余笑忍不住了，开口问："你怎么了？"

褚年对她眨了眨眼："我要是生的是个儿子，你今天会说啥？"

余笑好像被褚年的动作给恶心了一下，低下头揉了揉额头，说："一样。"

褚年又追问："可是生男生女是真的不一样啊！"

"对他们抱着一样的期待，不就一样了吗？"

"什么是一样的期待？"

"当个好人。"余笑想了想，右手一根一根揉着左手的指头，又说，"自尊、坚强，会爱别人……也拥有让自己快乐的能力。"刚好五根手指数完了。

"哦。"真正得到了想要的答案，褚年的反应很平淡，他慢慢靠回到枕头上，一直看着余笑，过了很久，才轻声说，"那些我都没有。"

"什么？"

"没什么，我可以学。"他指了指那个小小的婴儿床说，"我一边教她，一边自学。"

晚上，褚年的爸爸给"褚年"打了个电话。

余笑没有接。

看着嗡嗡作响的手机，褚年对余笑说："谢谢你。"

"我又不是为了你，有什么好谢的？"

褚年只是笑，还笑得挺好看："我是谢你……"

无论多么巧言善辩，他都说不清楚自己谢的是什么。是谢谢余笑保护孩子，还是谢谢她在保护孩子的时候顺便保护了自己？又或者是，谢谢她不仅从泥泞不堪的境地里走出来，还愿意看见属于褚年的痛苦？褚年说不上来。

晚上十点多，余笑给孩子换了一次尿不湿才回家，走的时候轻手轻脚的。

褚年躺在床上瞪大了眼睛，迟迟没有睡着。

清晨，他邻床的那个孕妇发动了，中午生下了一个男孩儿。

"嘿嘿，咱们出院了得常联系，等孩子长大了，我得鼓动我儿子追你家女儿。"还躺在床上不能动呢，这位有趣的新妈妈就唠叨着。

"不行。"褚年想也不想地拒绝了。开玩笑,他家小褚褚这么好,哪儿能让人这么早就惦记上!

"等孩子长大一点儿,我得赶紧教她一些道理,从三岁就开始教!"

余笑出去扔了垃圾回来,就看见褚年下了床,抱着孩子不撒手,说着莫名其妙的话。

"教什么道理?"

"哼!男人没一个好东西!"

余笑:"……"

和之前的血雨腥风相比,傅锦颜应该是这些天最让人喜欢的客人了。

"宝宝看看干妈。"手里拿着买的小玩具,傅锦颜哄着宝宝,还一惊一乍的,"她的手好小!她是不是要哭?"

小褚褚并不太哭,余笑和晚上值班的护工看她看得很仔细,只要她出声,就利落地检查尿布或者喂奶。褚年到现在也就是个奶瓶的作用。不过,他最近学习照顾孩子的热情空前高涨,把孩子放在他怀里,他就研究着给小家伙穿好衣服再脱了,弄好尿不湿再扒了……

现在眼巴巴看着傅锦颜在玩自己的女儿,褚年打开一个礼物盒子,又关上了。

看一眼余笑,他开口说:"锦颜,你带的礼物太重了……"

"重什么呀?我给我干女儿打个金锁金镯子不是应该的吗?孩子满月的时候我估计又得被关哪儿改剧本,这就是满月礼了。"

除了金三件儿,傅锦颜还带了两套孩子的小床品,她提前要了婴儿床的尺寸,东西都不出错。

谁对孩子是真心喜欢,真是一对比就看得一清二楚。

"小宝宝长得真好,哎呀,我的心肝儿啊!"傅锦颜离开的时候还捂着胸口,脸上都是对小褚褚的花痴。

听到这样的赞美,送她出来的余笑只是笑,又说:"谢谢你,一直没少操心。"

175

"你跟我有什么好谢的？倒是你……我之前就想说，余笑，你是不是从一开始就很想要这个孩子？"

余笑的脚步停住了。

傅锦颜侧过脸看着她："你一直表现得对孩子很冷淡，因为这样，褚年才不会借着孩子生事，乖乖地把孩子生下来，对吗？"

"对。"余笑的声音有点儿沉，"其实上次没了那个孩子之后，医生就告诉我说我的体质很难再自然怀孕。我确实是故意的，故意让褚年一个人去面对两边家庭的不幸，让他知道他没有什么能够倚仗的。我还故意地不停让褚年去做流产，因为我知道，每当我这么做，褚年就会想到孩子是他现在唯一的筹码，他要保护她，不能放弃她。"

长长的、空寂的医院走廊的尽头，小小的、灯光昏暗的楼梯间里，余笑低声说出真话。除了傅锦颜，没人会听到，甚至想到。

3

"祖宗啊祖宗，我叫你祖宗！"抱着孩子喂奶，褚年再次疼得吱哇乱叫，眼泪控制不住地往外流。

给孩子喂奶真是比他想象中要疼十倍，一方面是他现在乳汁分泌多，孩子吃不完，每次都要再动手挤一下，本来就有胀痛感的胸部每到这时真是跟受酷刑没什么区别；另一方面，小褚褚的嘴小，他奶孩子的姿势虽然也学得挺认真，可实际操作的时候还是会偷懒。总之吧，不管什么原因，他喂孩子的那个"勺儿"皲裂了。

出了问题的是右边那个，也就是褚年经常先喂奶的那一边，于是每次喂奶的时候，褚年很喜欢的那张小嘴儿就成了刑具，本来就很敏感的神经忠实地反映着每一点痛楚。哪怕经历了生孩子的疼，褚年还是得说能忍下来这种疼的都是天下第一猛士。

"给。"一把鼻涕一把泪地喂完奶，褚年红着眼睛先把孩子递出去，又接过余笑递过来的热毛巾，"用之前擦一擦，消毒；用之后擦一擦，这叫啥？洗碗，哈哈哈。"都这样了，他还不忘拿自己打趣。

热毛巾敷上去又烫又疼，他又是一阵忍不住地发抖："嘶。"

余笑已经拿起了褚年要用的药膏。

嘴唇都在瞬间疼得哆嗦，他也没忘了眼巴巴地看着余笑："我想吃糖醋里脊。"

每天把孩子喂得饱饱的，自己的胃口也回来了，就算是疼得恨不能打滚儿，他也想着吃点儿什么——人生已经这么苦了，除了吃点儿好的他也想不出什么能短暂安慰自己的方法了。

当然，这点儿吃的也得是余笑给他弄来的才行。

对褚年的要求，余笑直接摇了头："你现在这样最好不要吃油炸的。"

"哦。"褚年对着余笑眨眨眼睛，"那你说我应该吃点儿什么呢？"

"黄大姐今天炖了白菜，之前爸做的蒸鸡你不是爱吃吗，她就做了一点儿豆豉蒸排骨。"

白菜、豆豉蒸排骨……褚年的嘴巴扁了："她现在做菜都没味道。"

余笑没说话，看了一眼时间，又对褚年说："我记得你之前也挺爱吃红糖包子，下午我出去给你买，好不好？"

"嗯……"褚年抬头看着余笑，说，"要不你抱抱我、哄哄我吧？那我什么都能吃了。"

余笑还是看着他，脸上带着微笑："红糖包子要是不想吃，那红枣小米糕怎么样？"

沉默，突然的沉默。

褚年像是做了一场梦突然醒来一样，瞳孔猛地紧缩又放大，整个人一下子靠在了床头的枕头上。

过了好几秒，他用跟刚刚完全不同的声音说："好，红……不是，那个，就……

随便吧。"

说完,他像是一只从蛛网上掉下来的蜘蛛一样,四肢僵硬地往他的安全区——被窝——里钻。把鼻子以下都藏在被子里,褚年整个人蜷缩成了一团,依然像是一只僵硬的蜘蛛。

他越界了。

因为这些天余笑对他的照顾让他得意忘形,因为从生产到现在的痛苦消磨了他的神智,因为余笑的态度太温和,让他恍惚回到了从前……

可现在,一切都破灭了。

褚年觉得自己像是一个得意扬扬御驾亲征的君主,在冲出堡垒的一瞬间,发现对方的兵力是自己的百倍,他不仅要屁滚尿流地跑回城堡,仿佛一切都没有发生,还要担心对方到底有没有发现自己的兵力有多少——余笑到底有没有发现自己对她的爱和依恋?

黄大姐送来了两个人的午饭,褚年的蒸排骨里豆豉的数量大概是按粒数的,味道淡到几乎没有,余笑吃的则是黄大姐的拿手菜——水煮牛肉,打开饭盒就能闻到滚油在料底上才有的香气。

"吃饭啦。"余笑对褚年说。

褚年还是躺在床上,闭着眼睛,仿佛已经睡着了。可事实上他浑身都在疼,尤其是喂奶的"勺子",碰一下就疼。

不光是身体疼,他的心也在难受,攒在一起又被人倒了一瓶醋的那种难受,难受得他都有点儿蒙——怎么办?要是余笑发现了怎么办?要是余笑知道他这么荒唐可笑地爱上了她,他该怎么办?

隔着被子,他听见有人说:"他昨晚起来好几次喂奶,太累了,等他睡醒了再吃吧。"

褚年无声地把身体缩得更紧。他知道是余笑在跟黄大姐说话。

下一刻,褚年又感觉到了巨大的悲哀,甚至可以说是从没有过的悲哀。曾经的褚年是什么样子?别的不说,他什么时候害怕过喜欢人?

他褚年年轻、高大、帅气，高中之前都是校草，读了大学也是经济学院的院草，脑子、能力、情商什么都不缺，从小到大不喜欢他的人一只手都数得过来，他想要的从来没有什么是得不到的，包括那时候的余笑。

追余笑的时候他自觉很用心了，后来想想也不过是平常又幼稚的手段，进入职场之后他讨好上级都远比那更加精彩。

和余笑确定关系的时候，也不是没有人说些风凉话，毕竟余笑的爸爸是建筑设计师，余笑的妈妈算是有名的老师，说给谁听都显得体面。他呢？父母不过是国企最普通的老职工，除了饭碗有点儿铁之外，什么优势都没有。但那些话他从来不往心里去。是，他知道自己家境一般，可他褚年不是一般人呐！从头到脚，他整个人都是加分项！

也有人让他小心余笑毕业之后变得现实，知道男人不能只看脸，把他给甩了。褚年不屑一顾，他褚年可不只是脸好看。

从小到大，他怕过什么啊？他何曾自卑过？他什么时候像现在这样，明明喜欢一个人，却生怕人知道？他又有什么时候发现自己身上一点儿筹码都没有，连换取一点儿自己想要的东西都做不到？他还是褚年吗？这样的他，就算真的把一颗真心捧着送给别人，又有谁会真把它当成宝呢？

也不知道过了多久，褚年还真晕沉沉地睡了一会儿，中间孩子"咿呀"了两声，他还模糊听见了余笑给孩子换尿布的声音。再睁开眼睛，午后的阳光透过冬日特有的雾霾照了进来，褚年颇有种不知今夕是何夕的恍惚。

"姐，你这一觉睡得可真沉。"隔壁床那个正坐着玩儿子的产妇笑着说。

"孩子，孩子没要喝奶吗？"褚年看向婴儿床，只看见小小的褚褚躺在里面酣睡正香。

那个产妇抖着她儿子藕节似的小胳膊，继续笑眯眯地说："闹了一次，你家大哥说你难得睡个午觉，嘿嘿嘿，我就自告奋勇喂了她一点儿。哎哟，小褚褚劲儿可真不小，看着不大，喝奶比我家的傻小子厉害多了，就是喝得猛，但是也喝得不多。"

"哦。"褚年放心地长出一口气。

"姐啊，这么一算，咱俩的孩子也算是有'同奶'之情了，你看，娃娃亲这个事儿？"

褚年一下子就清醒了，看看她怀里的那个傻小子假笑了一下。开玩笑，喝过一个人的奶就算情分了，那你让奶牛怎么想？

就在这个时候，余笑回来了，褚年端详了一下，觉得她的脸色有些凝重："怎么？"

"我刚刚和医生聊了一下，你明天就可以办出院了。"

"那……那你脸色怎么这么难看？"

余笑两边的唇角提起来："没有，是工作上的事情，我刚刚接了林组长的电话，等你这边稳定下来，我得先去一趟赭阳。"

"项目不是快到尾声了吗，怎么还会出状况？"

余笑也没想到。

按照计划，过完春节，改造后的整片区域就可以投入使用了，事实上，上个月赭阳的东林大市场已经开始启用，前几天弄了一个"年货节"，一下子就拉来不少人气，不管是承租方还是附近的居民都很满意。

可问题，也就出在了"年"上。

快过年了，东林城中村里往东往南去打工的人们陆陆续续地回来了，他们发现东林大市场里面的摊位早就分租完毕，没有他们的份儿。

十月开始招商，十二月招商结束，整整两个月，不管是东林当地到处贴的广告还是当地电视、网络平台上反复滚动的小字条，这些人都说不知道。大冬天里一群人围着菜市场不让运菜的车辆进出，今天上午还有人动了手。

菜市场的事情属于赭阳民生建设的一部分，具体的运营和管理与天池集团无关，可是这样的事件造成的社会影响直接影响到了其他有意在东林发展的企业主对当地的印象。这就跟天池的整体规划有莫大的关系了。

刚刚的电话里，林组长说的就是两个有意承租写字楼的客户说想年后再考虑签约的事情。如果只是一两家推迟，到底还是小事。要是因为这样产生了连锁反应，对于整个招商计划来说那就是重大事故了。

余笑在那儿思考应对之法，褚年在被单底下掐着手指头算时间。从他开始生孩子到今天已经过去八天了，明天出院是第九天，而余笑的陪产假是十五天，已经过去了大半。

看着余笑的神色，他说："要急也是当地的人急，他们当地政府的人怎么说？"

余笑的手指在腿上敲了敲，她刚刚给李主任打了电话，对方也是焦头烂额，现在的重中之重就是要把事情平息掉。

褚年舒舒服服地靠在枕头上，胸有成竹地说："要我说，你们还有没有市场旁边临街的铺面，找两间小的出来，做个单独的招商，就面向外出务工的，租金给低一点儿，他们看见了肉，自然就不会闹了。"

甚至可以更狠一点儿，带头闹事的人查清了有哪几个，在招商的时候运作一下，轻轻松松就是二桃杀三士，能让那些人斗得脸红脖子粗。不过这个话褚年就不会跟余笑说了，余笑喜欢善良的人，嘿嘿。

"不，不能退步。"余笑想起了那个在酷热天气里跪下的女人，"这些人真正想要的，恐怕也不是菜市场的摊位。"

她掏出手机，打给了在赭阳的莫北："莫北，你查一下东林大市场承租铺面的人里有多少是城中村。我知道，政府肯定照顾他们给了比率指标，我让你查的是那些人里有多少是城中村姓黄的，查好之后，你再看看我们之前调查的数据，索引姓氏，估算一下大概有多少姓黄的是在外面务工的。"

还没走出病房，余笑就把电话打完了，挂了电话，她又快步走了回来："如果只是一群个体在牟利，事情不会发展成这样。"

褚年的脸色也严肃了起来，做了多年的旧城改造规划，其中的弯弯绕绕他知道的只会比余笑更多："你是说……"

"宗族闹事。"

4

"褚经理，我知道的也就是这些了，他们那些人去了南闵别的没学会，搞团体的一套学了个十成十，有几个人发达了，还想凑钱把他们黄家的宗祠立起来。也是好笑了，老一辈都是黄土地里讨饭吃的，哪里有什么宗祠？"

电话那头说话的人是之前余笑吃过饭的那家店的女老板，余笑发消息问她东林黄家的事情，她还真知道不少。这位老板虽然不是东林当地人，但就是隔壁村的，她姑姑嫁到了从前的东林村，刚巧是一户姓黄的人家。后来东林村被划归市区，要拆了建高楼，才十九岁的女老板高中毕业就来投奔她姑姑讨生活，过几年嫁给了一个在东林附近物流公司上班的男人，夫妻两个一个跑车、一个开小饭馆，把日子经营得很是不错。

这次东林大市场招商，女老板和她姑姑联手拿下了两个摊位、一个铺面，几乎是榨干了家底。那些从外面回来的黄家人闹事儿，可是大大影响了她的买卖，所以跟"褚年"说这些人的底细时，她恨不能舌头上长满了针，一字一句地把那些人扎个对穿："褚经理，你可一定得跟那些当官的说清楚啊，我们这些人是肯定支持各种政策的，谁对我们好，我们心里都清楚啊！"

话是这么说，余笑也知道这个女老板只能这样曲折地表达对现有分配状态的满意和对那些闹事者的不满。穿鞋的总归是怕光脚的，那些人在外面打工，只要没闹进局子里，不管给人添了多大的麻烦，拍拍屁股就可以走，可她不一样，她的家当全在东林，真要被人找上门"清算"，家门口被扔垃圾都是轻的。

自认为什么都没有的人总是很容易表达不满，在群体思维的裹挟下，也并不在乎把别人拥有的东西彻底摧毁，比如那个被女老板寄予厚望的东林大市场。

"我很理解您的处境和想法，可是有一句话我得跟您说……"

褚年站在客厅里进行"饭前运动"，探头看着扎着围裙的余笑在厨房里和人语音聊天，搓了搓下巴——"我"的体质这么好吗？每天喝肉汤、吃猪蹄啥的都不胖？接着他又想起之前住院的时候，从孩子到他其实都是余笑照顾的，就那个忙活劲儿，估计一天吃一个猪头都胖不起来。

"如果所有和您同一立场的人都这么想，那人们只会听见你们敌人的声音，也只会按照他们的思路去想。"

扶着餐桌，他听见余笑这么说。

啧，又在讲大道理。

褚年拉了一下睡衣的衣领和睡衣里面的内衣，家里的温度比医院里低一点儿，他有一点儿发热，就穿了套略厚的家居服，行动间衣服压着内衣，内衣就压着他女儿喝奶的那个"勺儿"，皲裂了的皮肤连这样的摩擦都受不了，一不留神就是一阵刺痛。

这时，他又听见余笑说："您要是想让事情往好的方向走，光在一边看着怕是没用的，要是唐僧靠求佛就能去西天取经，那怎么还有孙悟空的事儿呢？"

说着话，余笑转头看到站在厨房门口不动的褚年。褚年见她看过来，手臂往脸的另一侧一勾，做了个猴儿样出来。余笑又转回头去，打开锅盖看了一眼，饭已经热好了。

"我会把你说的情况跟我认识的相关负责人说一下，但是如果他们真的是有备而来，事情估计不会顺利解决。"

终于放下电话，余笑拿起铁夹，把锅里热的肉包子拿了出来。这些肉包子是别人送的，就是今天上午他们在电梯里遇到的楼上邻居阿姨。听说余笑生了孩子出院了，阿姨特意回家给他们拿来的。其实可以直接吃，但是褚年到了午后总会轻微发热，余笑怕他凉了肚子。

除了包子，还有阿姨家自制的小咸菜，余笑看了一眼，是晒到七分干的小黄瓜芽儿和辣椒、胡萝卜、姜片一起腌出来的，便盛了一小碟放在餐桌上。

正菜是粉丝蒸秋葵、肉片炒蘑菇和潮汕牛肉丸，外加菠菜做的汤。汤上桌的时候，褚年正坐在床上，试着独立给孩子喂奶。他的家居服是套头的，远不如医院里的病号服方便，所以他坐在床上研究了半天，还是余笑进来帮他把家居服脱了，直接换了一件系扣子的给他。

"这件是新的吧？"

"我前两天晚上都给你洗了，也烫过了。"

"哦，谢谢。"

"先用热毛巾擦一下。"

褚年接过热毛巾擦掉了"勺儿"上之前抹的药膏。孩子先喝完了没有皲裂的那一边，换边之后，褚年深吸了一口气，才把奶喂进孩子的嘴里，又是一阵咬牙切齿的疼。

喂完了孩子，坐在餐桌前吃饭，褚年问余笑："现在事情确定了吧，你打算怎么跟赭阳那边说？"

余笑咽下嘴里的饭："还没想好。不能面对面沟通太不方便了，我对他们当地的各种环境了解得还不够。"

余笑还是那个余笑，一有事情就先从自己身上找原因。褚年"嘿嘿嘿"地笑了两声，说："你就没想过，可能这个事儿就跟你没关系了？之前你把项目引入了赭阳的民生改建，可以说是有功，现在也因为民生这一块闹出了麻烦，你说，会不会就因为这个原因，你的果子最后被别人给摘了？"

这是这两天褚年在想的事情。旧城改造总是能牵扯到各个利益方，混沌不清的局面里，他们这些做项目的经理往往是排在前三批次的牺牲品，一分错变十分错，没有错也成了错。

褚年的话说得并不好听，却也是深思熟虑之后才说的，看着余笑忙里忙外还要操心工作上的事，他有点儿心疼，心疼她累，也心疼她可能吃力不讨好。在池新待了三年，他听过多少"故事"呀，哪一个拿出去，行外人不得说一声"惨"？他不希望余笑一腔热血冲进去，最后鲜血淋漓地出来。

"我懂你的意思。"余笑的筷子停了一下，又夹起一块蘑菇，说，"但是事情得有人做，有人解决。"

这话说着、听着都是再简单不过的，褚年却不由得愣住了。

184

"公司一天不跟我说这个项目不用我做了，我就得把事情做好。再说了，要是不继续往下做，我现在干什么呢？冲到京城总公司对着公司的大门哭吗？"余笑说话的时候语气轻松，说完了吃一口肉包，酱汁儿渗到了舌头下面，哪里都是香的。

褚年看了看她，又说："其实你可以找一下陈潞，她舅舅虽然在公司里的股份不多，但是跟几位大董事的关系都不错。或者，你也可以找一下……"

"我记得你之前看见陈潞就像长在了毛毛虫上似的，现在让我去找她？只为了保住这个经理位置？"

褚年歪头定定地看着余笑，把筷子放在桌上，他要把话说清楚："我不是为了这个位置，不就是个副经理吗……"

余笑说："经理，年后任命。"

褚年又拿起了筷子。

余笑又说："不过这个经理我也干不久，公司想让我独立成立一个工作室，以后负责旧城改造里特色项目的开发。要不是赭阳的项目明年下半年才收尾，现在工作室都要挂牌了。"

褚年足足看了余笑十秒钟。从普通小员工升职到副经理，他用了足足三年。从副经理升职到经理，他认为运气好的话也得四五年，还是在他上面压着的人被挪走了的情况下。可余笑只用了他生完一个孩子的时间。

褚年委屈地说："你让不让我吃饭了？"他委屈，他特别委屈，就算心里有点点为余笑高兴，他也委屈，他还忌妒呢。

吃完饭，褚年被余笑架着走了一会儿才躺回到床上。小褚褚睡醒了，褚年抱着她玩了一会儿。

家里有两张床，另一张在客房，现在已经被收拾成了婴儿房，可以让一个人在里面陪着孩子睡，等孩子再大一点儿，那就是她自己的卧室了。之前，褚年以为余笑会在那儿睡，到了下午，看见大包小包拎着东西隆重入驻的戚大姐，他就知道事情跟他想得不一样。

185

"今天晚上和明天你们磨合一下，要是顺利，我想后天先去一趟赭阳。"

无声无息地，一个泡泡从褚年的心里生了出来，还是粉色的。

"你今晚睡在哪儿？"

"沙发。"

"啪！"泡泡破掉了，破了个稀碎。

戚大姐确实沉稳可靠，褚年最欣赏她的一点，是她会在闲暇的时候继续学育婴资料，再拿出一些有用的东西跟他分享。不断学习的人总是会更容易获得别人的好感。

余笑也对戚大姐很满意，于是在睡了两个晚上的沙发之后，她在褚褚出生的第十一天上午离开了。

"男人在外面打拼也辛苦，余笑，中午我们吃点儿黑鱼片好不好？"

褚年看着房门，眉头紧皱：" 你刚刚看见了吗？"

戚大姐不明所以。

褚年却再没把话说出口——刚刚余笑快出门的时候接了个电话，接电话的一瞬间她就笑了，还是真情实意的笑容！

看一眼墙上的"0"，他恨恨地想，那个笑容可比余笑给他的灿烂多了！

"主公？"褚年确定自己没有看错来电显示。哼！你以为是在玩儿《三国演义》？防来防去，他怎么忘了现在余笑还喜欢男人啊！

"活着太难了，小褚褚啊，你爸腹背受敌啊！"

戚大姐看着趴在婴儿床上对着女儿哼哼唧唧的"余笑"，觉得这位新主顾大概没有想象中的那么靠谱。

5

孩子又得喝奶了，褚年迷迷糊糊地坐起来，用力挤着小褚褚的"勺儿"，皲裂反反复复，晚上要是再疼两下就肯定睡不着了。

余笑之前给他采取的办法就是让他晚上把奶挤出来，孩子想喝的时候直接喂。此刻戚大姐就穿着睡衣抱着孩子，等褚年把奶挤好了就喂给已经饿了的孩子。

"好了，你早点儿休息吧。"

"嗯。"

褚年看了一眼时间，过两三个小时孩子又会饿了，想好好休息基本是不可能的，能一口气睡到下一次孩子饿就不错了。躺下的时候，他觉得自己就是个人肉喂奶机。

早上七八点，褚年从床上下来上厕所，顺便吃早饭。

"余笑，你的衣服又脏了，一会儿换了放在盆子里吧。你昨晚挤奶的时候是不是又忘了垫东西呀？"

褚年茫然地点点头又摇摇头，像个游魂一样走进了厕所里。

余笑已经走了三天，也不知道小褚褚是不是想妈妈，饭量似乎比以前大了，吃奶也比从前勤了很多，从前晚上四五个小时喝一次奶，现在两三个小时喝一次，皲裂的那一边之前有好转，可前天小褚褚吸得太用力了，还往外叼了一下，又复发了。这些变化让他特别怀念余笑，也让他特别感激余笑找了戚大姐过来。

在余笑刚找月嫂的时候，褚年还挺矫情地想到时候家里有个陌生的中年女人进进出出的，他会不会觉得不适应，现在别说是个中年女人了，就算是条会说话的狗，只要能帮着看孩子，褚年就觉得是天使变的。

用温水洗了洗脸，褚年坐在了餐桌前。早饭是昨晚黄大姐做好了放在冰箱里的馅儿饼，香菇牛肉馅儿的——戚大姐是月嫂，责任是照顾产妇和孩子，一日三餐和洗衣服仍然是黄大姐在做。

一个月子有两个人伺候，褚年在跟同事们聊天的时候不经意说起来，工作室里几个婚育了的女同事忌妒得眼睛都要流血了。可这样褚年也没觉得自己少吃了什么苦，光是睡不够就已经快把他磨疯了。生孩子、开刀……要是换个那么大的肉瘤子从身体里取出来，好好休养一年不过分吧？他呢？休在哪儿了？！身体健康的正常人这么熬都得变白痴吧？！

187

"余笑，吃完了饭，你活动几步就回去躺着吧。"

"好，戚大姐。"吃着饭，褚年忍不住打了个哈欠。

"别忘了扎肚子。"

褚年又打了个哈欠，点了点头。

除了照顾孩子，戚大姐还要照顾他，主要是帮助他恢复身体。因为医生说伤口恢复得不错，戚大姐就让他在走路的时候戴上柔软的束带，好让身材尽快恢复。

住院的时候人来人往地没条件，褚年也顾不上，现在回了家，独处的时间比之前多了，他照照镜子觉得实在是不忍直视。他这胎的孩子真的不大，又是才九个多月就生了，不像他之前见过的那些产妇，都是肚子大到吓人了再生，可就算这样，现在"余笑"的肚皮还是像瘪了的口袋，松弛的皮肉在肚脐下堆出了一个褶子，穿一件略显身材的衣服看起来像是怀孕三四个月的孕妇一样。所以在戚大姐问他打算恢复成什么样的时候，褚年毫不犹豫地从床头柜里拿出了一张余笑二十三岁时的照片。

当时戚大姐的表情可以用"有梦想谁都了不起"来形容。

"余笑啊，生了孩子的女人那就是不一样了，尤其是你现在还在坐月子，一味强求回到最好的时候，给自己的压力太大了。"戚大姐语重心长，她只是个月嫂，还没想跨行成为顶级的孕后身材恢复教练。

"大姐你放心，我知道。"

褚年知道啥啊，他不过是知道如果真想抓住余笑，就必须把这个身体照顾好。开玩笑，他的情敌现在已经无所谓性别了！他最大的筹码除了孩子就是余笑的身体！要是他把余笑的身体一直祸祸下去，余笑一看这个身体没救了，干脆把他连着身体一起踹了，他哭都没地方哭去。

扎好收腹带，褚年试着调度肚子上的肌肉来辅助做腹式呼吸，不过才两下，额头上已经出了薄薄的一层汗。这些肉放着不动还好，真动起来，他又体会到了这个身体的千疮百孔。

"挺胸，收腹，提胯……"

他在家里步履维艰地转着圈儿走了起来。

小褚褚躺在床上瞪着眼睛，看着她"妈"龇牙咧嘴地从面前走过。

"小东西，我这都是给你善后知道吗？你以为你被生下来容易啊？我遭的罪，三天三夜都数不清。"走了一圈儿又转回来，看见小褚褚对自己露出"无齿"的笑容，褚年用手指拨了拨她粉嫩嫩的小爪子，"笑什么笑？我告诉你，你也是女的，将来……"

戚大姐在一旁看着，就看见"余笑"突然愣住了，问道："怎么了余笑？孩子哪里不对吗？"

"不是。"褚年呆呆地转过来，说，"我才反应过来……"

"反应什么呀？到底怎么了？"

一手抚摸着肚子，又看回孩子，褚年说："我孩子也是女的呀，将来也会结婚、生孩子。"

戚大姐听了这话，先是一愣，然后笑了："你说什么呢？孩子才这么小，你想得那么长远了？"

褚年摇了摇头，看着一脸懵懂的小褚褚："结婚、生孩子……是呀，她才这么小，可是……可是……"陌生的、柔软的情感从心底慢慢生出来，越来越膨胀，遍布褚年的胸腔，让他的心都被积压得发酸了。

也就是说，他的孩子会在将来经历自己经历的这一切？

褚年舍不得。他舍不得孩子吃自己吃过的苦，受自己受过的罪。

"我终于明白她的话是什么意思了。"褚年喃喃着戚大姐听不懂的话，"她是我的孩子，那些不好的，不能给她。"

戚大姐的手放在"余笑"的额头上又拿下去，她拍了拍对方的外肩说："你是有点儿发热，回去休息吧。"

褚年还是坚持又走了两圈儿才回床上，还给自己定了闹钟："一个小时后我就起来。"

189

戚大姐笑着说："不用着急，我看孩子又快睡了，再饿得有一会儿呢，你好好补觉。"

"我不是起来喂奶。"褚年很认真地说，"一个小时以后是九点半，我同事他们都上班了，我有工作上的事得问问他们。"

"工……工作？"勤勤恳恳的戚大姐被这个才生了孩子十几天的产妇吓得磕巴了。

褚年点了点头，笔直地躺在床上，闭上了眼睛。加上中间的春节，等他产假结束就是四月中旬了，六月京城有个家博会，他要是产假结束直接能拿出方案，那就来得及。

相比较之前沪市家博会的巨大收益，褚年想得更加长远。

牛姐因为之前接的单子太多，两个月来没有一天不是忙到晚上十点的，这说明现在这个工作室的规模已经负荷不了他们市场扩张的步伐了，尤其是第一次在省城的家博会上签的单，现在都已经完工了，那些设计样式以口口相传的方式为工作室带来了新的流量。

可是因为目前满负荷运作的状态，牛姐不得不忍痛婉拒一些单子，或者将客户推荐到她朋友的工作室。

褚年想借着新一轮的项目说服牛姐进一步扩张——不是在原本的工作室框架上招兵买马，而是与别的设计师建立从属协作关系。

"除了怀孕生孩子之外，我受过的最大的苦就是穷，忽悠牛姐把工作室做大，我就是大工作室甚至设计公司的股东了，嗯……然后……我答应过余笑，和孩子一起学。"心里的算盘转出了云计算的速度，褚年的呼吸渐渐绵长了起来。

赭阳的一家酒店里，余笑放下手机，长出了一口气。

前天她说服了几家入驻东林的本地企业出面，以那些人寻衅滋事、扰乱正常商业活动为由报了警。有了他们出面，政府的立场一下子就变得稳妥了。而就在刚刚，东林大市场里承包了摊位铺面的上百业主中的三十个终于联合起来，愿意出面将那些人告上法庭。

清了清嗓子，余笑发现喉咙已经说哑了。

"经理，赶紧喝点儿水吧。"莫北觉得经理实在是太累了，一家又一家，一群人又一群人，一个电话又一个电话……晚上还要给总公司汇报情况，三天来，经理休息的时间屈指可数。如今事情总算有了进展，这都是经理一点一点争出来的。

"经理，他们被告了之后就不会再围着市场了吗？"说完，她想起经理的嗓子不好，赶紧又说，"您就点点头或者摇摇头，要是太麻烦了，您也不用跟我说。"

余笑摇了摇头，低笑了一声："不好说。"

莫北瞪大了眼睛。

另一张桌子前面，江今摘下眼镜，露出的眼袋都够装钱的了。他作为法务，这些天也一直不停地查资料，并且作为褚经理的法务助手负责跟那些人沟通，出的力不比别人少。

歪头看了一眼莫北，他用下巴指了指自己的水杯："你给我也倒上水，我给你解释。"

莫北给他倒了水，里面不像给经理的那杯放了梨。

江今也没说什么，端起来慢条斯理地喝了一口才说："他们做什么不在我们的考虑范围内，如果他们再进一步，就彻底进入刑法惩治的范畴了。我们出面联系了合作方和市场业主，让他们动起来，主要是帮助我们站稳舆论立场。"说着，他左手的食指翘起来，往上一指，"有了这些人的表态，政府就不会考虑让步，对我们整个项目来说就是最大的利好。"

"咳，如果他们到了现在还不肯退，那就说明我的推断是对的，他们是有组织地在搞乱东林，这是刚刚在东林投入了大量人力、物力、财力的各方面都绝不会允许的。"沙哑的声音响起来，说话的是倚桌而立的余笑，她捧着水杯，脸上露出了一点儿笑容，"对了，你们有看过我家宝贝儿的照片吗？"

话题转得真快啊！江今和莫北对视了一眼，莫北先移开了视线。

"经理，我没看过，我要看！"

6

"这么抱孩子，你的手臂得这样。现在孩子小，你随便抱感觉都不怎么累，等她到了一二十斤，你抱着喂奶都费劲。"戚大姐摁着褚年的手臂，让他调整肌肉的发力角度。

小褚褚在床上睡得正香呢，褚年笨拙地拿枕头练习抱孩子，眼睛不时扫过手机屏幕——牛姐说今天下午要跟他聊聊新方案。

戚大姐看他不专心，说："我之前看褚年抱孩子挺专业的，还以为你们夫妻俩是一块儿学的呢，结果爸爸当了好学生，你这个当妈的还得我从头教。"

褚年忍不住回嘴："其实之前她教过我的，我这是后来懈怠了，偷懒习惯了。"

戚大姐用眼神表达了一下对他的不认同，说："我也不是说一定要妈妈多爱孩子，你们这些年轻人啊，都是把自己放在前头的，我也遇到过那种怕胸部下垂，干脆一开始就给孩子喂奶粉的妈妈。可是褚年这个当爸爸的那么用心，我看你也不是不喜欢孩子，那他用心了，你也得跟上，光喜欢孩子没用，真的做了对孩子好的事儿才是爱。"

褚年看了一眼戚大姐，认真地点了点头："我明白您的意思。您要是有啥照顾孩子的窍门您就跟我说，我会好好学的。"

"这才对呀，你家男人在外面拼，还不忘做个好爸爸，咱们女人也得以心换心，才是把日子往好了过。"

褚年听着，抱着枕头的手臂不自觉地收紧了。

这样的道理，从前的他不知道吗？他当然知道，从小到大学了那么多的东西，他怎么可能不知道一个好的生活是怎么样的？怎么可能不知道怎样才能换来安稳又幸福的生活？可他的脚走在了另一条路上，毫不留恋，任性又贪婪，

192

放纵又无耻。

以心换心。

他的心他自己都不知道在哪儿，那余笑的一颗心又换来了什么？

"不能想了。"他在心里对自己说。这样的念头一起就是无穷无尽的后悔、心疼，可这些东西既不能帮他换回来，也不能让他过得更好，更不能帮他把余笑的心找回来。

"站累了吧？"戚大姐拍拍褚年的外肩，示意他放松下来，"累了就休息，你现在抱得太紧了。"

褚年回过神儿来，笑了一下说："我刚刚有点儿疼。"他放下枕头，指了指胸口。

"涨奶了吗？还是抱枕头的时候磨着了？咱们先不练了，你休息一会儿，我给你拿毛巾来擦擦。"

乖乖地点了点头，又摇摇头婉拒了热毛巾，褚年坐在床上发了足足一分钟呆。

然后，他等的视频通话终于来了。

深吸一口气，褚年拿起手机，脸上已经是很灿烂的笑容了："牛姐，我有一个想法，你觉得'互相付出的爱'这个主题怎么样？"他心中有了对生活新的感悟，决定把这些感悟尽快变现。

7

赭阳的年味儿越来越重了，坐在城中村的那家铺子里，余笑看见路人推着的电动车的车筐里装着的红纸卷，一看就是"福"字或者对联。

"西红柿鸡蛋汤，东林肉饼。"女老板亲自把饭菜端了过来，笑吟吟地对余笑说，"褚经理，年后我这儿就转给别人了，您要还想吃我家的肉饼，只能去市场那边儿了。本来说年前就想走的，结果他们闹了一场，我就没急着退掉这个铺子，不然呐，褚经理你来了我就招待不上了。"

她说这话的时候，真是止不住的得意。两个摊位、一个铺面，女老板的姑姑在那些人散了之后继续倒腾年货，一个人忙不过来，她老公年前跑车也忙，于是她现在两头跑，到饭点儿才来村里的小饭馆压场。

余笑点点头，拿起肉饼说："之前的事情还要谢谢你。"

"嘿。"女老板短促地一笑，她回头看了一眼，才又转回来对余笑说，"我可不知道有啥好谢的，您要是喜欢吃我做的肉饼，以后来东林再找我。"

帮着联络其他市场摊贩的事情，女人是绝不肯让别人尤其是这个城中村里的人知道的。

余笑明白她的顾虑和处境，点了点头，再没说什么。

店门口有人要打包肉饼带走，女老板转身去帮忙了，过了一会儿，余笑面前还剩半碗汤的时候她又转了回来，说："我之前那个朋友，您还记得吧？就是……您为了救她受伤的那个，她离了婚抢到了孩子，那些人还在闹她，她就赶着年前带着孩子去南方了，走之前想当面谢谢您，又觉得不好意思，留了一份东西在我这儿，说是谢礼，让我转给您。"说着话，她走到柜台后面掏了一会儿，拿出一个糊着小碎花纸的盒子。

余笑擦干净手，接过"谢礼"，用店里的裁纸刀打开盒子，看见三副毛线手套。手套的花纹各有不同，颜色也不一样，款式称得上简单大方。余笑拿起一副戴在手上，这才看见手套下面的纸条——"墙是死的，人是活的，谢谢您，对不起。"字迹简单到甚至有些笨拙，但是写的人很认真。

看的人也很认真，余笑的唇角是在片刻凝滞之后慢慢勾起来的，像是一下子被打开了什么开关，心中有无数东西在一瞬间想要飞出来。

"谢谢。她有心了，您也辛苦了，谢礼算不上，但是我真的很喜欢。"俊美男人的脸上笑容灿烂，足以温暖这个冬天所有的冰寒。

女老板呆了一下，有些不好意思地笑了："这话我等着告诉她。"

手里抓着手套和那张纸条，余笑单手拿出手机结了账，抬脚离开了小小的

194

饭馆。冬日的城中村街头熙熙攘攘，放了寒假的孩子们从某个楼洞里跑出来，又钻进另一个楼洞，有家长训斥他们的声音从某个窗子里传出来。

"墙是死的，人是活的。"余笑又看了一遍纸条，然后停下脚步，珍而重之地把纸条叠好放在胸前的大衣口袋里。

她心里有很多话想和别人分享，即使现在脑袋里的每个字好像都是模糊地飘在那儿。可她不知道该把这个话跟谁说。最后她掏出手机，把想说的变成一行字，发给了一个她只联系过一次的号码。她永远都记得，在一个让她绝望无助的夜晚，一个人对她说只要低下头去做事就能摆脱一切困难。

——"今天有人跟我说，墙是死的，人是活的。我第一次真正意识到每个人都有无限的可能，我是这样，别人也是这样。谢谢您的鼓励，让我等到了这一天。"

广告已经打出去了，三月那所女性职业培训学校将开始上课，根据课程的不同难度有一个月到三个月不等的专业技术培训班。仰望那座不起眼的小楼，余笑深吸了一口赭阳冬天特有的烟尘气息，转身往打车的方向走去。

这里的事情告一段落，她的事业和人生也都有了新的变化，也许未来很长一段时间她都不会再来这里，可她不会忘记这里，这里是她的职业培训学校，也是她一步一步走出重重围墙的地方。

她变成了一个新的人。

希望下次再来的时候，这里也变成了一个新的地方，有更多新的人。

"要是能有更多的人绕过墙就好了。"

中午一点的阳光把她的影子照在灰色的水泥地上，是被她踩在脚底下的。

8

小褚褚满月的那天是正月初八，临近年根的时候。褚年开始担心余笑不能赶在年前回来，甚至小褚褚满月都回不来。

每天在手机上刷新闻的时候，他都会搜一下赭阳，生怕那边出什么事儿牵累到余笑。毕竟牵扯到有组织的行为，尤其是在旧改领域，他听过太多糟心的事情，发生在别人身上那是八卦，要是发生在余笑身上……裹着棉被坐在床上，怀里抱着软乎乎的小女儿，褚年打了个冷战。

当然，这种事情他都是偷偷做，别说余笑了，就连戚大姐都不知道他还查了这些有的没的。

腊月二十七的早上，拎着些在赭阳买的年货的余笑回来了，黑色的大衣裹着一身寒气："我还有几天陪产假，这次连着年假一起用了。"

"嗯。"褚年看着余笑，举着小褚褚给她看，"你看，才几天，这个丫头快变成小猪猪了。"

对着孩子笑了一下才放东西的余笑顿住了："不要这么说她，这么点儿的孩子就是能吃能睡还长得快。"

褚年"哼"了一声，哼完突然僵在了原地。等……等等，余笑回来了，是不是少了什么？

手里抱着孩子，褚年以坐月子的女性绝难有的迅猛步伐后退了几步，看向挂在墙上的计分器——99？还是99！

"没有归零！"他转头看着余笑，再转身去看计分器，"真的没有归零！"

但也没有再涨上那最后一分。

从腊月二十七到年三十，再到正月初八，计分器上一直是没有感情的"99"，以为人生转机要到来的褚年再次失望了。

"你还不如继续归零呢！"他叉着腰，小声地骂骂咧咧，生怕余笑听见。

小褚褚的满月宴，光是订酒店就有些麻烦。

正月初八是个好日子，很多公司在这一天恢复正常工作，大家都要在年后刚工作的时候聚一聚，而"8"又是个在传统中很好的数字。所以余笑从初三就开始打电话预订，好不容易才在初五找到一家合适的酒店，订了个二十人的大包房，请了余笑的爸妈、她公司里几个跟她忙了小一年的同事和她的朋友。

听说"褚年"有了孩子，陆大帆那群狐朋狗友也想来凑热闹。他们从年前就不消停，好几次想上门看孩子，都被余笑以"我不在家，你嫂子太忙"为理由拒绝了，甚至连电话都不接，只一条短信发过去了事。这次余笑也不让他们来，只推说是家宴。陆大帆他们发了给孩子的过年红包、满月红包过来，余笑还问褚年这些钱接不接。

她的询问让褚年受宠若惊，是真的受宠若惊！惊到他甚至以为自己骂计分器的话被她给听见了！

暗中观察了一会儿，发现余笑是真的在询问自己的意见，褚年一脸嫌弃地摆摆手："这帮人不用跟他们往来，给钱也别收，说是朋友，不也是看我有本事才凑上来的？哼！"

虽然时间已经过去了很久，但他还记得陆大帆挂了自己电话的事情，还记得之前陆大帆接过的那些……余笑找他的电话。再看见他，褚年不知道自己会想什么，更怕余笑会想起什么。好不容易余笑现在态度缓和，他是疯了才把他们之间的旧伤口扯开来撒盐。

所以褚年这边来的人，也是他现在的同事，韩大姐、小玉……程新在省城还没回来，反倒是牛姐赶过来了。他这边竟然是一票娘子军。

牛姐是第一次看见"余笑"的"老公"，看看抱着孩子的"褚年"，再看看在一边小鸟依人、幸福甜蜜的"余笑"，她脸上的诧异真是到了掩盖不住的地步。

"牛设计师，您好，之前余笑蒙您照顾了，请坐吧。"

"啊，哦，那个……孩子长得真好看。"牛姐动了动带着大欧珀戒指的手指。她这小半年都在江浙一带忙，没少去逛那些老字号的铺子，今天穿得格外华丽，脱了手工刺绣的黑色羽绒服，里面是一件宋锦料做的袍子，再配上脖子上的大玉坠、耳朵上的翡翠、手腕上的金镯子，华贵得像乾隆年间的胖肚锦绣花瓶。

余笑对褚年说："你先陪她们进去吧，我在门口等着就行，孩子也带进去。"

褚年伸手要接孩子，但余笑把孩子递给了戚大姐："一会儿还得喂奶，你先省省力气。"

"嗯！"褚年脸上的笑容真切又甜蜜。

牛姐和他并肩往里走，走了几步算着门口的人应该听不见了，才长出一口气说："我啊……唉，你那时候来省城找我的时候憔悴得要命，还一直吐，我还以为你老公对你不好呢，今天特意穿成这样给你镇场子。没想到啊……"久经世事，最近又春风得意的牛姐比从前多了几分气势，她忍不住回头看了一眼站在门口的那个"男人"，又看向笑眯眯的"余笑"，"居然是这么个人才。"

"嘿嘿嘿。"褚年笑得有些甜，又有些得意。余笑当然好，这个世上谁又比他更清楚呢？

牛姐的话引起了韩大姐和小玉的赞同，四个人在对一个"男人"的赞不绝口中走进了饭店的包间。

余笑在门口站了几分钟，等到了她自己的爸妈。

"怎么又瘦了？"余笑的妈妈看见女儿，开口就是这几个字。

余笑的爸爸则问："笑笑和孩子呢？"

知道都在里面，他就急着想去看，虽然一个礼拜之前他刚看过。没错，年三十和初一，老两口跨越大半个城跑到女儿家看外孙了。

余笑妈妈的脚伤还没好，她不耐烦地挥了挥手说："那你先进去吧，我和褚年说说话，等他扶我进去。"

"人家在这儿待客呢,你看你……"余笑爸爸的声音在妻子的目光中散去了。他拍拍"女婿"的肩膀，说了声"辛苦"，又问了房号，便大步走进了饭店。

饭店门口只剩这对母女。

"有保姆在，你就不要跟着一起忙了，多累啊！"说完了这句话，余笑的妈妈又叹了口气，说，"有孩子在，又有几个人能真做到不去操心呢？你又不是你爸那种没心肝的。可是我看你受罪就觉得气不过，怎么他褚年命这么好，虽然说罪也受了，苦也吃了，可真有事儿了你还能替他担着，他又为你做过什么了？"她不忿地用拐杖点地，就像是在课堂上拿着教鞭在黑板上点重点一样。

"妈，您不用替我心疼，那些事都过去了。"用手安抚地拍着母亲的肩膀，余笑的脸上带着微笑，"我以后会好好爱自己，保护自己。"

"唉。"看了女儿的眼睛几秒，余笑的妈妈又叹了一声，"他什么时候出月子？还得俩月吧？到时候我去给你们看孩子。正好我脚伤了这么久，之前我上班的那个学校找好了新学期的老师，我能一直休息到下半年九月呢。"

"这个还得问问他，毕竟这段时间孩子主要是他在照顾。"

听了这话，余笑的妈妈冷笑了一声："我又不瞎，他现在能恢复得出来见人，不都是你和那个保姆给他顶着活儿吗？还真是会哭的孩子有奶吃。对了……他的那个皲裂好了吗？我昨天跟我同事问了个偏方……"

余笑能感觉到母亲现在对褚年的感觉很复杂，一方面，怨他让自己女儿受苦，恨不能让他把那些苦全吃上一遍，又舍不得让女儿的身体再受委屈；另一方面又因为天生具备的同情心，让她只能在嘴皮子上对褚年狠一点儿。

"妈，您不用这么纠结，我觉得，可能过一段时间，我就可以换回来了。"

"啊？真的？！"余笑的妈妈瞪大了眼睛，刚想说什么，却被人打断了——

"经理过年好！这是我爱人，这是我孩子。"林组长是全家上阵。

"经理，看，这是我妈年初一去庙里给宝宝求的平安符。"清爽的男孩儿一脸笑容地把一个小木盒送到余笑的手里。

"经理。"走在最后的莫北有些腼腆地对余笑的妈妈说了声"阿姨好"。

看着这些人包围着女儿，余笑的妈妈脸上带着笑，拄着拐往后退了一步。真好看啊！这样被一群人簇拥的女儿可真好看啊！

"妈，人来齐了，咱们进去吧。"

傅锦颜就像她之前说的那样在外地闭关写剧本来不了，余笑也就没打算再叫从前的朋友。

看着女儿扶住自己肩膀的那只手，余笑的妈妈低着头，眼眶有些红。

满月宴温情又热闹，白白净净还有一双大眼睛的小褚褚谁看都喜欢，她也不怕生，谁抱都行，还会笑，真是软了一群大人的心。

托着沉甸甸、软乎乎的一团送到戚大姐的怀里，让她抱牢了，牛姐摘了脖子上的玉牌子就要往孩子的襁褓里塞，强行自认干妈："我认了，以后这也是我闺女！"

褚年哪里能让她在这个时候拿出这么重的礼，赶紧推了回去。

韩大姐和小玉起哄，四个人闹了好一会儿。

好不容易给牛姐把和田玉的牌子重新戴回去，褚年转头看向坐在椅子上跟同事说什么的余笑，忍不住也笑了。

余笑的妈妈看见了他的表情，再看看女儿，低下头擦了擦嘴。

"你别光吃啊，一会儿你坐着我站着，咱们跟孩子拍个照吧。"余笑的爸爸这么说。

抬头看看丈夫，余笑的妈妈点点头，突然说："你们男人啊，一个赛一个都是大傻子，追到手了就不珍惜，等人走了又是一副死……一副……呵呵。"

作为男人的代表，余笑的爸爸又被无来由地说了一通，他低头看看余笑妈妈的脚说："你这是又疼得开始骂我了？"

余笑的妈妈移开视线，再不想看他了。

9

"嘿嘿嘿，今天所有人都特别喜欢我们小褚褚，小褚褚也特别乖，就哭了一次！"回到家，褚年说话的时候已经累到有些喘了，脸上的笑容却怎么都下不去。

看着睡着的孩子被放进了小床里，他转身对余笑说："我以前觉得这个热闹特别没意思，今天我就觉得特别有意思。"

余笑低头看了一眼时间，说："你早点儿休息吧，洗个热水澡，晚饭我来做。"说完看了一眼孩子，确定她睡熟了，才走出卧室。

她坐在客厅的沙发上——这些日子，这里就是她的床。褚年拖着两条腿找

200

换洗的衣服去洗澡，还有些亢奋地哼着歌，这些余笑都听得一清二楚。

感受到手机的震动，余笑拿出手机，看见了消息提醒——

"笑笑，你说你可能要换回来了是怎么回事儿？是有什么原理和征兆啊？妈妈觉得，你要是觉得要换回来了就得做好准备。你这段时间在工作上取得了进步，这些进步是你的努力换来的，妈妈虽然很欣喜看到你的蜕变和成长，但心里不知道为什么又觉得惋惜。

"另外，你要是换回来了，你和褚年的关系该怎么办呢？妈妈想了一路，还是决定跟你说一下妈妈的真实想法。褚年过去很长一段时间是对不起你，可是这段时间以来，他的变化我们都能看到。再加上你们交换过的经历，可以说这个世上没有人会比褚年更了解你，不仅是了解你的想法，还了解你作为一个女性所承受的痛苦和无助。所以，如果有可能，你们换回来之后，你是否愿意考虑再给褚年一个机会呢？

"这只是妈妈个人关于你们之间相互理解的想法，没有考虑孩子的因素，也没有考虑你们的婚姻能否让你继续享受你曾经努力的成果。"

写的人字字斟酌，甚至带上了浓浓的书面语气。

余笑是一个字一个字看完的，抬起头看了一眼墙上的"99"，她又低下头去。

"谢谢妈妈。我不考虑。"

褚年刚在女儿的满月宴上获得了快乐，又立刻知道了什么是"美好的时光总是短暂的"——正月初九，余笑又走了。赶的早班的飞机，等褚年起床的时候，她都已经到机场了。不过褚年也算是跟她告别过了，在凌晨四点爬起来喂奶的时候。

"褚年走的时候轻手轻脚的，我说给他泡点儿麦片暖暖胃，他都怕吵醒你。"喂小褚褚吃早饭的时候，戚大姐还一迭声地夸着"褚年"，用膝盖骨都看得出来，短短几天相处，她对"余笑丈夫"的好感高到了破表的程度。

褚年觉得自己有点儿奇怪。之前他住院的时候，别人只顾着夸余笑，他就觉得所有人都偏心，看不见他这个"孕妇"受的委屈、吃的苦，可现在别人夸余笑，他竟然只觉得好，觉得余笑怎么夸都不过分，别人的褒奖之词进了他的心里都成了心尖尖儿上的糖碎，又甜又痒，痒得让他有点儿想挽起袖子自己上台表演。就像孩子满月那天他对着牛姐她们，不就是没忍住吗？

理智会在事后批判他，甚至羞辱他，嘲讽他现在的扭捏和快乐都是毫无价值，也毫无意义的。可他在听见这些的时候是真的快乐，与平步青云、财源滚滚完全不同的快乐。就像现在，心里甜甜的小泡泡根本止不住，不用照镜子他都知道自己的脸上是傻笑的样子。

喂完了奶，褚年抱着孩子看风景，衣兜里的手机传出钢琴声。

余笑之前在的时候，每天都会带着孩子看颜色鲜艳的花花草草，还给她讲绘本和放音乐。这些事情褚年真是想都没想过，但是既然余笑已经起了头儿，他也不能让女儿一没妈就待遇骤降啊！不过余笑喜欢莫扎特和贝多芬，比如K448和著名的《命运》。褚年在这方面没有音乐素养，就逮着啥放啥，《野蜂飞舞》也不错嘛，女儿要是将来学得打字手速快一点儿，那也是竞争优势呀。

沉浸在一群野蜂子的来来回回里，褚年抱着小褚褚在客厅里走来走去。

"余笑，累了吧？我抱着孩子，你放松一下腰。"戚大姐端着一盘水果走过来，却看见孩子妈竟然站在那儿发呆，"余笑？你怎么了？是哪儿在疼吗？"

褚年呆呆地转过头，呆呆地问："戚大姐，我昨天干啥了？"

戚大姐眨眨眼："你干啥了？你……你也没干啥啊，就带着孩子出去参加满月宴。"

褚年说的不是这个。他又看向墙上。

戚大姐也跟着看，茫然地问："到底怎么了？"

"分数啊！"褚年看着墙。照进窗子的晨光里，墙上明晃晃的"98"带着细细碎碎的冷意。怎么就降了呢？还只降了一分？

小褚褚睡着之后，褚年一边做着盆底肌锻炼，一边龇牙咧嘴地想着这事儿。计分器一直是"99"，他都看腻了，都不知道什么时候分数就变成了"98"。

"我也没干什么呀？就我现在这样，我还能干什么呀？难道是余笑干了什么？"

计分器沉默地待在那儿，带着一个爱的"98"，像个无辜的孩子。

不解了一天，晚饭过后，褚年抱着笔记本电脑到了客厅，打算写点儿东西，又看了一眼那个"98"。他苦笑了一下："其实我现在都不知道我到底是希望换回来，还是不希望换回来。"

虽然饱受折磨，连睡个觉都成了奢侈，可一旦换回来，褚年知道，那就是自己失去余笑的时候。

摇摇头，他开始写文档。

10

"杨峰这个人还不错。"

刚回到京城，余笑先约了那位之前被池董事长夸过的改造项目策划人。第一次不过是试探性地聊一聊，两个人在某个环境不错、酒也好喝的店坐了两个小时。余笑早就习惯了男人之间的交流方式，和表现得长袖善舞的杨峰可以说是相谈甚欢。

交谈过后，余笑再想起看过的杨峰这个人的资料，和自己想象中的对照了起来。在对一个人的人生经历有了初步了解的情况下，人都会产生一个"想象"，而想象与现实之间的偏差就是自己在阅历方面的不足。"复盘"既能校准自己与不同人之间的相处方式，也能让自己在看人的时候更加全面，就是累一些。好在现在的余笑有足够的时间去思考和工作相关的事情。

"经理，'还不错'这个评价在您这儿也就等同于一般吧。"

因为余笑喝了酒，小李开着公司的车顺路接了她。说是顺路，是因为小李的女朋友来了京城，余笑把总公司分配给她的车借给了小李，这小李也是个懂事儿的，事先问了余笑跟人约在了哪里，晚上也就带着女朋友在附近的网红店玩儿，等着余笑谈完了就接着一起回去。

余笑抬了抬眼皮，说："也不是一般，就是还……好。积极进取，热情周到，不让人讨厌。"身上充满了在商场能够闯出一片天的特质，在没有竞争关系的情况下，是很难让人讨厌得起来的。

余笑看向车窗外。正月的京城只要离开核心区域，就显得比平时冷清一些，她对着车窗上映出的自己勾了一下唇角。

杨峰让她想起了褚年，或者应该说让她想起了之前的褚年，太像了。

但与此同时，现在的褚年和从前的他就太不像了。

脑海中浮现出昨天褚年甜笑着看自己的样子，余笑皱了一下眉头。虽然褚年是顶着自己的脸，可余笑知道从前的自己是做不出这种表情的，即使是最爱褚年的时候。褚年也不会，他在追自己的时候也不过是深情地看着，眼神里不会有克制不住的依恋和喜悦。

褚年……他变了，连她妈都看出来了。逆境是能改变人的，跟成功一样。可这跟她有什么关系呢？妈妈看懂了褚年的变化，却未必看懂了她的变化。

小李先把女朋友送回酒店，又不顾余笑的拒绝送她回公司的公寓。路上，他长出了一口气，说："经理呀，我看你和嫂子的关系可真好，嫂子还没说话呢，您就什么都知道了。我就不行了，哎呀，刚刚逛街，我女朋友看中一件衣服，都试穿了，也挺好看，可我要给她买，她却说拉链有点儿紧，怕晚上回去她自己脱不下来。我说那就换一件拉链好的，结果她就变脸了。"

唔……想象了一下那个画面，余笑只能说："打你了吗？"

"没有。"

"骂你了吗？"

"也没有。"

"那你怎么知道她变脸了？"

"她突然就说衣服不要了，然后进去把衣服脱了。我说她这不是自己能脱吗，那就买着吧，多好看的衣服呀。她就不理我了。"

余笑"呵呵"笑了一声，说："那你女朋友脾气还挺好。"

想想一个小姑娘一个人来了京城，鼓起勇气做出了暗示，结果男朋友不仅没听出来，还把她一个人留在酒店，送男上司去了，余笑抬手揉了揉额头。她和褚年谈恋爱的时候就没有这种沟通上的问题，褚年要是愿意，能让任何人都舒舒服服的，她呢，又不是个喜欢弯弯绕绕的人，话要么一直憋在心里，要么就直接说出口。

"小李，你女朋友其实很容易害羞，她一直想跟你说很想你，想让你多陪陪她，可是又说不出口。你呀，就想象一下你是你的女朋友，一个人千里迢迢来找男朋友，现在你会想什么呢？"

"她？害羞？"小李差点儿笑出声，可经理后面说的话又让他的笑收了回去。

马上要上环路了，余笑让小李把车停在路边，下了车："你赶紧回去陪陪她，明天早上别耽误了上班，我自己打车回去就行。"

"啊？经理，这怎么行？"

"赶紧走赶紧走！"

目送着汽车远去，身上略有些酒气的余笑"哈"地笑了一声。看别人谈恋爱，还真有意思啊！尤其是磕磕绊绊的年轻人，心里总怀着对未来的憧憬，又把那份憧憬和心一起与另一个人分享。

余笑没急着打车，站在路边吹了吹风，抬头看了看天上的星星。

妈妈可能没有想过，她已经变成了一个不愿意等待和被选择的人。

褚年变了，在花花世界和她、孩子、家庭之间，他因为很多原因愿意更多地看向他曾经忽视的另一边了。可她就要留在原地接受这次"选择"吗？都在山林里，谁还不是只老虎呢？难道一只老虎对另一只老虎示爱，那只老虎就要收起爪子吗？这不是她现在信的道理。她只信被自己争取来的，紧紧抓在手里的，那才是她自己的。

抬手对着路过的出租车招了招，余笑又深吸了一口京城这个冬天仅剩不多的冬气。

"呼。浪子回头金不换？金子……有我这个能赚金子的人值钱吗？"

把话连着一个笑留在冷风里，她坐上出租车，电话响了起来。

"董事长？"

"明天上午港嘉有个项目推广的会，你和我一起去。"

"董事长，您直接给我布置工作不符合流程吧？"

"我就算再工作狂，正月也不能让秘书们加班到这个时候，只能自己通知你了，工作流程明天补给你。"

"您还在公司？晚饭吃了吗？"

半个小时后，余笑拎着两大盒锅贴敲开了天池集团董事长办公室的门。

"正好，我跟你说说港嘉，那帮老滑头，哼……"

余笑第一次在池谨文的脸上看见如此直白的讨厌，或者更该形容为憎恶。

"你也别小看了他们，你在赭阳的项目初见成效，他们可想着要占掉东林南边的那块地。"

那块地可是早被天池视作囊中之物了，要不是想在东林做一系列的开发，天池又怎么会如此积极地投入到那块烂尾地的改造中呢？现在改造得差不多了，招商也很顺利，他们要做的就是打掉那些来摘桃子的手。

"他们最喜欢的事情，第一是倚老卖老，第二就是把威胁到他们的人说成是老疯子和小疯子。"

"没关系，董事长，我最不怕被人说是疯子。"余笑笑了一下，掰开一次性筷子递了过去。

池谨文夹着热乎乎的锅贴说："谁敢说你是疯子？你可是七进七出的赵子龙。"

第五章 选择

我只想成为那个真正做出选择的人。

1

刚给孩子喂完奶，褚年打了个喷嚏，进了厕所。

"我是上面打喷嚏，你说你下面跟着热闹啥？"

他在马桶上坐了一分钟，倒不是还在酝酿什么，只是在做心理建设。

"没事儿，我现在比之前好多了，慢慢就能恢复到之前……戚大姐也说了，现在这种情况不会一直持续的。"

嘀咕了半天，他提着裤子站了起来。

回到卧室，他没有像预先想的那样补个觉，也没有拿起电脑，而是先把今天的四组凯格尔训练给做了。

生孩子前漏尿是什么神经刺激、压迫，生孩子后就成了肌肉的问题，这让本质是男人的褚年很不解，生孩子这事儿怎么就跟尿过不去了？"邻里关系"也太不友好了吧？

做完训练，褚年喘匀了气儿，又去看小褚褚。

也不知道是不是之前余笑总是带着她看花听歌的缘故——不对，不是余笑带着，他也带过，褚年在心里把这个军功章分了自己一半——现在的小褚褚会

208

双眼炯炯有神地盯着颜色斑斓的小玩具和花。比如傅锦颜送的小花鼓，只要在她面前摇就能让她看过来。

带着孩子玩儿了一会儿，褚年跟戚大姐商量明天带孩子出门。连着刮了两天的南风，难得空气好，褚年提前查了天气，觉得可以带孩子出去走走。这是他第一次在没有余笑的情况下带孩子出门。

褚年还想拍个小视频增加仪式感，从做准备工作开始拍。

"婴儿车里用不用塞一套孩子的衣服啊？万一尿湿了怎么办？"

面对"余笑"的问题，戚大姐面无表情地说："那就从家门口推回来，换。"

褚年："哦。"

虽然这样说，褚年依然热情满满地把自己往小车车里塞尿不湿的画面给拍了下来，并且发给了余笑。

看见"她"对着手机笑，戚大姐才恍然这是想老公了。

远在京城的一处会场中，余笑看着手机里孩子盯着小花鼓的样子，脸上浮现出温柔的笑意。

收起手机，她快步走到池董事长的身后："池董事长。"

天池作为业内的龙头，池谨文所到之处，人们就像是深海中逐光的鱼群一样涌来，但池谨文脸上没有表情，戴着一副金边眼镜，只跟几个认识的人打招呼。

余笑看着那些人的笑脸，内心毫无波澜，这些人不过趋利而来，既不应该贬低，也没必要因为他们的追逐就抬高什么。

——"有钱没什么了不起，能把钱花在哪里才能看出这个人的本事。"

这是来的路上，池谨文对她说的话。

很快，池谨文走到了几个老人的面前，那些围着的人也都识趣地散了。

"一看见池董，我就觉得我老了，你是正当其时，我们是日薄西山……时代不一样了，眼光也不一样了。"

港嘉的掌舵人早就远居国外轻易不出现，说话的是港嘉的总经理，年纪也过了六旬。

除了他之外，其他在场的各大公司负责人也都是五十岁上下，跟他们比，今年才三十多岁的池谨文无论如何都算是年轻的。

商场上，无论斗得如何你死我活，见了面都是和气生财的样子。对着他们，池谨文也露出了微笑。

两个小时里，余笑大多数时候是个尽忠职守的微笑娃娃，为池谨文挡下纠缠，或者被他引荐给一些同样做旧改的业内人士。

这么一番折腾下来，估计整个地产行业都知道天池要在旧改方面出新的局面了。

临走的时候，一个港商开口破坏了和谐美好的局面："池董事长手里又不是没有新地，总是盯着边边角角的老房子和烂尾楼，真是大口吃肉，连汤都不给我们留了。"

余笑和池谨文同时看向他。

港嘉的总经理端着庆功香槟笑着圆场："吴总不要这么说，年轻人的眼光是和我们不一样的，现在地产生意不好做，谁不是能捞一点儿是一点儿？"

吴先生皮笑肉不笑："捞到别人的碗里，就要小心被打手打到痛。"

"吴先生，我们现在这些年轻人都知道一个道理，做人不仅要赚钱，还要学会做点儿好事，比如把新港那块闲置了十五年的土地拿出来做开发再利用，惠及民生，总比荒废在那里要好。"余笑说话的时候面带微笑。

这位吴先生十五年前以要兴建影视城的名义在新港划了一大片地，因为港商的身份，很是拿了些优惠，可事实上他划而不建，每次政府因为土地闲置要收回时，他就会象征性地弄个工程队，然后各种公关，拖了又拖。说白了，他不过是看中了国内市场房价飞涨，早早占了地想要囤地赚钱罢了。

这也是早些年那些港台地产商人能够在内地赚钱的主要原因——他们拿了钱进来，买了一张船票，便驶入了黄金海。只不过近年政策收紧，他们手里囤着的地越发烫手，就像这位吴先生，他的那块地即将被政府收回。

国内其他相关行业的公司因为种种原因不敢接这块地，天池却没这个顾虑。

天池没有，她余笑就没有。

"做好事？"吴先生呵呵一笑，"我还以为这么多年过去了，那个老……都死了，不会听见这个话了。怎么，只有你们天池是在做好事，我们这些失了地的可怜人就成了恶商？"

被吞掉的两个字让余笑的手指猛地一缩。她手臂一抬一挡，然后往前走了一步："吴先生，您刚刚说的话再说一遍？"

"你想干什么？"

她微笑不变："我只是想请您把刚刚的话再说一遍。"

热热闹闹的会场，以他们两个人为核心，呈辐射状安静了下来。

"说……说什么？保安，怎么这里——"

"吴先生，除了新港，您还有齐南、鲁台、沪市……一共十二块土地，回去之后我就做一个十二面的骰子，只要我们董事长心情不好，就让他扔一下。您囤在手里的那些地，可以做医院，可以做学校，可以做附带养老中心的综合疗养院……我提前替那些受益于您的人谢谢您利国利民，舍己为人。"

她是在笑的，说的话却让人心头发凉。唯有池谨文站在她身后，脸上的愤怒散去，最后变成了微笑。

"哈哈哈哈哈，果然是我的赵子龙！"回公司的车上，池谨文坐在后座大笑。

余笑坐在前座，也在笑，却笑得有些不好意思。

"这下好了，咱们天池出了一个老疯子、一个小疯子，现在还有一个更小的疯子。"

"董事长，我早就说过，我从来不怕被人当疯子。"

"呼。"终于笑够了，池谨文往后一靠，长出了一口气，"这一口恶气，我憋了快二十年。"他垂下眼睛，"父亲刚去世的时候，我才十几岁，奶奶本来在国外疗养，却不得不飞回来主持大局。那时候整个房地产行业都说我奶奶已经疯了，是个老疯婆子，其实他们都是想从天池的手里抢下肉吃，根本不在乎那

211

些人是从别人身上哪里挖下来的。"

还不能独当一面的少年只能看着孱弱的奶奶在办公室里忙碌着，甚至睡觉、休息都是从轮椅上转移到书架旁的椅子上。

"吴兴良，就是当初说这种话的人，还有他身后的港嘉。"

余笑没说话，池谨文的往昔回忆并不需要她打断。

"后来奶奶退下来，我接了这个位子，我在他们嘴里又成了老疯子教出来的小疯子。现在嘛，也不知道谁会逼疯谁。你说，吴兴良今晚回去能睡着吗？"池谨文又笑了两声。

"我不知道。"余笑诚实地回答，"我只是会认真把新港的项目做好。"

又是一阵快乐的笑声，池谨文活了这么多年，真不知道自己是个这么爱笑的人。

快到公司的时候，他拍了拍余笑的椅子背说："我必须要谢你，说吧，你想要个什么礼物？我给你调一辆阿斯顿马丁吧，那个车比较适合你，你就只管开着就好。"

"董事长，"余笑回过头去看着池谨文，"如果您要送我礼物，不如送我一个机会吧？"

"什么机会？"池谨文看着面前年轻俊美的"男人"，表情也被感染得沉着起来。

"我想请您给一个人机会，她学历一般、样貌一般，能力也一般，可……可要是有一天她走到了您的面前，我希望您能像现在这样听她说一下自己的想法，给她一个展示自己的机会。"说话的时候，余笑能感觉到自己的喉咙在发硬。

这是她在为自己争取，为那个现在还没有被人看见的人争取。

她要的真的不多，只要一个机会。

"你总得告诉我她是什么人吧。"

余笑深吸一口气，很认真地说："常山赵子龙。"

"哈？"

2

小褚褚的出行计划很顺利，气温10摄氏度，天气晴朗，紫外线被小小的童车遮盖了。

刚走到小区门口，褚年的手机响了。

"余笑，小玉有没有去找你啊？"韩大姐的声音都是哑的。

"没有啊，怎么了？"

韩大姐急坏了："我刚刚和小玉一起送合同，结果看见她男朋友和别的女人在一起，小玉上去跟人吵了两句，哭着拦了辆车跑了。"

哇，这话里的信息量也太大了吧？褚年瞪大了眼睛。不过小玉来找他干吗？学习劈腿技巧报复回去吗？

然后他就看见了蹲在马路牙子上哭得凄惨无比的女孩子。

"笑笑姐！呜呜呜！笑笑姐！我，嗝，我才跟他交往半年！他就这么对我！"

褚年推着小车车，看着她一把鼻涕一把泪，狼狈到了极点——小玉平日里是个爱说爱笑的，现在哭得比小褚褚把粑粑拉在裤裆之后哭闹的样子都难看。

作为同事，褚年对小玉的观感在八十分上下，虽然不够聪明，但是只要别人教，她就愿意学，是她的责任也能担起来；工作中虽然少不了抱怨和偷懒，可也都在让人能忍受的范围内。至于工作之外的，以褚年的眼光看，她是个会让男人喜欢的姑娘——有点儿小脾气，却不让人讨厌，对爱情有憧憬，却也没有很高的要求，傻白甜，脑子里有点儿不切实际的幻想，却也知道该如何经营自己的小日子。她和余笑是完全不同的姑娘。

"别哭了。"褚年低头翻了翻，拿出一张本来要给孩子擦脸擦手擦屁股的纸递给了小玉。

"笑笑姐，我做错什么了，他为什么这么对我？"擤鼻涕的声音里，夹着

213

小玉无助的质问。

褚年叹了一口气，以一副过来人的语气说："有些人其实成长得很慢，外表看着年纪很大了，内心还跟一个小孩子一样。你见过只钟情一个玩具的小孩儿吗？他们把感情当游戏，甚至把劈腿后隐瞒真相都当成了游戏……为了这种幼稚又没有责任感的人去生气，你说你值得吗？"

小玉还是在哭，一边哭一边说："凭什么呀？又亲又抱的时候不是个孩子，管着我这不准那不准的时候不是个孩子，结果他脚踩两条船就成孩子了？那费劲哄我跟他上床是什么？不应该撒尿和泥吗？"她抬起眼睛看着"余笑"，是红色的，"笑笑姐，不是这样的。"

手猛地抓紧了推车的手柄，褚年看着小玉，心里想起了余笑。那天她用手指着自己，脸上是嘲讽到了极致的表情，只有一双眼睛像是要哭了。可她没哭，或者说，她没当着自己的面儿哭。

小玉抖了一下肩膀，好像是从身体深处找到了一点儿支撑她说话的力量，她说："他说他不喜欢女孩子穿得花花绿绿的，我这半年穿的都是黑的白的灰的。他说他不喜欢我看动画，不喜欢我贴小鲜肉的海报，我也都不看、不贴了……笑笑姐，他要求别人的时候可不是个孩子。难道一个人连最基本的责任心都要别人等出来吗？那他凭什么来喜欢我？他凭什么让我喜欢？！"

褚年干巴巴地说："那你就别喜欢了，哭完了就算了吧。我听韩大姐说，你是送合同的时候跑出来的。"

"别喜欢了？"小玉重复这四个字，眼泪又不要钱似的流了出来，"哪儿有这么容易啊？哪儿有这么便宜的事儿啊？！"

褚年又掏出一张纸递过去："那你想怎么样？就在这儿站在风里哭？正经工作也不去做了？你能哭出什么来？你的眼泪是能多到把那个男人家淹了吗？"

褚年有些不耐烦了。他是很同情小玉挺好一个女孩子遭遇了这么糟心的事儿，可这事儿不是一直翻来覆去地跟他这个不相关的人抱怨就能解决的。低头隔着纱网看看孩子，他说："我本来要带孩子去旁边的公园，现在你这样我也不能去了，要不你跟我回去洗洗脸？"

戚大姐在一旁看着，看小玉失魂落魄地跟着往家走，她小声对褚年说："小姑娘受了打击，是把你当姐姐才来找你，你好好安慰她。"

我是生了孩子，又不是真的母爱爆棚，凭什么我就得当个双份儿的妈哄这个傻孩子啊？褚年觉得小玉傻，还是他不喜欢的那种傻。本来就情场失意了，居然连该做的工作都不做了，这是干什么？为了一个男人，连日子都不想过了吗？

"洗了脸，你就回客户那儿，跟人道个歉，说好的你和韩大姐两个人送合同，现在呢？放了客户的鸽子，还让韩大姐担心，你以为被人劈个腿就了不起了？谁还不会劈个叉呢？"走到楼下，褚年的语气越发不客气，凶到戚大姐拽他让他闭嘴的地步。

小玉可怜巴巴地跟在他后面，偶尔啜泣两声，跟一条被捡回家的小流浪狗似的。

快上电梯的时候，小褚褚"咿呀"了两声，急得褚年也顾不上小玉了，回了家就赶紧看孩子，果然又拉了粑粑。

"你还真会挑时候，快回家了才拉粑粑。"

给小家伙洗了屁屁晒着，再喂了奶，褚年才去看坐在沙发上的小玉。她总算是不哭了，刚刚忙的时候还帮着扔过擦屁屁的纸。

"你想好到底怎么办了吗？"

"笑笑姐，"小玉抬头，刚刚那股劲儿早没了，她怯怯地说，"我给韩大姐和客户都打电话道歉了。"

褚年点点头："这还差不多。客户有要求你再过去吗？要是没有，你就赶紧回公司吧。"

"笑笑姐，我觉得我回去也没法好好上班，我现在满脑子都是他和那个女的。"

褚年深吸一口气，都是孩子身上的奶味儿。

他说："那就别想。"

"我不能不想啊！"小玉又委屈了，"我现在脑子里都是那个女孩儿，她比我矮，比我瘦，头发是黑长的，穿个蓝色的大衣，虽然看着比我成熟，可是长得没我好看啊，怎么……怎么她就……"

"砰"，褚年用毛巾抽了一下婴儿床的边框，转身大步走到沙发旁边。

"你在想什么？你在干什么？你在比较什么？"他质问小玉。

小玉明显被"笑笑姐"吓到了。"笑笑姐"平时在工作上要求很高，但是极少发脾气，即使听说过"她"几乎以一己之力赶走了朱杜继，可也只是听说而已。

"我……我……"

"比个屁啊！你也说那个男的是渣男，他就是没有责任感，就是人品稀烂，就是不把别人当人才会脚踩两条船！懂吗？别说是你，就算是顾惜那么红的明星给他当女朋友，他也会出轨！区别只是敢不敢，而不是他想不想！他一直想！他就是想！他就是觉得身边没有几个女人显不出他来！你懂不懂？！你以为是你不好吗？你一旦这么想，我告诉你方小玉，你就完了，你就中了他的计了！你先是把自己跟别人比较，然后就是觉得自己也有不好的地方，再然后你就觉得自己做得更好他就不会再劈腿了，这时候他再来找你，求你别分手，你就觉得好像也还行，你已经有经验了，他以后不会！"褚年一口气说了一大串话，胸口都有些闷了。

略一停顿，缓了一口气，他"啪"的一声把毛巾抽在了茶几上，然后是一声怒吼："然后，你就完蛋了！方小玉，你以后就被这种想法牵着走了，就像他说不喜欢你穿得花花绿绿的你就不穿了一样，你以为他会因为你穿得花花绿绿的不喜欢你吗？你以为他会因为你看动漫、追明星不喜欢你吗？有种他一开始就找个不看动漫、不追明星、不穿得花花绿绿的呀！他怎么不找呢？怎么就得跟你这么使劲儿呢？他不喜欢你不需要理由！他劈腿不需要理由！你给他找理由才是真的没救了，懂吗？！"

戚大姐抱着孩子，房间里三个人六双眼睛一起看着褚年。

他骤然安静了下来。

"笑……笑笑姐你没事吧？"小玉被震到了，也被吓到了。

"你别因为他就没了信心，也别去想什么谁更好谁不好……我累了。"褚年的声音有些迟缓，他头也没抬，转身往卧室里走，"我休息一会儿。"

"砰"，卧室的门被关上了，留下小玉对着房门，脑子里还盘旋着刚刚的那些话。

房间里，褚年缩在床上，手里握着手机。

出轨到底是什么？他骂着小玉，自己又真的知道吗？如果不知道，是他天真、残忍又无知；如果知道……那他对余笑算什么？

——"感情是什么，是两块石头碰在一起，摩擦着减少各自的棱角，寻找最契合的角度相处，一起抵御大风和海浪。"

余笑在她的日记里写过这样的话，那时候，他们刚刚结婚。

可是真正被消磨的是她，被打磨之后孤零零地留在沙滩上的是她，被毫无预警的海啸铺天盖地打下去的也是她。

余笑是怎么走出来的？

余笑是不是也像小玉一样去审视自己、比较自己？

自信、自尊和生活都彻底颠覆的苦他在受着，余笑是不是也在受着？

褚年的脑子里很乱，无数的话在里面纠缠着不肯罢休。当了这么久的女人，他也听过很多人在不同的场合说起她们的感情和婚姻。有年轻的女人说只要我独立自主就好，只要我不那么爱就好……可交出感情竟然是错的吗？余笑爱他是错的吗？余笑把一颗心放在他的身上，就是错的吗？

不对，错的是他。

近一年来，他在无数个晚上想起这些，又逼着自己不去想，不要愧疚，不要反省，不要去审视从前……可到了今天，他连自己都骗不下去了。

217

眼前一片模糊，用袖子擦了一下又变得清晰，褚年哽着喉咙，他想打电话，最终还是改成了发消息："我突然想到，我是不是一直欠你一句'对不起'？对不起。"

那个相信了他求婚誓言的女孩儿，那个在过去七年里全心全意爱他的女人，对不起。

坐在那儿，褚年在心里想过无数种能得到的回答，他甚至希望余笑能打电话回来号啕大哭，骂他一顿。真的，骂得越厉害越好。可是直到午饭时，他什么都没等到。

再次打开房门，戚大姐抱着孩子在等他喂奶，黄大姐在做饭，小玉在帮忙。

"孩子出门的衣服我都洗了。"

"余笑，我刚刚看了一下，孩子下周是不是得去打疫苗了？那个疫苗本子是你收起来的吧？"

"余笑啊，我今天给你做了鱼，你总是不想喝汤可不行，孩子饭量大了，可不像之前，你不喝点儿汤，奶水不够怎么办？"

离开了迟来的懊悔，他眼前真正面对的又是一地鸡毛的育儿生活，褚年把手机放在一边，先去坐在沙发上，擦了擦孩子的"勺儿"，然后开始喂奶。小褚褚大概是饿了，喝得格外用力，褚年猛地抱紧孩子，脸上的表情都崩了——疼的。

一小块皮被孩子给咬了下来。

"啊！"拍着孩子的后背让孩子张开嘴，褚年才终于尖叫出声，捂着胸口，眼前和脑子里都是一片空白。

"笑笑姐！"小玉冲过来，却又不知道该做什么，有些茫然地看着其他两个人，"是不是得给笑笑姐找酒精消毒啊？我看见好像有点儿血。"

戚大姐抱着孩子进了卫生间，拿了一条热毛巾出来，对"余笑"说："另一边擦擦，孩子还没吃饱呢，赶紧把孩子喂完了。"

小玉瞪大了眼睛："还喂啊？！"

戚大姐皱了一下眉头，说："不喂怎么办呢？她疼着，孩子饿着，咱们干看着？你是能替她疼还是能替她喂奶啊？养孩子就是这么回事儿，外人看着疼，该过的关还得当妈的自己过。"

小玉僵在了原地。

"把孩子给我。"

没吃饱的小褚褚哼哼唧唧地要哭，褚年流着泪，用另一边继续喂她。

也许是太疼了，也许是因为别的，他的眼泪一开始流就怎么都忍不住了，泪水打在孩子的衣服上，打在他的手臂上。泪眼模糊中，他抬起头，看见计分器上还是"98"。

"98"就"98"吧，这个苦他受了，又不是受不起，又不是……不该受。只是还是疼，从里到外都在疼，疼得他哭到止不住。

终于喂完了孩子，事儿还没完，受伤的那一边得把奶水挤出来，不然有发炎的风险。小玉都不忍心看，可光听见"笑笑姐"的叫声，她就连饭都吃不下去了。

黄大姐说："喝点儿鱼汤，伤口也好得快。"好像一碗汤水包治百病似的。

褚年心里有事，红着眼睛端着汤碗，也不用勺子，就一口一口地喝了，热乎乎的汤水顺着食道下去，烫过所有疼的地方，像是从无数细细密密的小伤口上流淌过去。

小玉连惊带吓，都顾不上刚被劈腿这茬儿了，追着问："笑笑姐，你这样了还给孩子喂奶？"

褚年还没说话，黄大姐就笑了："你们这些没结婚的小姑娘真有意思，看见奶孩子就吓到不行了。谁不是这么过来的？等伤口长好了，下次就不怕咬了。"

戚大姐用筷子上端敲了一下桌子，对黄大姐说："你不要吓唬小姑娘。"

真实的伤和疼就在面前，怎么叫"吓唬"呢？小玉又去看"笑笑姐"，半晌终于挤出来一句："笑笑姐，你太不容易了。"

这话让褚年抬起头，还泛着红的眼睛盯着小玉，他一字一句地说："结婚、生孩子真的都比你想象中更难，所以谈恋爱的时候别委屈了自己，真在一起了，也不要委屈自己，每次做重要的决定之前想清楚，你跟这个人在一起，你有没有变得更好。"

小玉被褚年看得有些心虚，先点点头，然后又说："笑笑姐，虽然……但是也不用什么时候都分得这么清楚吧？"

"男人就是分得这么清楚的，你糊涂着，你就是往下走的那一个。"说完，褚年又喝完了一碗鱼汤，"你今天是占了便宜，我想跟别人说的话只能跟你说。"

小玉心生好奇，问道："笑笑姐，你想跟谁说啊？"

跟谁说？重要吗？褚年笑了一下："反正那个人已经不需要了。"

3

"经理？"

"嗯？"余笑回过神，刚刚她又忍不住看向手机了。

"经理，您在等电话吗？"莫北说着，拿起自己的手机看了一眼备忘录，"今天下午有一个远程汇报会议，时间是三点，您不用着急。"

余笑摇了摇头，吃了一口海鲜炒饭。

新港多海鲜，鲜甜肥美，这段时间爱吃海鲜的莫北每天都吃得很开心。

他们现在所在的地方就是新港，吴先生的那块地当地政府收回之后打算修建经济适用房，其中两块地在这些年里被吴先生拖拖拉拉搞了两栋楼在那儿，还有七八个地基。天池想要拿下整个经济适用房项目，除了更好的质量和更低的成本之外，核心竞争力就是围绕这些地基和废楼进行低成本的民生改建。这也是余笑出现在这里的原因。

"我记得这个项目的时间节点是八个月？"余笑问莫北。

"是……七月正式竞标，公司要求我们的方案最晚要在六月初完善好。"

余笑点点头，说："再快一点儿吧。"

"啊？"

目光扫过莫北、小李、林组长……余笑的脸上是浅浅的笑容："我有点儿赶时间，未来这段时间，要麻烦你们更辛苦一点儿了。"

赶时间？赶什么时间？

年轻人都迷糊着，只有林组长恍然大悟，说："咱们这个项目不快一点儿，等经理回去，他女儿不认识他了怎么办？"

一时间，所有人好像都懂了。

余笑只是笑，把放在餐桌上的手机收进了外套的兜里。

很快，餐桌上的话题又变了。莫北开始向其他人推荐新港的美食："桃花虾真的很好吃，虽然小小的，但是炸起来好香，皮酥到能把舌头粘掉，趁着现在还有，你们也赶紧去吃啊，上次我们去吃的那家小餐馆真的不错。"

"噫！"小李发出一声怪叫，"谁跟你'我们'啊？经理、林哥、我，我们几个都没去吃，谁跟你成了'我们'啊？"

莫北的脸一下子红了，低头假装扶了下眼镜，不肯再说话。

小李还在那儿起哄："快说呀，谁是你的'我们'啊？"

这时候，闷头吃饭的余笑突然轻声说："是江法务吧？前天来了，就在新港待了一天，晚上我请他吃饭，他死活不肯答应。原来是和你约了出去吃特色小吃？"

"哇，好呀小莫，我就知道你和江法务……"小李还要起哄，被林组长一筷子镇压了。

半分钟后，饭还没吃饱的小李被林组长给揪走了。

余笑吃了口饭，对旁边的"大熟虾"莫北说："昨天晚上去飞机场的路上还发了朋友圈，我说他配着照片那语气怎么像偷了油的耗子。"再看一眼莫北，她勾了一下嘴唇，"挺好的。他也挺好的，你也挺好的，没必要遮遮掩掩。"

"呼！"莫北放下捂着脸的手，"经理你是不是早就知道了？江今之前偷偷

221

喜欢我的时候你就知道了吧？"

"知道什么？"余笑的表情很无辜。

莫北看着经理这样，深吸了两口气，又呼出来，说："其实我也不知道以后会怎么样，他家是京城的，名校毕业，前途远大，我呢……长相一般，性格一般，毕业学校也一般，虽然今年工作上有了一点点起色，但要不是经理和同事们一直帮着我、鼓励我，我也不会走到今天。"

"不是啊，你很好。"余笑看着眼前的海鲜炒饭，问了一个好像不想干的问题，"你说，这一盘里面最重要的是什么？"

莫北摸不着头脑，也盯着饭，试探着说："海参？虾仁？"

"是饭啊！"

莫北"啊"了一声。

"只要饭一直记得自己是饭，那不管是海参、虾仁还是鸡蛋、葱花，或是别的什么，蒸炒焖煮都改变不了它，它都是饭。"余笑的声音淡淡的，像是炒饭里细碎的盐，"你也一样，跟谁谈恋爱有什么关系呢？别人喜欢你又不是你的错，你去拥抱别人张开的双手也不是你的错，只要你一直记得自己是莫北，别的都无所谓。"

恋爱也好，失恋也罢；结婚也好，离婚也罢，人的一生长着呢，只要记得自己是谁，别丢了自己，就够了。

也……也可能会丢，但是可以找回来，只是得对自己郑重地说一声"对不起"。

是自己对自己说的，那才真的有用。

吃完盘子里最后两口炒饭，余笑站起来，拍了拍莫北的肩膀，很轻，也很温柔。然后她就走了，自然看不见那个女孩儿红了的眼眶。

"谢谢您，我一直知道，我是莫北，所以……我会一直是莫北。"

那些悸动和隐秘的萌芽，在那样的一个午后的灿烂阳光中无可遮挡，也在那一天被暴晒到干枯萎败。

她不想自己的感情成为另一条被扔在地上的沾血绷带。

4

孩子接种疫苗，孩子饿了，孩子喝奶，孩子换尿布，孩子做身体训练，孩子做早教训练，孩子晒屁屁的时候拉了粑粑在小床里，孩子……孩子……孩子……

照照镜子，褚年觉得自己的身材只比从前的余笑略圆润一点儿，怀孕时候养出来的那点儿肉早就不见了。

"除了胸，只有一个地方比之前大了。"褚年看着镜子里的女人，面无表情地指了指自己的眼睛，"黑眼圈。"

快四个月大的小褚褚已经能被竖着抱了，小家伙撑着头，瞪着圆溜溜的大眼睛四处打量着。

戚大姐拍拍她的后背说："小褚褚看看妈妈，妈妈要去上班啦！"

"戚大姐，今天我妈会过来看孩子，中午我赶不回来，饭钱打给你了，下午我会早点儿下班。"

产假刚刚结束的时候，褚年又迈过了一道坎——他给孩子断了母乳。

其实也是巧合。小褚褚开始对辅食接受良好的时候，褚年某天晚上睡觉不小心压到了一边，半夜起来喂奶的时候那一边奶水就少了。第二天褚年就因为乳腺炎开始发烧，之后断断续续地好不了，只能用一边喂奶，那一边又皲裂了。反复的痛苦折磨着褚年，他也就是在那个时候瘦下来的。

对褚年停止喂母乳的这个决定，戚大姐没说话，来做饭的黄大姐和余笑的妈妈都持反对态度，可褚年很坚决。

"我要恢复工作了，这些病痛太消耗我的时间和精力，奶粉被造出来不就是替代奶水的吗？"

其实真正让褚年下定决心停母乳，是因为余笑在小褚褚的"百日"那天回来跟他说的一句话——"再给我几个月的时间,做完这个项目就可以换回来了。"

褚年长到三十岁,最会说话的时候往人的心窝子里挤,可听着余笑的那句话,他最大的感觉是心一下子就软到不行。涌上心头的竟然不是她终于松口的欣喜,也不是她怎么知道自己能换回来的疑惑。一想到换回来是让余笑受这个苦,褚年就舍不得了。尤其是余笑的妈妈跟自己说"多少母亲是这么过来的",他就更舍不得了。

奶就这么停了,小褚褚一开始还会往妈妈的怀里拱着找"勺儿",后来就沉迷于奶瓶和辅食的美味了。

回奶的时候还是疼,好像人一旦当了妈,就无论如何都跟这个疼撇不开关系了,但褚年一声不吭地忍了下来。

"你这个小猪宝宝是不是给我下了咒啊?为你都疼成这样了,我怎么不舍得打你一下呢?"点着女儿肉乎乎的小手,褚年嘴里抱怨,脸上却是笑的。

恢复上班之后,褚年第一个感觉是精力确实连怀孕的时候都比不上了。不过想想,不管是谁,开了刀之后又经历了几个月的折腾,能精力好才奇怪呢。

为了遮掩黑眼圈和略显憔悴的唇色,褚年用起了傅锦颜之前送的护肤品和化妆品,晚上睡觉之前还用起了面膜。他甚至还买了新衣服。之前春节的时候,他的新衣服是余笑给买的,墨绿色的针织毛衣裙和驼色的羽绒大衣,外面一条红色的围巾。褚年把商标拍下来,去商场买了十几件这个品牌的春款。

有了妆容和衣服的加持,褚年刚回职场,就让小玉惊呼果然是当了合伙人就完全不一样了。

"我从前也没那么糟吧?"被夸奖说是"大变身"的褚年心里还有点儿委屈。

可过了两分钟,他就跑进了厕所,美滋滋地拿出手机拍了好几张自拍,发给余笑。看吧,你喜欢的衣服牌子和据说比之前好很多的你,会不会开心一点儿?褚年心里美得如同过了蜜。

发完了消息,他站在厕所里和镜中的自己面面相觑:"太傻了吧?你别忘了,要是让她知道你现在……嘿嘿嘿，我给我喜欢的人发照片怎么了？几张照片能看出什么来呀？"傻笑完了，他又一拍额头，"完了，你没救了。"

过了一会儿，他又自言自语："那我可以抱着小褚褚一起拍照发给她呀，她爱怎么想怎么想，想我是用孩子威胁她也行，嘿嘿嘿。"

这样的情形，一直反复着。

四月草长莺飞，五月姹紫嫣红，六月的一天，褚年早早下班，用小车子推着已经五个月大的小褚褚出门散步，刚走出小区门口，就看见了自己的亲妈。他转身就推着孩子往回走，他妈却追了上来。

"余笑，我来看看我孙女！"

"不行。"见她拦在了小车前面，褚年用身体挡在孩子和她之间，"妈，您别这样，我们都已经怕了！"

"不是，我就……我就看看。"褚年的妈妈放下肩上的袋子，从里面拿出两件小孩儿的衣服，"真蚕丝织出来的绸子，我给孩子做了两套小汗衫、小裤子，过几天热了正好穿，孩子不起痱子。"

小小的素绸衫子在初夏的风里飘着。褚年看着亲妈，叹了口气："您想给孩子送衣服，还想干什么？"

"我没想干什么……"褚年的妈妈看了看四周，略一低头，眼睛已经红了，"你们之前把事情在亲戚面前都撕扯开了，你爸干脆跟我撕破了脸，搬姓杨的那儿去了，结果上上个月又被姓杨的儿子给赶了出来。姓杨的儿子弄了什么保健药到处卖，上个月不知道怎么就又让他回去了。然后呢，你爸也是迷了心了，天天打电话给我，让我卖房子给他一半的钱，他要跟我离婚。我打电话给褚年，让他说说他爸，结果褚年直接一个电话告了那姓杨的一家子传销，还跟我说之前他爸就开口跟他要几十万，哎呀，也不知道我是从哪里招了他这么个丧门星。现在你爸他想回来吧，也拉不下那个脸，就在老厂的宿舍里住着……家也不像个家了。余笑，我以前是做得不好，对你也不好，对孩子也不好，可是我现在也没别的念想了，你说我……我……"

225

你想干什么呢？褚年看着自己的亲妈。她愚昧，顽固，偏执，贪财……大概对自己的儿子有几分真心，却抵不过对丈夫的顺从。婚姻把她折磨得不成样子，她却还像是一条水面下生出来的藤，必须找个依凭才能活下去。

"妈，衣服我收下了，别的您也不用说了，我和……褚年的想法是一样的，您就拿着钱好好过日子吧。"褚年心平气和地说，"我没有不让孩子认您的意思，可长辈真的太容易对孩子造成影响了。我……我们受过的苦不想留给孩子，您要是真的还想当个好奶奶，真的觉得自己错了，您就把自己的日子过出个样子来。"

"过出个样子来？过出个什么样子来？我嫁了个男人，男人为了别的女人想着卖房子，想着从亲生儿子身上抠钱。我生了个儿子养大了，养得有出息了，他看不上我。我有了个孙女儿，我觍着老脸上门，我儿媳妇连让我看一眼都跟防贼似的。"说着，褚年的妈妈又带了哭腔，她真的比之前憔悴很多，春衫在她身上都有些晃荡了。

"您自己呢？您能顾好您自己，别人谁不对您好？别总抱怨谁谁谁对您不好，我敢保证，该是您的，您都会有。"褚年觉得，这可能是自己以"儿媳妇"的身份最后一次跟母亲这么说话了。

多好笑，过去几十年看着也是母慈子孝的两个人，却是在这一场互换里关系转变最大的——她"突然"没了原来的儿子，自己一下子没了印象中的那个"妈"。

"顾好我自己？"褚年的妈妈"哼"了一声，眼眶还红着，嘴角已经是凉凉的笑了，"我要是只顾着我自己，褚年都生不出来。你们这些年轻人啊，受长辈照顾的时候个个理所应当，长辈找你们照顾的时候满嘴都是大道理……算了，好歹现在褚年给的钱都在我手上，我过得比那个丧门星强。"转身走出去十来米，她又走回来，把孩子的衣服塞进了"儿媳妇"的怀里。

目送着她离开，褚年叹了口气："一样是当妈的，她可真是离我差远了，对吧，小褚褚？"

226

小家伙躺在车里，咿咿呀呀。

晚上，褚年刚洗了澡从卫生间出来，就听到戚大姐的一声惊叫："余笑，你快来，孩子的身上起了好多红疙瘩！"

5

三天后，余笑在新港接到了她妈的电话。

"笑笑啊，褚年不让我告诉你，可是孩子都已经病了两天了，医生说是荨麻疹，又哭又闹还吐奶，身上都是红疙瘩……我也来陪床了，可我看褚年一直在这儿熬着也不太行了，你……要不你打个电话跟他说说，让他歇歇吧。"

余笑直接订了回家的机票。

"经理，刚才赭阳马总那边来电话，职业培训中心的第一批月嫂要毕业了，想请您去参加毕业典礼。"

"好。"余笑点点头，"我家孩子出了点儿事，我得回去一趟……等我回来的时候，你把我最近的行程整理一份发我，我怕我忘了。"

"哦，好，您赶紧回去吧！"

抱着文件夹，莫北看着"褚经理"越走越快，直至跑了起来，身影就这样消失在了走廊的尽头，像是融在了早晨的光里一样。

小小的孩子躺在病床上，褚年守在旁边，用一只手捂住鼻子以下的脸庞。他的眼睛已经熬到发青了，看着小褚褚，他动也不动。

"笑笑，你歇歇吧，这么熬着也不行啊，你爸给你带了饭，你出去吃点儿？"

褚年摇了摇手，光这一个动作就充满了疲惫："我再看会儿，医生不是说孩子快好了吗？"

余笑的妈妈看着他这个样子，真是什么话都说不出来了。前天她过来的时候还埋怨褚年没有照顾好孩子，甚至怨恨他过早地停了孩子的母乳，才让孩子

227

的免疫力不足，受了这个罪。可到今天，她都不知道该心疼哪个了。

也不知道是不是她的话太重了，她说过之后，褚年就一直是这么一副要死不活的样子，看着都害怕。

"你这么干耗着也不是事儿啊！孩子还小，免疫力不行，生病是难免的，你还能每次都这么熬着？身体不要了？！"

身体？褚年茫然地抬起头，熬了太久的眼睛连病房走廊外照进来的阳光都难以接受了。

"我吃饭，妈，我吃饭。"

饭还没送进来，一个高大的人影已经进了病房。

"孩子怎么样了？你怎么样了？"

是余笑！

眼睛直直地看着闯进来的那个人，褚年眼前一黑，差点儿晕过去，他甚至听见了自己心脏落在地上的声音。

"你回来了？我……我以为我能把孩子看好的。"褚年瞪大了眼睛，他说不清现在是怎么了，这些天里他的大脑一片空白，所有的动作似乎都是身体的其他器官单独完成的，只有看见余笑，他才发现自己还是个活人，"我这些天一直在问自己，我为什么要在那儿停那么久呢？我为什么要收她给我的衣服呢？要是我什么都不管直接回家，孩子就不会出事了。"

"冷静一点儿。"余笑看了一眼孩子，又去护士站问孩子的情况，然后又折回病房，"只是荨麻疹，这是常见病。"

"任何人看着孩子，孩子都会生病的，我们大人天天照顾自己，不也一样感冒发烧拉肚子吗？"嘴里安慰着褚年，余笑的一双眼睛牢牢地看着孩子，小宝贝身上的红疹已经消了，也停止了哭闹，正委屈巴巴地睡着。

是这样吗？褚年顺着余笑的目光看着孩子，又看着余笑，终于忍不住抓住了她衣服的一角。

他的脑海里回荡着很多人的质问，他们都在问他："你是怎么照顾孩子的？"

"我没有故意想要伤害孩子，你信我，我把我照顾孩子的事想了千八百遍了，我真没有，我尽了我最大努力去对她好了，我……我……我也不是图自己方便才给孩子断奶的，我真的，我没想让孩子生病！"语无伦次，逻辑全失，在余笑的面前，褚年终于开始释放他一直压抑着的痛苦。

黄大姐问他，戚大姐问他，余笑的妈妈问他，护士、医生问他，就连他抱着孩子来医院的时候都有邻居在问他——

"你怎么照顾孩子的？"

"褚年不在家是放心你，你可要把孩子照顾好呀。"

"年轻的当妈就是不行。"

……

他听着这些话，连解释的欲望都没有，只是心里成了个篓子，把这些言语都关了进去，任由它们发酵成带毒的水，在他的骨里、血里流来流去。

余笑静静地看着褚年，看着他陷入情绪濒临崩溃的样子。

闭上眼睛又睁开，余笑抬起手来，"啪"一个耳光打在了"她自己"的脸上。当年她心处绝境，看着出轨的褚年都没打下去的巴掌，现在就这么打下去了。

"清醒了吗？"

巴掌打得不重，褚年头歪向一边，抬起眼睛看着余笑，眼神里渐渐重新有了光。

"你听我说，我觉得你把孩子照顾得不错，孩子生病是难免的，任何人都可能生病。你是人，不是无菌仓，也不是什么能隔绝病毒、细菌的神药，你就是一个人。人们不该怪你，他们只是想找个地方发表自己的看法而已，跟你和孩子没有关系，你明白吗？"

一个耳光和一串话，让整个儿科病房都安静了。

余笑的语气说不上严厉，就像她甩的巴掌也不算用力一样，却莫名地让人感到信服。她接着说："等孩子好了，你去看看心理医生吧，你先兆早产的时候状态就不太对，我怕你是产后抑郁。"

褚年摸了摸自己的脸，看着余笑，轻声说："我没有，我……刚刚就是害怕。"说着，他用手抚了一下胸口，一口浊气被他吐了出来，才看着比刚才好了一点儿。

余笑转身去看孩子。

褚年又揉了揉脸，然后笑了一下说："我……我刚刚都干了什么？傻了吧唧的，你打得对。"

余笑不理会他的强颜欢笑，淡淡地说："你去吃点儿东西，孩子我来看着。"

褚年歪头看着余笑："你不会走吧？"

"不会。"

余笑的妈妈仿佛刚拿了饭进来似的，还叫了一声褚年。

真正的褚年从她手里接过饭盒，笑着说："妈，您不用这样，您早就知道的，我生完孩子就知道了。"

听了这话，余笑的妈妈呆了一下。

褚年笑了笑，越过她往外走："您挺好的，比我妈好。"

关心他也好，总是用话刺他也好，余笑的妈妈至少是爱着余笑的。这么想着，褚年又笑了笑。

下午，孩子的情况有了明显的好转。

晚上，余笑对褚年说："你回去睡一觉。"

褚年反问："你呢？你陪在这儿？"

余笑点点头："晚上孩子醒了我会给她冲奶粉，你放心。"

褚年站起身，给孩子整好被子，慢慢走了。

"小家伙，你可把你'妈'吓坏了。"

第二天早上，褚年早早就来了，余笑看着他的眼睛说："你昨晚没好好休息？"

"我睡了。"褚年回答得太快，就像是早就知道余笑会这么问一样。

余笑没说话，看表情就知道她已经看穿了他的谎言。

褚年在她身边慢慢坐下，说："我昨天晚上去找我妈了。"

余笑转过头来看他。

"那天我妈给孩子送了两身衣服来，我和她在外面站着说了十分钟的话，衣服她塞给我，我也没想给孩子穿，我知道孩子生病这事儿怪不到她头上，可我就是想……"

余笑倒了一杯水给褚年："你别迁怒你妈。"

"对，我就是迁怒，可我没办法，我在这儿坐了三天，我一直问自己为什么孩子会这个样子，可我什么都不知道，我只能看着孩子在这里难受。余笑，我太难受了，人为什么要有心呢？有心就会疼，就会难过……"褚年止住了话，让目光聚焦在余笑的脸上，"你抱抱我吧。你抱抱我，我说不定就好了。"

余笑看着他的眼睛，抬起手给了他一个拥抱。

"呀。"小小的声音从病床上响起，小褚褚圆溜溜的眼睛睁开了。

又过了一天，孩子终于出院了。

褚年躺在床上，一睡就是二十多个小时。等他醒来的时候，又是一天的黄昏。走出房门，他看见余笑正站在那儿，仰头看着计分器。

"褚年，我们换回来吧。"余笑对他说。

褚年愣住了。

"你说过，我只要给你一分就够了，我努力把那一分给你。"转过身，余笑看着褚年，"自从知道你出轨，我就一直很恨自己，恨自己轻易把人生交付给了婚姻；恨自己一点一点砌了墙，却只把自己困在了一个围城里；恨自己自以为是地跟那些无所不在的痛苦缠斗，却连自己都丢了。褚年……之前计分器一直在归零，就是因为我一直在恨。"

坐在沙发上，余笑低着头，一点点剖析自己的内心，对着那个计分器，也是对着褚年，更是对着她自己。

"你呢？褚年，你现在是怎么看待我们之前的婚姻的？"

听见余笑的问题，褚年抬起头看着她，却不是回答，而是反问："你怎么不恨我呢？"

"恨你？"余笑叹了一口气，"褚年，可能一开始我是恨你的，可是现在我

231

已经把那种感觉忘了。我这一年多来不停在做的，就是不停地反思自己，不停地给自己找出路，在这个过程里，我扔掉了很多东西，包括对你的怨恨。"

褚年看着余笑，又问了一遍："你怎么不恨我呢？"

余笑摇了摇头："恨你有意义吗？恨你不能让我拿到新的项目，不能让我的计划顺利推行，也不能让我变得更好……褚年，跟我强迫自己去追求的那些东西相比，恨你既没有价值，也没有意义。"

面对这样的答案，褚年还是难以接受。刚刚余笑说她从前是一个人在无尽的痛苦里自以为是地缠斗，现在她跳脱出去了，褚年发现自己却被困在其中。而最大的痛苦，就是他爱着的余笑已经不恨他了。

后槽牙咬紧又松开，褚年说："我觉得我们之前的那段婚姻，是我……是我狂妄自大。你之前说你是自以为是，我也是。我们以为的婚姻根本不是一样的，你觉得你付出就够了，我觉得我享受就够了，所以你的付出成了空，我的享受……也一样。余笑，我既没有责任心，也没有应有的担当，这是我曾经的错误，我以后一定改，不对，我现在就在改。"

余笑轻轻笑了笑，说："你加油。我们继续聊吧。"

说是要继续聊，余笑却先站起身，从厨房里端了一碗面出来，还是褚年喜欢吃的炸酱面，半肥半瘦的五花肉炒成油亮亮的酱，配着菜码。

"你睡了一天，饿了吧？早就煮好了，光顾着说话我都忘了。"余笑有些抱歉地笑了一下。

褚年也站了起来，让了一下面碗，才说："孩子呢？孩子吃饭了吗？"

"我喂了奶，她吃得挺好。"

"你呢？你吃过了吗？"

"我吃过了。"

褚年又缓缓地坐了回去。低头看看面碗，他笑了一下，说："你还真不一样了，以前我要是没吃饭，你总要问问我想吃什么。"

余笑也笑："其实我和别人一起吃饭，都是我记得别人爱吃什么，然后一口气点好，只有对你的时候，总怕你不喜欢。我是说从前，现在不会了。"

房间里又安静下来，褚年端起面碗，吃了一口。

茶几上传来水杯被放下的声音，是一杯水被放在了他的手边。

褚年又笑了一下。

从前有得选的时候，他没觉得自己是特别的，又或者，他觉得自己理所应当是特别的，却没想过这种"特别"别人能给，也能收。

"我发现，你其实特别懂得如何去提醒我已经失去了什么。"这句话和面条一起，被褚年从舌尖咽到了肚子里。

"你吃你的，我继续说。"余笑又倒了一杯水，她坐在椅子上，看着手里的水，缓缓地说，"成为一个男人，尤其是一个英俊帅气的男人，在一开始真的很愉快，别人看你的目光都是不一样的，不管那个'别人'是男人还是女人……更多的时候，我能找到那种同类的感觉，就像我在喝酒的时候说一句'我已经结婚了'，就立刻有人知道一个男人在结婚之后被约束的苦闷。这跟当女人不一样。当男人，你自然而然是男人的同类；当女人，太多人想着让你变一个样子，哪怕你想倾诉自己的痛苦，都有人跟你说'不要说''闭嘴''谁不是这样过来的'。对比之下，女人的痛苦男人不需要看见，女人好像也不需要看见。所以我在刚成为'褚年'的时候，就不断地发现了别的女人的痛苦，包括我的母亲、同事、我遇到的别人，还有……还有你妈。"

说到后面，余笑的脸上渐渐泛起笑容："后来我认识到我的这种发现是被认可的，我发现我是可以改变什么的，只要我愿意坚持，在该沉默的时候低下头，在该怒吼的时候抬起头……褚年，从那个时候开始，我明白我最大的不幸不是自己的性别，而是我没有坚持去成为那个我想成为的人。这句话说起来真的很理想主义，对吧？可这是我给自己找到的出路。"

余笑坐在那儿，想起了远在赭阳的那所职业培训中心，想起了会在新港建立的低龄托儿所——新港那块地再往城里两公里就是一个科技产业园，一个试点性质的公立托儿所能帮助在产业园里工作的女性解决一部分生活负担。

还有那些当着她的面变得更好的人。

这些是她的收获，在沉默和愤怒里，在汗水和笑容里。

正因为有了收获，她才想要找回"余笑"这个身份。

余笑是什么样子的?

她问这个昔日的枕边人："在你眼里，现在的我是什么样子的? "

褚年摇摇头，碗里还剩一口面，他倒了三分之一杯清水下去，连着面和里面的酱汁都吃完了，又喝了一口水，才放下仿佛被洗干净了的碗："余笑，我觉得你不需要我的肯定。如果一定要我说，那我只能说，你和从前是一样的。"

余笑没说话，静静地看着褚年。

而褚年呢，在短暂的停顿之后接着说："我在怀孕的这段时间不停地回想你曾经的样子。我知道，你之前认为婚姻改变了你，我和我妈、我的家庭、你的家庭，还有很多别的人，就像我曾经说的，这些都是无所不在的刺，每碰一下都觉得难受。可是这些真的把你改变了吗? 如果这些真的改变了你，那你怎么还有力量去变成现在的样子? "他叹了口气，"如果，我是说如果我们没有这次交换，会怎么样? 我知道这个假设简直可怕，这个假设里你所有的狼狈和痛苦都有我作为原因，可我还是要说……如果没有这次身体的交换，我和陈潞的事情早晚会曝光，那时候你可能已经察觉自己怀孕了，或者还没有，但是你会跟我离婚，甚至会在离婚后选择生下这个孩子，然后你会披荆斩棘地走出来，走到有一天我后悔对你的欺骗和伤害。所以我说你没有变，或者说，余笑，改变你的不是让你变成了一个男人，而是……"

"而是我自己知道我是谁。"余笑声音沉沉。

房间里又陷入了安静。夕阳的余晖要落下了，最后的天光消失在看不见的远方。

昏暗的房间里，计分器上的"98"冷冷地亮着。

余笑说："所以我也原谅了我自己。爱一个人不是错，把人生的重点放在家庭上也不是错，这些都是选择……错是错在我丢了自己，我想换回来也正是因为这个原因。之前我丢了内心，后来我丢了躯壳，我为什么不能作为余笑这个人堂堂正正地去完成我想做的事情呢？"她侧抬头，看了一眼计分器，"那一分，还不肯给我吗？"

计分器上的分数动了，从"98"变成了"99"，属于余笑的那一分终于有了。

但是，也一直是"99"而已。

坐在沙发上的褚年抓了一下衣角，看了一眼计分器，鼓起勇气，终于说出了想说的话："余笑，你原谅了我，也原谅了你自己，可你还是不愿意继续这场婚姻。"

余笑的回答很平静："是，我不愿意。"

褚年抿了一下嘴唇："有了这样一场经历，我以后再也不会出轨了，甚至……甚至我……已经明白我应该承担这个家庭的责任，我以后会尽我所能去成为一个会自尊、会自信、会爱的人，会成为一个和从前不同的褚年。这样，你还是一定要跟我离婚吗？"

余笑终于转过头再次看向褚年："是。"

"考虑了孩子，你还是要跟我离婚吗？"

"是。"

"余笑，婚姻的基础是理解和包容，我觉得这一场交换之后，这个世界上没人会比我更了解你。我会尊重你，哪怕我从前不会，现在也会了，我也会照顾孩子，我也会……我们就没有一丁点儿的可能吗？我……我是出轨了，我知道男人出轨的事情是会一而再的，可我不一样……"

——"我不一样，因为我现在爱你，比最初更爱你，我也爱孩子，我怎么可能不爱自己豁出命去生下来的孩子？我希望我们一家三口能快乐地一起生活下去。"

话已经到了喉咙，但褚年说不出来。

余笑说她现在找到了自己。他褚年又还剩多少的"褚年"呢？他也被打碎重建了，可是……从沙发上滑下去，跪在地上去祈求她吗？还是抱着她的腿大

235

喊"我爱你"？褚年知道这可能是最后的机会，可他僵在了沙发上，他做不到。

"褚年，你之前也说我一直没有变，只是走了一条弯路，现在又走了回来，那你一定也知道我是如何看待自己的婚姻的。"

婚姻是一张纸，从此两个人的经济关系紧密相连，可如果婚姻只是一纸经济契约，那它又怎么配成为千古以来爱情通往的方向？

余笑信爱情吗？她一直信，这是从前她在婚姻中不断付出的原动力，而现在，变成了她不能妥协的支柱。

余笑说："我决定和你在一起，才会跟你结婚，而在这个前提下，我打算重新开始自己的人生，也就不会选择和你在一起。"

"哪怕我现在很爱很爱你，你这辈子可能再找不到一个更爱你的人了，你也不考虑再和我在一起？"

说出来了！褚年松开快抓烂了的衣角，终于把想说的话说出来了。

相较于褚年激动到快要窒息的样子，余笑还是很平静："是。"

"不能哭。"褚年在心里对自己说，"你已经输了，已经输了的人，哭都没有人看。你是褚年，难道你要沦落到在余笑的面前靠眼泪来博取同情吗？"

这些话空落落地落在心里，仿佛带着回响，因为褚年的一颗心已经空了。

"我不知道以后会不会遇到更爱我的人，褚年……我早就知道，我知道你对我的感情有了变化，你看我的眼神就像我们读大三刚认识的时候差不多……至少那个时候你是爱我的，对吧？所以我知道，我知道你现在是爱我的。谢谢你爱我。"余笑垂着眼睛，有些不忍看褚年此刻的表情，"因为爱我，所以你付出了更多精力照顾孩子，你现在也在努力让自己的身体变得更好……我知道，让你产生这些变化的原因，是你爱我。"

身份的颠倒错位，婚姻的曲折变化，余笑现在都已经看开了。她原谅了褚年，也放下了"惩罚"，她深知自己应该给现在面前的那个人留一点儿体面。虽然很久之前，对方一点儿体面也没有留给自己。

过了一夜，计分器上的分数仍在"99"上岿然不动。

余笑揉了揉额头："我只想成为那个真正做出选择的人。我选择自己的人生，选择自己的爱情，选择自己的事业，选择自己的婚姻……这些选择都因为我是余笑，而不是因为褚年的妻子、褚褚的母亲、我父母的孩子、我公婆的儿媳妇。如果我连这个都做不到，我的这一年多时光不就是一个笑话吗？我很感谢你，可我真的已经放下了，我想走我自己的路，虽然那条路可能很难走，但那是属于我的。如果你一定要在这样的我身上寻找什么像曾经一样相爱的婚姻，或者什么满分婚姻，这和我现在的本心是相悖的，我做不到。现在能爱上褚年的人，绝不是'余笑'。我只想我是我。"

褚年站在卧室门口，余笑说的每个字他都听得清清楚楚。

计分器上的数字突然变化，十几秒后它突然停下，还是"99"。

余笑叹了口气，转身对褚年说："我得走了。赭阳有个毕业典礼让我去。"她又叹了一口气，"我以为我彻底放下了，我们就能换回来。"

看着余笑亲了亲还在睡的孩子，然后打开大门走出去，褚年深吸一口气，又呼了出来，刚刚的不舍与依恋都从他的脸上消失了。

"谢谢你。"他对计分器说，如果理解是加分项，那专横偏执就是减分项，"只要能让余笑不离开我，我不在乎她是谁，只要我知道我是看中了什么就抓着绝不会放手的褚年就够了。"

说完，褚年笑着看着计分器上的数字变成了"98"。

6

"笑笑姐，你怎么不多休息两天啊？"

穿着米白色的半袖裙，褚年抬头看了一眼小玉，又垂下眼睛说："孩子没事了就得赶紧工作，不然项目耽误了算谁的呢？"

在电脑上敲了两行字，他看了一眼时间，又转过头去问小玉："前几天你说你前男友又来找你了，怎么样了？你没犯傻吧？"

237

小玉嘿嘿笑了一声，初见时那个年轻爱幻想的女孩儿比当初沉稳了很多："你说得对，他劈腿也好，出轨也好，就是因为他想有好几个人都爱他爱到不行。这不是我的错，你看，我只是不理他，他就换了一副嘴脸。男人啊……"她发出一声很沧桑的叹息，"他们不珍惜你的时候，你连对他好都是错的，等他们后悔了，呵呵，我还后悔没早认清他这二皮脸呢！"

褚年低下了头。是，我不珍惜她的时候，她连对我好都是错的，等我后悔了，她也不想回头了。

小玉怎么会想到，她把"余笑"教她的道理变成了刀，转手又插回到"余笑"的身上。她还在细细碎碎地说："笑笑姐，以后我绝对听你的话，就跟听亲姐的话似的。我也要学你，努力工作，升职加薪。工作真是比男人好多了，虽然你讨厌它，可它还给你钱。男人呢？"

午休的时候，褚年跟戚大姐视频，看见小褚褚正躺在床上试图翻身。

是的，褚褚小朋友现在还在"练习"翻身的阶段。戚大姐说可以给小家伙做一些配合练习，让她快点儿变成一个能翻身的小宝宝。褚年却说不着急，他才不肯承认是想多看看小家伙费半天劲都翻不过去的傻样子，也不承认已经录了几十条视频了。

"今天上午有拉臭臭吗？"

"拉了，拉得挺好，精神也比昨天好多了。"

交流了一下孩子的日常，戚大姐说："褚年让我每天也给他看看孩子，你赶紧吃饭吧，我录个视频发过去。"

褚年制止了她："不用，大姐，等着我晚上回去，我抱着孩子跟她视频。"

视频通话结束，褚年放下手机，笑了一下。

是，他后悔了，所以他想尽办法想把余笑和他的这段婚姻保住。示弱、理解、包容……这些他刚学会的东西都帮不了他，那他只能用最习惯的招数。真的很自私，很卑鄙，很无耻。可难道他不一直是个自私自利、卑鄙无耻的人吗？

现在的生活也挺好，虽然回不去自己的身体，可余笑也回不来，他有了个喜爱的孩子，工作也稳步上升，更重要的是余笑还和他绑在一起。像是一个保持着平衡的跷跷板，他还想继续玩，余笑就不能中途离场，任由他跌坐在地上。

从前他恨那个计分器把他困在这儿，现在他爱那个计分器把余笑留给他。

"只要这个'游戏'不结束，我有一天，就享受一天。"拿起桌上的镜子，褚年用手指压了压眼下的粉底，又拿出一支唇膏，下午有个客户要见，"余笑"的状态得更好一点儿。

"最难的时候已经过去了。"

镜子里，"女人"眨了眨眼睛，笑得有些甜。

7

"褚经理，真是太辛苦您了，还要您专门跑一趟。说实话，我都没想到您真的能百忙之中来这一趟，之前和李主任他们说起您，都说您在新港忙着大项目呢。"

余笑听了马总的溢美之词，低头微笑着说："今晚的酒没喝多少，马总快把我给夸醉了，您之前愿意在东林开班就是帮了我的大忙，这个职业培训中心也是……也是对我意义非凡。"

余笑和马总正站在职业培训中心的门口，晚上的庆功宴就是在这里的食堂举办的，菜色普通但丰盛，就像现在的东林，从市场到学校，从职训中心到写字楼，人来人往，处处是烟火人家，虽然配套设施还在跟进，显得有些粗犷简单，但又有谁能说这里不是个繁华的好地方呢？

离开的学员们朝他们打招呼，余笑也对她们摆摆手。这一批学员已经全部签了用工合同，明天她们中的一些人就要离开赭阳，去各地的月嫂机构和月子中心，另一些在本地找到了满意的工作。不管怎么样，她们以后可以选另一条路走，不用再被困在小小的筒子楼里。

"意义非凡，对谁不是呢？"马总感叹了一句，手机突然响了，她拿起手机，

239

表情立刻变得温柔起来，"老公，学员的毕业典礼结束啦，嘿嘿嘿。"不知道马总的丈夫说了什么，马总发出一连串的笑声，平日里端庄又强势的她现在带了几分少女的情态。

"褚经理，不好意思，上次我老公看见我和你的合影就一直很有危机感，听说你今天要来的时候，哈哈，就像个没头的苍蝇似的跟我转了一天，今天还非穿一身正装要我跟他视频，哈哈哈……还说虽然他没你帅，可他有个更好的老婆，真是傻乎乎的，让您见笑了。"

初夏的夜晚，夫妻间小小的情趣像是一团带着香气的萤火，点亮了中年女人的眉间，让她变得更加生动和快乐。

看着这样的马总，余笑想了想，轻声说："马总，您觉得要是您跟老公互换一下，会怎么样？"

"互换一下？你是说我变成他，他变成我？"

余笑点点头。

马总看"褚年"神色认真，也认真地想了一下，然后忍不住笑了出来："那他可得意了，我之前生孩子的时候，他就说想替我生，嘿呀，你不知道，我一孕吐，他就孕吐得比我还厉害，医生都说他这是被我吓出了心病。"

她又笑了两声，然后安静了下来："也就更了解一下呗，还能怎么样？我呀，本身就不是什么贤妻良母；我老公呢，一把年纪了也爱带着我一起玩儿……不过要是十二年前我们能换一下就好了。那时候我第一次创业失败，和同事们到处找路子，下着大雨，我老公给我们送文件，被车给撞了，那之后就有点儿跛。要是那时候我们换了身体，跛的人是我就好了，我天天坐车开车，走路差一点儿看不出来，他呀，之前一直最爱爬山，这些年也去得少了。"

马总抬起头，眼睛里像是落进了一片星星的碎屑："嘿呀，我这是酒喝多了，这都说了些什么呀！"

人都走完了，女人坐上早就等在那儿的车，手里还拎着一份食堂刚出锅的玉米烙——想也知道是给谁带的。

目送她远去，余笑长长地叹了一口气。这才是好的婚姻，相爱、快乐，都愿意为了对方牺牲，也都为了对方的幸福往前走，能让人感觉到一加一大于二的美。如果让他们两个去面对那个计分器，想来就像是一场度假，也是一场真正的游戏。不像她和褚年，从拉锯到拉锯，从不放手到不放手——余笑不傻，她已经想明白了，分数之所以没有变成一百，就是褚年在搞鬼。

"唉，有点儿可惜，我本来以为是他来参加这个毕业典礼，我还真想让他看看，这里能变成这样有我的一份努力。"

信步走过热闹的夜市，卖肉饼的摊子前站了不少人，女老板抬起手跟"他"打招呼："褚经理，您回来啦？"

余笑也对她挥挥手，脸上是笑着的。

"褚经理，吃肉饼不？我可早说了，您要是真帮我们把事儿办成了，您来吃饭，我顿顿请客！"

余笑连忙拒绝："不用啦，您忙，我得回去了。"这次来赭阳是私人行程，她没有开车，打算走到城中村门口叫一辆车回酒店。

晚上九点半，褚年抱着洗过澡、精神头还挺足的小褚褚，拿着玩具陪她玩了一会儿，问女儿："我们视频看看妈妈好不好？"

听戚大姐说她已经开始认人了，褚年现在总偷摸让小褚褚喊他爸爸，所以这句"妈妈"是压低了声音说的。

小家伙的脸上再次出现"无齿"笑容。

褚年美滋滋地拿起了手机，正要打开视频聊天，又看了一眼墙上的计分器上显示的"99"："我不要换回来，我就不让她离开我，她想拿回自己的身体没门儿！"他在心里默念了足足十遍，看见计分器上的分数变成了"92"，才满意地点了点头。越低越好，越低越安全，褚年怕被余笑一迷，那分数就蹭满了。

一切都准备好了，香香软软的女儿抱在怀里，褚年发出了视频邀请。

"等等等……"

一次又一次，发了四五次，一直没有被接通。

"不就是毕业典礼吗？难道还没结束？"褚年皱了一下眉头，捏了捏小褚褚肉肉的小胳膊，"一会儿得说说你妈，不是说要看我们小褚褚吗，怎么都忘了接我们的视频呀？"

褚年打了个电话过去，语音提示对方关机。

而赭阳东林，靠近东林城中村的一处没有人管的停车场里，一部被摔坏的手机正无声无息地躺在一辆车下。

8

余笑的电话一直打不通，褚年心里总觉得不对，虽然觉得她一向谨慎，估计就是喝了酒，电话又没电了，可一夜都没怎么睡着。

小褚褚睡了，小褚褚醒了，小褚褚要喝奶……因为神经一直绷着，他每次的反应都比戚大姐还快。

第二天是周末，褚年迷糊了一会儿，睁眼就是下午了。可余笑的电话还是关机。

"说是参加毕业典礼，到底谁毕业啊？"把手机拿在手里摩挲了一会儿，褚年打开了微信。

"小玉，我家宝宝满月那天，我看你跟莫北聊得挺开心，你有她微信吗？"

通过自己的同事要"老公"同事的联系方式，这事儿干起来真的怪怪的，可褚年也顾不上那么多了。

一分钟后，他加上了莫北的微信。

"莫北，你知道褚年去哪里了吗？一天了，他电话一直关机。"

莫北当然知道经理在赭阳参加毕业典礼，发现也联系不上经理之后，她连忙对褚年说："嫂子你别着急，我联系一下在赭阳认识的朋友问一下，可能经理一直睡觉手机又没电了呢？"

莫北找了之前合作过的伙伴，甚至直接找到了马总和肉饼店女老板。当她们确认褚经理晚上九点多还在东林大市场出现过，但是当晚却没有回酒店时，已经是晚上七点了。马总直接让她在赭阳的员工报了警，然后让他们出去找人。

第三天下午两点，有人在城中村外的停车场捡到了被摔坏的手机。

至此，人们终于确信"褚年"确实出事了。而这时距离"褚年"失联已经过去了四十一个小时。警方调查了监控，可褚年是在监控之外的区域失去的踪影。

"嫂子，你别着急，我们董事长也知道了，已经让整个天池集团在赭阳周围的员工都暂停工作出去找人了，有消息肯定第一时间通知你。"说话的时候，莫北用手掐着嗓子。

挂了电话，她的眼泪也掉了下来。她没说警方在手机附近不远的地方发现了一根带血的合金窗框条，现场还有挣扎的痕迹，没人知道前天晚上褚经理到底经历了什么。

窗外飘着大雨，闪电划破天际。褚年抱着孩子，手机被他扔到了沙发上。

"要是那天我没耍小手段，是不是出事的就不是余笑了？"眼睛定定地盯着那个计分器，褚年猛地一跺脚，"呵，我知道了，你还是在整我！你还是在整我！"他深吸一口气，只觉得整个胸腔都抖了一下，颤抖从躯干开始，无论如何都停不下来，让他几乎抱不住手里的孩子。

戚大姐抢上来一步抱紧了孩子："余笑，你可得撑住了。"

撑住了？怎么撑？他得撑什么？

"呵……"褚年笑了一下，"幸好，幸好去的不是我。"

他在心里自问自答——

"我是不是该这么想？"

"是。"

"我得冷静下来，对我来说这不是最糟的。"

可他还是慢慢地抱紧了自己，蹲在了地上。

外面的闪电，像是要把天劈开了。

"余笑……"轻声说着这个名字，褚年的嘴唇都在颤抖，"戚大姐，得麻烦你照顾孩子，我要去赭阳，我不能在这儿等。"

戚大姐一听也急了："这打着雷呢，飞机都坐不了，你坐火车呀？"

"开车我也得去。"说着，褚年努力从地上站起来，打开订票软件，飞机果然都是延误甚至取消的状态，而去往赭阳的最后一班高铁会在半小时之后发车，"大姐，我得赶紧走了。"

"走什么呀，雨这么大，你开车怎么可能赶得上火车呀？余笑，你冷静一下！"已经把小褚褚放回婴儿床的戚大姐一把抓住了褚年。

"我冷静不了。"车钥匙抓在手里，褚年用手背挡住了眼睛，"我想见她，我想知道她好不好！我找不着她，怎么所有人都找不着她？"

"你想想你爸妈，你想想褚年的爸妈，褚年现在出事儿了，老人家还不知道呢。孩子也还小，你要是垮了，他们怎么办？"

怎么办？褚年都不知道自己该怎么办了。半长的头发从耳边垂下来，他靠着门站了两秒，又大步走回房间。

"你告诉我她在哪儿，啊！你不是很能吗？你不是厉害得不行吗？你不是一直把我耍得团团转吗？你告诉我她去哪儿了，她怎么样了！你告诉我她到底发生了什么！"

计分器上的分数不知道什么时候又变成了"99"，冰冷又讽刺。

褚年拿起茶几上的花瓶砸了过去，那个计分器还是毫发无损地挂在墙上。

"你倒是把这个本事使在别的地方啊！"

"疯了，你这是疯了。"旁边房间里的孩子被吓得哭了起来，戚大姐赶忙去看，还回头担心地看了一眼正在对着墙发疯的"余笑"。

褚年的情绪渐渐平复下来，他掏出手机，现在去不了赭阳，但他可以找更多的人帮忙。

"锦颜，褚年在赭阳出事了，我想问一下——"

"余笑怎么了？！"

原来她也早就知道了。这个念头在褚年的脑海里飞速闪过，下一秒，他快步走进卧室，关上了门："余笑在赭阳失踪快两天了，你认识的人多，有没有什么办法跟那边的警察局联系上？我现在赶不过去。"

"我想办法。"停了一下，傅锦颜又对褚年说，"其实我前天和余笑打了个电话，我还说有个办法可以试试让你们换回来，现在也没办法试了。褚年，要是余笑真有个三长两短，我一刀捅了你再自杀，大不了把钱都留给余笑的孩子，我得让你一起死！"

傅锦颜的迁怒凶残又无礼，但褚年听着，只是笑了一下："她是我老婆，我比谁都更想她活着。"

"你想让她活着？那你敢现在换回来吗？"

褚年的心里"咯噔"一下。

电话对面，傅锦颜自嘲地笑了一声："我说了也是白说，你们现在也离不了婚，哪怕离婚真能让你们换回来也没用啊！"

离婚？褚年没有拿手机的那只手张开又握紧。

电话挂了，傅锦颜忙着找人去了，只剩褚年站在卧室里，来来回回地走。

离婚就能换回来？

这样的想法，褚年从前也不是没有过，一个婚姻相爱指数的计算，如果婚姻不成立，那自然就不需要什么计分了。可是褚年最怕的就是离婚之后一无所有，即使有这样的猜测对他也毫无意义。

这个猜测，即使是现在也毫无意义……不对。褚年停下了脚步。他有离婚协议书！他有之前余笑签了名的离婚协议书！

褚年跑到书房，从余笑从前的日记里拿出那两张纸，吞了一下口水——两张内容一样的协议书，一张签了"余笑"，一张签了"褚年"。可褚年根本顾不上里面的内容，看看签字的地方，再看看纸上写的"离婚协议书"几个字，他的手在抖。

"我图什么呀？我签了就是得替她死了。我……我爱余笑到这个份儿上了吗？我自己都刚活明白怎么就得去救人了？"他嘴里不停地说着，手却把两张纸紧紧地捏住了。

拿着两份离婚协议书走到客厅，褚年慢慢坐在沙发上，又打了个电话。

他先是打给余笑的妈妈："妈，等雨小一点儿，您来一趟吧……那什么，这些日子辛苦您了。"

褚年都不知道自己嘴里乱七八糟地说的什么，说完就结束了通话，又拨给傅锦颜："赫阳那边有消息吗？"

"暂时还没，天池和几家公司的人都在到处找，警察也抓得很紧。"

"傅锦颜，我决定试试你说的办法，我手里有她签了名的离婚协议书……要是……要是真成了，我没回来，你得告诉她，我褚年是豁了命把她换回来的。"

傅锦颜声音冰冷："你要是死了，我就告诉她是我骗你把合同签了，骗你去死的，我不会让她良心上受一点儿罪。"

"我就知道你一直恨不能我去死呢。"说完这句话，褚年笑了一下，"我不换了，有什么比我自己好好过更重要啊？没有！我死命往上爬，不是为了替别人去死的。"

再次结束通话，褚年看了一眼那个计分器，低下头，颤动的笔尖就要往纸上落。可他又猛地站起来，冲进婴儿房抱紧了孩子。

再出来，褚年又坐回到了沙发上。

"我图什么呢？"他问自己，然后在写好了"褚年"的那份协议书上写下了"余笑"两个字。

笔却没落在另一份"离婚协议书"上，而是落在手背，写了一行字："褚年永远爱余笑"。

"我就算真去死了，也得让你知道我是为了你，你得记我一辈子。你以为没了我你就能好好过日子了？想都别想！"得意的笑容挂在脸上，笔尖毫不停滞地在那份协议书上签下了"褚年"，贴得特别近,恨不能把"余笑"揉进骨血里。

两份协议书摆在面前，褚年突然眼前一黑，睡了过去。

黑暗来临之前，他没有看见计分器上的分数跳了一下——闪电的光无比猛烈，笼罩着房间，墙上那一点儿微光的散去就像是人的眼前花了一下似的。

轰鸣的雷声仿佛近在咫尺，小褚褚张了张嘴，哭了出来。

过了一会儿，哄好了孩子的戚大姐从婴儿房出来，就看见仰躺在沙发上的女人慢慢睁开了眼睛。

昏昏沉沉，头痛欲裂，好像脑袋深处有什么东西炸开了一样。黑暗里，褚年发现自己连眼睛都睁不开，之后，感知慢慢恢复，痛觉也一点点蔓延到身上——四肢被捆绑了太久，从麻木变成了一种幻觉上的疼痛，已经断掉了似的，肋间也疼，呼吸间都是酷刑，偏偏嘴被什么东西封住了，想要辅助呼吸都做不到。

褚年想动，又忍住了。没什么不能忍的，宫口开了八指不也忍过去了吗？

"别怕，顺转剖都经历过的男人无所畏惧。哦对，我现在是男人。"黑暗和寂静中，他在心里自言自语。

褚年开始思考起余笑的处境，虽然身上到处疼，但是好像没有致命伤，这是被绑架了，还是……也不知道余笑回去了之后有没有吓一跳。

发现自己又想偏了，褚年赶紧把心思顺了过来。就看这包着的样子，也不知道余笑知不知道他是被绑在了哪儿，能不能快点儿把他给救了。余笑现在干吗呢？看着那行字哭了没？不对，怎么又想那儿去了……

时间一点一滴地过，可能是过了几分钟，也可能是过了一年，褚年觉得整个人都快要被掏空了。

一无所知的处境里，他终于放任自己去想余笑和孩子。明年过年的时候小褚褚一岁了，得给她穿个小红包似的棉袄，看她哒哒哒地跑……一岁应该会走了吧？没事儿，一岁不行，那两岁她也得穿。

脚步声传来的时候，褚年的神经猛地绷紧了。

"褚经理，渴了吧？我给你带了点儿水。"

褚年一动不动。

"褚经理？"

嘴上的东西被拿了下来，眼睛上的布条也被解开了，褚年眯着眼睛，看见面前一个蒙着脸的男人正半躬着腰，手里还有一瓶矿泉水。

见褚年还有气儿，那个男人的语气松快了很多："褚经理，他们几个都买了票，明天早上就要跑了，等他们走了，我就放了您，您再等等啊！"

褚年没说话，他的大脑正在飞速运转。

"您可说过的，要是我放了您，您就说是我把您找到的，还有那个钱……"

那个钱？什么钱？褚年神色不变，接话道："就按之前说的来。"

男人的脸上闪过喜色，又说："那……那房子？您说在开发区帮我申请一个铺面？"

"你放了我，什么都有。"

9

余笑在看表，已经是下午五点半，赭阳还没有传来任何消息。

"看来那个人是临时改了主意，不肯下午就放人了。"

低下头，看着纸上密密麻麻写的东西，再看一眼窗外倾盆的大雨，余笑叹了口气。她不知道绑了自己的人具体是谁，也不知道褚年现在究竟在哪里，手上这些线索细碎得像是噩梦的片段一样，别说警察了，就连她都不知道能有什么用。

戚大姐看着坐在书房里的余笑，她从醒过来就在写写画画，也不扔东西了，也不打电话了，也不非说自己要去了……虽然沉默也让人心里不安，可到底不会吓到孩子啊！

就在戚大姐不知道该说些什么的时候，余笑又拿起了手机："大姐，我要去一趟赭阳。"

刚刚好了不到两小时，怎么又疯了？

"飞机都飞不了，火车也没了，余笑啊……"

"省城没有下雨，我买了晚上十点的机票，坐高铁去省城，票也买好了。"

戚大姐瞪大了眼睛："余笑？你……"

"我得去赭阳。"余笑重复了一遍，然后进了卧室，换了一套便于行动的衣服，半长的头发也被她扎成了利落的辫子。

看了一眼镜子里的自己，余笑愣了一下，纤白的手指点了点镜面，说："好久不见。"

好久不见，这个真实又完整的我。

路上有积水，余笑没有选择开车，而是上了公交车。在去火车站的这段路上，她给自己留的时间还算充裕。

这样的雨天，没几个人愿意出门，坐在空荡荡的车上，鞋都是湿的，余笑还在写写画画。

公交车在靠近高铁站的路口停下了，再过七站才能真正到高铁站，但余笑下了车，一边往高铁站的方向走，一边伸出手拦车。

雨夜里清瘦的女人像是会被雨水埋掉的一抹影子，有人为她停下了车，恰好也是要去坐高铁的。

车上，坐在后座的小孩子对余笑说："阿姨，你的嘴唇好白啊！"

余笑笑着对他说："新唇膏的颜色是不是特别帅？"六月的阴雨和凉风，她还是有些撑不住。

小孩儿愣了一下，瞪大眼睛说："哇！帅！"

谢过车主，坚持留下车费后才下车，余笑还有空余时间去吃点儿东西。她买了一杯热饮和一个汉堡，本来还想加两对鸡翅、一包薯条，想起来现在不是那个有点儿能吃的男人了，余笑挑了一下眉头。

"回来就得去撸铁啊，要是一开始受不了，先坚持半个月的椭圆机有氧吧。"

顺便给自己做了一个健身规划，余笑坐在火车上，看着写下的笔记，凌乱

249

的细节里裹着痛和血，她要从里面找点儿有用的东西出来。

那些人袭击和绑架的手段很粗糙，一开始甚至没给"他"蒙眼睛，只拿个黑色塑料袋套在头上，后来怕"他"闷死，又简单粗暴地把塑料袋扯了个口子。绑架自然是要勒索的，可是那些人很快就发现他们弄丢了"褚年"的手机，连个勒索的途径都没有。那些人因此发生了分歧，于是余笑忍着痛跟其中一人达成了放人协议。

一个人哪怕是在极端的困境里，也不能完全退让到让对方觉得自己占尽优势的地步。余笑现在深谙这点，所以哪怕很艰难，她还是咬紧了条件，让对方今天下午趁机放了自己。

然后她就换了回来。

到现在都没有消息，可见事情确实出了变化。褚年不清楚情况，可能把她之前掌握的那点儿主动权又让出去了。

"我得找到人帮我。"

余笑先联系了牛姐，请牛姐送她去机场，然后对莫北提出了语音通话的邀请："小莫，我有个事情想让你帮忙。"她给莫北发过去一个账号和密码，"你用这个账号登录公司的内部通信软件，给池董事长发一条消息，说我是褚年的妻子，正在赶往赭阳，需要他的帮助。"

莫北照做了，然后想安慰余笑，却不知道该说什么。随着时间的推移，经理遭遇不测的概率越来越高，她都已经觉得快要精神崩溃了。

五分钟后，莫北告诉余笑："嫂子，董事长那边目前是离线状态，他现在应该在赭阳，我联系了他的秘书。"

联系秘书还是隔了一层，能得到确切回复的时间就更不确定了。余笑揉了揉额头，还有谁呢？

突然，余笑的手指僵住了。她没有记住董事长的电话，可她记住了另一个人的电话，通过她联系董事长应该比通过秘书快多了。

"喂？"

电话响了两声就被接了起来，女人的声音一如大半年前那么轻快悦耳。

"您好，我……"余笑极快地组织语言，"可能您不记得了，之前您给天池集团的一个小员工打过电话，我是——"

对面的女人愣了一下："您好，我还记得。"

"我现在有急事想要联系池董事长，可是——"

再一次，没有等余笑把话说完，电话另一边的年轻女人就说："好啊，我马上发给你，我也会马上打电话给他，让他留意你的电话，不用担心，会好的。"

余笑的脸上挂着自己都不知道的笑容："谢谢您。"

这时火车驶入了省城，有年轻人说："好几天了，总算看见月亮了。"

挂了电话，她忍不住也抬起头，看了一眼月亮。

月亮？！

余笑低下头，看向自己写的东西，她被人抬着的时候，透过塑料袋，依稀看见前面那个人的头顶正是月亮。前天是……她查了一下农历时间，前天正是农历十九。

月亮是晚上九点升起，那么九点半到十点，月亮的方向是哪里？所以，那些人是先往月亮所在的方向走了。然后呢？然后她彻底晕了过去。可她确定那些人走出了停车场，并没有上车。按照逻辑，他们绑架她之后应该直接上车才对，而不是抬着她。如此推断，他们现在关押褚年的地方应该是距离停车场不远但是又足够隐蔽的地方。停车场往南是东林城中村，往北是大市场，而月亮的方向是东偏南……东……

拿起电话，余笑深吸了一口气："喂，您好，池董事长，我是……褚年应该提过，我是常山赵子龙。褚年现在应该是被关在了东林城中村以东那片拆迁后废村的地下菜窖里。此外，有个绑匪的肚子被褚年踹伤了，我怀疑他是城中村姓黄且有长期外出打工经验的一个四十岁左右的男性，身高一米七五，上臂粗壮，之前参与过东林大市场分配时的闹事事件。这样的人如果划定范围应该是在十五六个人之中，您可以从莫北的手里拿到名单。"

电话那边安静了两秒。

"你是赵子龙？"

"我是，我叫余笑。"

10

"你不要担心，现在监控到处都是，警察可厉害着呢，最重要的是你要兼顾自己的身体，上了飞机之后无论如何得睡上一觉，知道吗？"开着车，牛姐叮嘱坐在后座上的余笑。

"好的牛姐，我知道的。"

余笑透过后视镜看着牛姐，都已经是深夜了，可"余笑"一个电话她就出来了……

这一场交换，褚年其实也遇到了很好的人，跟她一样。

车子停在了省城机场的进站口，余笑下车，对牛姐弯腰鞠了一躬："辛苦您了。"

牛姐看着她，笑了一下也下了车："看出来你是急慌了，要是以前啊，一路上不知道得娇气多少次。给，包里是给你准备的东西，好好吃好好睡，有需要帮忙的就尽管开口。"

牛姐递过来的包是个中号的女士包，拿在手里颇沉。余笑拎着包，还没来得及道谢，就看见牛姐以与身材不符的敏捷钻回了车里，转眼就只留下了一缕尾气。

她心有所悟地打开包，里面整整齐齐摆着十沓现金。余笑揉了揉鼻子，又把包关上了。她找到牛姐的时候已经是晚上，银行早就关门了，ATM 机一张卡限额两万，也不知道牛姐跑了多少银行才凑了这十万块钱。

"褚年啊褚年，你也是走了狗屎运。"

挎起包，余笑去办登机手续了。

11

又被关了很久很久，除了朽烂的气味之外，身边什么都没有。再次听见动静的时候，褚年的神经无意识地跳了一下。

饥饿，疲惫，干渴……幸好没有想上厕所，因为之前那个人在的时候，就用他喝完的矿泉水瓶帮着解决了一下。

褚年觉得意志快被消磨干净了——余笑和孩子能让他暂时忘了痛苦，可痛苦还是真实存在的。余笑啊余笑，如果再来一次，我可真做不到这个份儿上了！

"褚经理？褚经理？你能听见吗？"

是那个要放了自己的人？褚年有些不敢确定。被关在这儿这么久，他想明白了一件事，除了那个人之外，没有人来看自己，并不是因为那些人要不到钱，而是因为那些人……就想让他在这里被活活困死。他们是想杀了他的。

想明白了这一点，褚年后悔之前没有逼着那个男人直接放了他。月黑风高夜，杀人放火时，到了晚上，危险系数比之前高了太多。就像现在，这个人到底是要放了自己还是要杀了自己？

褚年一动不动，只等着那个人缓缓靠近。

"哥，他没动静，饿了渴了两天了，又被这么绑着，八成是晕乎了。"

那个人说完这句话，隔着墙又传来一个人的脚步声。

褚年心里一惊，是两个人，而且这两个人都不是要放他走的人。

那两个人都进了这里之后，开始小声地交谈起来——

"那些警察也不知道查到哪儿了，怎么老六他们还没回来？"

"他们刚刚问你买车票的事儿了？"

"问了。哥，怎么办？咱们现在就走吧，去火车站，扒一辆车赶紧走，要不咱们就去大西边儿的矿上，秀娟婶儿的弟弟老洪在那儿开车，咱们跟着车走。"

"走之前先给这小子来两刀，太晦气了，钱没赚到，咱们还得跑路。"

来两刀？褚年心里一凉。

"不能慌。"他对自己说，"还有办法，一定还有办法。"

"呜呜呜——"他像个虾子一样猛地弹了一下，嘴里被塞着东西，可还是发出了可怕的怪叫声。

两个人被他吓了一跳，一个人连忙按住他，另一个人卡着他的脖子："这小子什么时候醒的？"

褚年极力表达想要说话的意思，有个人把他嘴上封着的东西拿了下来。

"我……我有一笔钱，就藏在赭阳，你们别杀我，我把钱给你们。"

一个人给了褚年一个耳光："放屁，我们都问了，银行都有监控，我们去拿你的钱，警察直接就能把我们给抓了！"

"不是，那笔钱我也不敢放在银行，是换了金条藏起来了，你们拿着那笔钱，放了我，好不好？"眼睛被死死地蒙着，褚年用干涩的嘴编了一个"贪污了赃款藏在某个地方的墙里"的故事。至于藏钱的地方，他对赭阳的建筑一无所知，唯一知道的就是余笑心心念念的培训中心。

从他们粗重的呼吸声里，褚年能听出来，他们已经被"一箱子黄金"的说法迷了心。

"哥，反正也不远，咱们就去拿了，回来让他把箱子打开。"

"回来？"另一个人笑了一下，"回来干吗？现在就让他把密码交代了，不然捅死他！"

挨了几拳，褚年冷笑："说不说都是死，我凭什么送你们发财？我告诉你们，没有我的密码，那个箱子你们可一辈子都打不开！"

两个人把褚年的嘴又封上，一起去拿金子了。

褚年松了一口气，心里暗想，现在到处都有人在找自己，他们俩去挖墙，说不定就会被人盯上。不管怎么样，他又有了机会。褚年开始活动腿，刚刚那顿挣扎厮打，他脚上的绳子松了。

就在脚上绳子快要解开的时候，褚年又听见了一阵脚步声。

好多人！

"就是这儿吗？"又是陌生的声音。

"褚经理？！"

一群人围了过来，褚年眼睛上和嘴上的东西都被撤下。

"总算找到了！快，快打120！"

我……这就得救了？褚年猛眨着有些缺血的眼皮，看见面前的警察，一口气松大了，直接昏了过去。

12

凌晨，飞机落地，余笑刚下飞机就看见有人举着写有她名字的牌子。

"余女士，请走这边VIP通道。"

不用想也知道是天池帮她这个受害者家属准备的。

坐进专门安排的车里，余笑愣了一下："池董事长？"

池谨文坐在副驾驶的位置上，对余笑说："我是来表达天池的歉意和诚意的，没想到余女士居然认识我。"他叹了一口气，"一个半小时之前，褚经理被救出来了，确实是在东林东边废村，不过不是菜窖，是当地人几十年前用来当粮仓的窑洞。说来也是巧，褚经理骗两个犯罪分子从里面出来，正好被去那里的警察和我们的人看见。至于余女士之前说的那个人，我们也找到了，具体情况警方会给你说清楚。"

听见褚年被找到了，余笑整个晚上都绷着的神经终于松了下来："谢谢您付出了这么多的人力物力，池董事长。"

"不用谢……"池谨文的语气有些踌躇，"现在褚经理在医院接受检查，所有费用由天池承担……我要跟您说的是……"

余笑的眉头已经皱了起来。瘫了？腿断了？脸毁了？

"褚经理好像失忆了，他不认识我，也不认识之前一直合作的江法务、李

255

主任……他过去一年一半的时间都在赭阳，现在来看他的人他都认不出来。医生给他做了脑部 CT 检查，认为可能是后脑受到重击导致的。"说话的时候，池谨文的表情很凝重，仿佛受伤失忆的人不仅是他的下属，也是他的朋友。

医院到了，余笑下了车。

池谨文看见她把一个黑色的女士包落在了车上，替她拿了起来，跟着她快步走进了医院。

病床上，褚年半死不活地躺着，看见余笑的一瞬间眼睛亮了："余笑！"

风尘仆仆的女人走到病床前仔仔细细地看了一遍，问："脸是怎么回事？"

"今天刚挨的揍，新鲜的。"

"还有别的伤吗？"

"肋骨断了，头挨了几下，后背和手臂上说是有擦伤，不过都结痂了。"看着余笑，褚年忍不住笑了，"我就知道你能把我给救出来。"

和过去一年中他很多次身处困境的时候一样，一直是她，不爱他、应该恨他的她。

余笑松了一口气，说："我什么都没做，是警察把你救出来的。"

褚年费力地点点头："嗯！你说的都对！"

池谨文站在门口，身上挎着一个女士皮包，看着病房里的那对夫妻。

江今站在他身后说："没想到褚经理跟爱人相处的时候是这个样子，好像是在撒娇吧？倒是褚经理的爱人，明明今天第一次见，可看她在前面走的样子，好像有点儿眼熟。"

池谨文微微地点了点头："真是，莫名的熟悉感……莫名的熟悉感。"他重复了两遍，好像是两种不同的意思。

警察的事情交给警察，律师的事情交给律师，医生的事情交给医生。褚年累了，虽然很舍不得余笑，可他身上不过是皮外伤，就让余笑去酒店休息。

看着余笑从病房门口离开的背影，褚年忽然笑了一下。

筋疲力尽的两个人休整了一夜，第二天才是真正面对再次互换后的残局。

"我失忆了，过去一年的事情我都想不起来了。"

刚走到病房门口，余笑就听见褚年理直气壮地对医生这么说。

不只对医生，面对来看望他的其他人，褚年也这么说。

"可是经理，新港那边，您真的不记得了吗？"莫北捂着嘴，一脸震惊。

褚年看着她，表情不屑地说："什么新港？我还想问呢，这是哪儿？池新的项目怎么做到赭阳来了？我不是还要升职副经理吗，怎么就被绑到这儿了？再说了，你不就是个小文员吗，怎么轮到你跟我谈项目了？"

站在一旁的余笑抬起头盯着褚年。

褚年回看她，笑了一下，继续对同事们说："我不知道什么项目，我什么都不记得了，你们去找记得的人解决吧！"

莫北脸上的难过根本遮掩不住。褚年之于她又何止是上司那么简单？

年轻的姑娘离开了病房，褚年歪头对余笑说："你还不快去？"

——去干什么？

——去拿回你自己的东西。

两个人眼神交汇，余笑转身也离开了病房。

只剩褚年躺在床上，对着空荡荡的天花板说："你完了，换回来了你更完蛋了，你还是舍不得霸占一点儿属于她的东西。爱真不是个好东西。"

安慰了莫北，又把新港项目计划中需要捋顺的地方解决掉，余笑顶着莫北疑惑的目光往回走。

楼梯间里，她再次遇到了池谨文。

"池董事长，谢谢您，昨天我是真忘了我还有个包。"

池谨文点点头，说："余女士你太客气了。"

一个在楼梯上，一个在楼梯下，余笑微微侧过身子，等池谨文先下去。池谨文也做了同样的动作。看着楼梯中间空出来的地方，两个人都笑了。

"池董事长，您先请吧，我不太习惯女士优先。"

257

高大的男人下了一级台阶，又下了一级台阶，然后停住了："余女士，现在褚经理的状态不好，有些事情只能由你这个家属代劳……根据那些人的交代，他们之所以会绑架褚经理，是因为有人跟他们说，是褚经理阻挠了他们要求东林市场商铺重新分配的要求。出事那天晚上，一位商铺业主对褚经理说的话也让他们确信了这个消息。不过后来警察调查了一下，发现那个业主跟褚经理说的完全是另一件事。"

想起肉饼店女老板对自己喊"事情成了，以后你来吃饭不要钱"，余笑苦笑了一下。可见她确实是没有吃白食的命啊！

池谨文的话还没说完，他越过余笑的肩膀看向窗外，说："一开始透露消息给他们的人，正是想要跟我们竞争东林另一块地的竞争对手，褚经理之前应该知道他们的老板，姓吴。"

余笑的眉毛挑了一下，手指轻动。

池谨文问："这一点儿信息并不能让警方对那些隐在幕后的人做什么。你说，作为天池的掌舵人，我该怎么为我的得力干将报仇呢？"

空空的医院走廊里，响起了女人清浅柔和的声音："做一枚十二面的骰子送给那位吴先生，您觉得怎么样？"

"骰子上应该写什么呢？"

"您不是都知道吗？"

轻笑声像是初出茧的蝶，盘旋在医院的楼梯间里。

13

病房里，褚年正在跟孩子视频："想爸爸了吗？爸爸过两天就回去啦！"

余笑走进病房，在一边坐下，并不想打扰他。

见褚年结束了通话，余笑把切成了小块儿的苹果递给他："谢谢。"

"不客气。"

房间里一时只剩赭阳苹果特有的馥郁香气。

苹果吃了一半，褚年歪过头去问余笑："你就没有什么想问我的？"

余笑抬起头看他："我知道你是想把我推到天池。虽然不知道你的办法是不是有用，但还是谢谢你。"

褚年眨了眨眼，过了两秒，又问："你就没别的想跟我说了？"

半长的发被洗过了，柔软地披在余笑的肩头，运动服换成了简单的 T 恤和牛仔裤，应该是天池的人为她准备的。褚年一眼就察觉到她和自己照镜子时候看见的"余笑"有多么的不同，甚至和他从前认识的那个余笑也有太多的不同——腰和背是那么的直，脸上是常有的浅笑，却令人觉得那笑容并不意味着柔软和退让。

"余笑，你知道吗？经历这么一场变化之后，我发现你是个绝对不肯回头的人，以前你不是这样的。"

"当我发现我每次回头都只会让自己更不堪，我就只能逼着自己一直往前走。"

褚年不喜欢这句话，这让他觉得余笑什么都知道，但就是要把一切都舍下。

余笑没理会褚年的脸色变化，慢慢把话说完："有时候也会觉得，只要自己拿出头破血流都不放弃的决心，面前的路就没有自己想象中难走了。"

褚年听完，哼哼着笑了一声说："你这话可以写进课本里了。"

余笑一想，也笑了。

她也知道，这样的心态让她的性格发生了很大的变化，沉默成了包裹岩浆的山石，所有的爆发都是突然的，在那之前，她仿佛已经懒得表现情感的起伏。可这有什么关系呢？从崩塌到反思到重建，她的路得一步一步走完。过去，她靠着闭上眼睛、捂住耳朵、封掉喉咙活着，以后她会靠着属于自己的力量活着。她曾经很想讨全世界人喜欢，并因此惧怕这个世界。但不管她成为一个什么样的人，总会有人不喜欢，只要她的声音能被人听见，只要她能做自己想做的事情就好。

"褚年，等你伤好了，我们就正式离婚吧。"

褚年怪叫了一声："我还是个伤员，你这是干什么？病床前面逼丈夫离婚吗？"

余笑表情平静："没办法，我太了解你了，再拖几天，你又会找别的理由拖下去，还是直截了当比较好。"

褚年沉默了好一会儿，说："好。"

这次惊讶的人轮到了余笑。

褚年看着她，眼睛里是如旧的精明："我算了一笔账，我要是不答应离婚，咱们俩的感情也就是这么回事儿了，就是你不见我，我见不着你，干耗着，谁都赢不了。我答应离婚，你也得答应我的条件。"

余笑露出了微笑，这才是她熟悉的褚年。

"第一，孩子归你，但是孩子还小，我估计你以后会到处跑，孩子总不能一直跟着，你爸那边我不放心，所以孩子得我们两个一起养，直到她上幼儿园。每个月至少十天，我可以去看她，也可以照顾她。"

"可以。"余笑答应了，至少现在，她相信褚年是真心想成为一个好父亲，也会往这个方向努力。

"第二，财产分配方面，别的都好说，牛姐工作室的股份你得给我。"

余笑看着褚年："你是立志要在家装设计行业生根了？"

褚年叹了一口气："毕竟好的职位好找，好的老板不好找啊！我在池新待了三年，谁会听见我家人一出事就给我十万块钱呢？"

牛姐、韩大姐和她家的小姑娘，还有傻乎乎的小玉，想起她们，褚年就又想叹气了。这些队友不太好带啊！

"好，我不光答应你，之前我有两笔奖金，连着我们从前的换房资金我都给你。"

"给我？"

"让你拿去投牛姐的工作室。"

"算是对我离开天池的补偿？"

余笑没说话。

褚年觉得有两个意思，一个是默认，一个是觉得他的问题傻到不需要回答。

他慢慢坐了起来："还有第三个条件。"他看着女人的脸庞，片刻都不愿意离开，"三年，三年后你要是觉得我这个人还行，能不能再给我一次机会，让我重新追你？"

余笑回视褚年的眼睛，在那双眼睛里，她此刻什么都能看得清，比如她自己平静的目光："褚年，没有人知道自己三年后是什么样子，我没办法替未来的自己答应你。"就像她也不可能替过去的自己原谅他。

男人脸上的笑容有瞬间的僵硬，然后，他还是笑着说："那就算了，就当这一条没有吧，反正我已经学乖了，知道和你僵持下去最后还是我妥协。"

余笑轻声说："谢谢你。"

放松身体躺回到床上，肋骨的痛让褚年有片刻的窒息，可他强忍了下来。他语气轻快地对余笑说："这样，我们就谈妥了。"

余笑点了点头。

褚年仰起头，看着天花板："余笑，七年前我喜欢你，是真情实意的。"

"我信。"

可是真情实意来去如风，他没守住，她也没守住。

"那时候我跟你求婚，说我这辈子想到最浪漫的事情，是每天醒过来都能看见枕边有你，也是真心实意的。"

"我信。"

只是誓言从来只有达成和打破两条路，生活中却有太多的选择，它们统统通向后者。

"要是搁一年多前，我也不会想到我能这么心平气和地跟你离婚。"

"可见这一年里，我们都变了很多。"

褚年沉默。

余笑的声音回响在单人病房里："褚年，七年前我喜欢你，三年前我还是喜欢你，一年前，在交换之前，扪心自问，我可能没那么喜欢你了，但是每到那个时候，我就会闭上眼睛睡一觉，假装那份爱还在。我曾经以为一个游戏能让我找回我的婚姻失去的味道，可后来我找到了太多东西，唯独把自我欺骗的能力丢了。"

手机响了，是警方联系余笑，她转身走出了病房。

又过了一会儿，一个护工走了进来："褚先生，您夫人已经走了，我看着她走的。"

褚年动也不动，声音很轻地问："你看见了吗？"

护工茫然。

褚年又重复了一遍："我让你在外面待着，不就是让你看她离开的时候是什么表情吗？你看见她的表情了吗？"

"我看见了。"护工大概第一次赚这种外快，声音干巴巴地说，"她离开病房时，脸上是笑着的。"

一定是那样的，步履沉稳，眉目带笑，让男人一想就知道，和她的名字一样。

"是吗？是笑着的呀？"褚年费力地抬起一条手臂，慢慢挡住眼睛，仿佛医院天花板的白刺痛了那里。

"我学会了！我明明学会了！我怎么还是输了？！"

奇怪的质问，到了最后成了两声无解的呜咽。

（全文完）

番外一

赞美的星星

1

变故发生的时候，萧清荷女士正在叠衣服，一眨眼，手里的衣服就变成了报纸——天池集团成功拿下远山城整体建筑优化项目，几十年来首次入蜀。

萧女士眨了眨眼睛，衣服上有字了？

不，是人变了。

卧室里传来一声大喊："我这是怎么了？"

萧清荷站起来，看见自己的身体从里屋冲了出来，问她："……你是谁？！"

萧清荷比对方冷静多了，问："老余？"

结婚三十五年的老夫老妻了，也不知道是干了啥，经历了这么一遭，两人身体互换了——身材瘦高、微微驼背、头发梳得一丝不苟的五十八岁余尚敬和个子娇小、衣着整齐、一头齐耳短发的五十七岁萧清荷互换了身体。

客厅里的茶几上多了一个小巧的玻璃瓶，下面压着一张说明书："欢迎参加增进夫妻感情的小游戏，只要夫妻二人能够将对对方的赞美装满这个许愿瓶，就可以换回身体。"

研究了一下这张说明书，余尚敬先开口说："那个，你干活真干净。"

264

玻璃瓶里多了一颗仿佛水晶似的星星。

哎？居然真的可以装进去"赞美"吗？余尚敬的眼前一亮，又说："你……你洗衣服真干净。"

说完他就盯着玻璃瓶，好一会儿，里面都没有变化。

萧清荷翻了个白眼儿，慢悠悠地说："要是真这么简单，你把我这些年做过的菜一个一个数着夸过来，咱们俩今天就能换回来。"

余尚敬还真试了试，结果并没有变化。

他抬头，看着自己的"身体"在打哈欠，说："那个，你是不是也该夸夸我了？"

萧清荷笑了，看着"丈夫"说："我夸你啥？你有什么好夸的？"

"哎？你夸我做菜好吃呀！"

"你一共才做了几次饭？我早就不记得了。"

"哎？你怎么能这样？你不能这样啊，你得把积极性调动起来。老伴儿？老萧？清荷？"

萧清荷不理他，走进卧室，照了照镜子。

"这一把老骨头，他还挺稀罕！"说完，她笑了。

2

妻子一直说自己有点儿老花了，之前余尚敬并不放在心上，现在老花的人变成了他自己……

他在床头摸了一圈儿，没找到老花镜，忍不住对萧清荷说："你眼睛看不清楚你不知道？怎么连副眼镜都不配？"

萧清荷不理他。

这时，属于余尚敬的电话响了，她接了起来。

"老余啊，今天出来钓鱼啊！老莫弄了些新饵，丰成湖里咱试去？"

一旁的余尚敬顾不上抱怨了，连忙说："干吗？你要出门？"

265

萧清荷走到房门口，从鞋柜上面拿出余尚敬的钓鱼设备。

余尚敬跟在后面："哎哎哎，不行啊，你怎么能走呢？咱俩得赶紧想办法换回来。还有，你到底配没配老花镜啊？你这样我看报纸可真费劲。"

萧清荷转过身，不耐烦地看着余尚敬，说："现在你是萧清荷，每天扫地做饭洗衣服；我是余尚敬，出门钓鱼下棋看报纸，知道了吗？我就一副七十块钱的老花镜，让我放办公室了，你就用放大镜看报纸呗，之前谁来了你不都是像模像样地拿着你那个紫檀边儿的放大镜在报纸上比画吗？"

余尚敬不干，拉着萧清荷的手臂不让她走："你别闹了，你会钓鱼吗？你拿东西出去再给我折了鱼竿怎么办？清荷啊，咱俩赶紧换回来，你听我的，咱们现在这个状态是不对的、不正常的，知道吗？"

萧清荷的回答是抓起装鱼竿的袋子："你爱知道什么知道去吧，我得走了。"

"不能走！"

看着对方和自己在这儿纠缠，萧清荷掏出属于余尚敬的手机打了个电话出去："喂，老姜，我家那口子不让我出去……要不你跟她说说？"

手机被放在耳边，余尚敬听见多年的老伙计说："嫂子，您就别闹我哥了，我们就是出去钓个鱼，也就是个爱好，您也别管得太紧了！"

我我我？！你你你？！

萧清荷用口型对他说："要不你告诉他你是谁。"

余尚敬抓着的手到底松开了。看着萧清荷关门走了，他站在玄关处，一阵气闷。

过了几分钟，他走到茶几旁边，拿起那个玻璃瓶："萧清荷做事儿很仔细。"

瓶子里又多了一颗星星。

"萧清荷做事儿很认真！"

瓶子里的星星没变化。

"她年轻的时候长得还挺好看。"

瓶子里的星星依然没变化。

266

怎么，还得我夸她现在好看才行？站在客厅里的中年"女人"面无表情地运气。

3

萧清荷因为常年在讲台上工作，腿部有严重的静脉曲张，站得久了，腿就会格外酸，尤其是左腿，后来伤过脚踝，问题就更严重了。

扶着发酸的腿慢慢坐在窗台的摇椅上，余尚敬发现本来很舒适的位置对现在的他来说实在有些大了。五分钟后，他费劲儿地从摇椅里面挣扎出来，坐在了客厅沙发上。

瓶子里的小星星已经有十几颗了，他实在想不出更多的了。

"你到底是怎么一个东西呢？什么游戏啊？什么设计原理啊？你这个设计不行，知道吗？太差了！"

玻璃瓶沉默。

批判了一会儿这个游戏的"设计缺陷"，余尚敬活动了一下腰："她身体是真不好啊，天天那个广场舞也不知道跳了个什么，不科学，不健康，不养生。"

电话突然响了，余尚敬反应了一会儿才想起来那是属于老伴儿的手机。

"喂？"

"嫂子，今天我家那口子不回来，我就上你家蹭饭吃去了啊！"是老姜的声音。

余尚敬打了个哆嗦，从前老姜这么跟他老婆说话，他觉得是兄弟没把自己当外人，现在他成了被人通知一句就拉倒的，余尚敬觉得这个兄弟可能在为人处世上是缺了一点儿——这是啥态度啊？让他来了吗？

"你多做两个菜，我在这儿买了虾，回去炸炸就是一个菜了，你在家再做两个肉菜，炒个小白菜，再拌个凉菜。"

做菜？我还得给你做菜？你不想着换回来，在外面胡闹了一圈儿，现在还胡闹到家里来了？！

电话那边的人又说："嫂子，今天我哥还夸你贤惠呢！"

余尚敬一只手叉着腰，另一只手拿着已经被挂断的手机。一分钟后，他走进了厨房，穿起了围裙。

"贤惠是吧？！"

整条街最有厨艺天赋的男人发现家里没有黄瓜，开始扒起了白菜心。白菜心拌海蜇就是一个菜，炒小白菜就不做了，厚油菜和香菇一起做个香菇扒油菜。至于两个肉菜，余尚敬蒸了只鸡，又开始切肉片想做回锅肉。

萧清荷带着余尚敬的老哥们儿回来，一进屋就闻到了饭菜的香味。餐桌上已经摆了三个菜，一看就色香味俱全。

"哎？余老哥，我看嫂子今天是不想咱们喝酒了，连炒菜都先上桌了。"

萧清荷放好了鱼竿，又把买来的河虾送到厨房。看着余尚敬起了油锅要炒肉，她说："你学我也学得太不像了，人还没回来，菜先炒好了，我以前做饭是这个样子吗？"

以前的萧清荷做饭待客是什么样的呢？先准备好冷盘，再备了热菜的原料，等客人们都入座了，再一样一样地该炒的炒该烧的烧。等萧清荷忙完了，大家的饭也吃完了。这当然不叫"女人不上桌"，不是什么陋习，不过是勤劳能干的女人们有了一个尽情展示自己的机会罢了。

余尚敬回头看了萧清荷一眼，皱着眉头说："你到底想干什么？"

"我没想干什么，就试试当个男人什么滋味儿。"说着话，萧清荷拿起放在一边的盘子，将切好、煮好的带肥猪臀尖肉滑进了锅里。

客厅里传来老姜的声音："哥，咱俩就简单吃点儿，你让嫂子少做两个菜，赶紧出来，咱们喝酒啦！"

萧清荷笑了一下，问余尚敬："怎么样，开心吗？"

开心才怪！

几分钟后，余尚敬端着炒好的回锅肉上了桌，刚想坐下先吃两口，就听见他兄弟老姜说："嫂子，这个油菜凉了，麻烦您再给热热？"

端着香菇扒油菜回了厨房，余尚敬听到老姜盛赞他做的菜好吃："余老哥，你可真是好福气，嫂子做饭越来越好吃了！"

萧清荷也不客气："喜欢吃你就常来。"

"这可是你说的，我媳妇儿得出去三天呢，这三天我就不客气了！"

身体累，心也累，堆着的碗盘没刷，余尚敬一瘸一拐地往沙发上坐。

"老姜这个人太把自己当回事儿了，还想天天来让我做饭？他跟我也不过是一起钓了几年鱼的交情。"

萧清荷轻轻啜了一口茶，说："兄弟交情可不是靠着年份来算的，志同道合就是朋友，朋友交往就得热情一点儿，别那么小家子气。"

余尚敬挪了一下腰说："我怎么觉得你这个话有点儿耳熟？"

"是啊，你说过的。"萧清荷觉得茶真好喝。

余尚敬觉得这一天过得特别累，心累，于是他决定早点儿睡。

睡觉之前，他突然开心了："你说你现在是余尚敬，那你去书房睡吧，我从前钓了鱼回来，还让老姜来家里吃饭，你可都是一直把我闹到去睡书房才算的。"

萧清荷看看他："行，那咱们一步一步走流程，你闹吧。"

余尚敬："……"

"闹啊！快点儿，我今天钓鱼还挺累的，也不知道钓鱼有什么好玩儿的，一群男人坐在河边跟参禅似的，又晒又干。"

余尚敬火了："我闹什么？你以为我跟你似的？"

一句话，让萧清荷的表情又淡下来了。她就坐在余尚敬平时喝茶看报的地方，抓了一枚象棋的棋子在手里玩儿。

然后她低下头，开始看今天的报纸，巧了，正是她变成余尚敬之后正在看的那张："嘿，原来笑笑的项目已经推到蜀地去了？这可真是好事儿，原来她是项目有了这么大进展才把孩子接去的，也不知道什么时候送回来上幼儿园。"

萧清荷显然是在自言自语，并不是在跟某个人对话。某个人坐在沙发上，

269

对着电视气哼哼的。

"笑笑的户口过两年就转京城去了，到时候小褚褚肯定是跟着去京城上学吧？去了京城好，考学容易，到时候读个清华北大。"

余尚敬皱着眉头，终于忍不住说："你不要总说这些，现在外面笑笑的名声已经不太好了……"

萧清荷抬起了头："什么名声？就在你们那一圈儿设计院老不死的嘴里的名声？我女儿堂堂正正工作，挺直了腰板子挣钱，怎么就名声不好了？再说了，你们那帮人嘴里传的的名声算个屁！"

"啪"，余尚敬把手里拿着的玻璃瓶重重地放在桌子上："你在胡说八道些什么？我不是为了孩子好我会说这些？她前脚沾了褚年的光进了天池总公司，后脚就跟褚年离婚了，到最后是褚年离开了天池，这算什么事儿？"

"这算好事儿！"萧清荷的声音猛地提高，把余尚敬吓了一跳。

可接着，萧清荷的声音就低了下来，但话里的分量越发地沉了："你以为进了天池是褚年的本事？这都两年半了，你女儿什么样儿你看不出来？我告诉你余尚敬，从前是我傻，现在我想明白了，我不管外人说什么，你是余笑的爸爸、我的丈夫，这日子能过，你就拿出个当人爸爸、当人老公的样子出来，别人再敢当着你的面说，你一个大耳光子打上去；要不这日子就不过了，我去找笑笑，正好帮她带孩子，你一个人就留这儿自己过吧！"

余尚敬站了起来："哎？萧清荷，你在胡说些什么？我怎么了？我什么都没干！我说余笑两句都不行了？她是我女儿！算了，她是我女儿吗？我让她好好相夫教子，她呢？老公不要了，孩子不要了，全国到处跑，啊，还跟那个天池的董事长走那么近。前两天我去找老柳喝茶，人家那话怎么说的，池董事长对余笑是百分百的信任，还让我放心。你听听，一个男人对一个女人百分百的信任，这是好话吗？这里面什么意思你不知道吗？！"

萧清荷冷笑："一个男人对一个女人百分百的信任是不是好话，一个女人对一个男人百分百的信任那也是眼瞎！就跟我从前一样眼瞎！我算是看透了，余尚敬，我还以为从我脚伤之后你是变好了，敢情是我又瞎了！"

听老婆这么说，余尚敬皱着眉头，气儿都喘得急了："萧清荷你怎么回事儿，我是在跟你吵架吗？我是在跟你说余笑她现在这样不行，你怎么又转到我身上批斗我来了？"

萧清荷回呛："有区别吗？笑笑被人传这些糟心的话不就是因为有个两不靠的亲爹吗？这归根到底不就是我嫁了个根本不行的男人吗？"

"你说谁不行？"

"早晚一把六味地黄丸，天天尿尿都对不准的老男人了，他爱谁不行谁不行！"说完，萧清荷大步往书房走去。

余尚敬在她身后抻着头问："你干什么去？"

"你挺会闹，我让你闹烦了，我去睡书房！"

4

一大清早，余尚敬从卧室背着手出来，只觉得浑身不舒服，也不知道是气着了还是累着了。这种不舒服和他从前的腰酸还不太一样，毕竟那个可以吃六味地黄丸。

餐桌上空荡荡的，萧清荷顶着属于他的壳子在镜子前面照来照去。

"一大早的你干吗？"余尚敬问。

"我今天去设计院。"

早上的血压是不是有点儿高啊？余尚敬被萧清荷几个字顶得有些发昏："你去设计院干吗？"

萧清荷整理着衬衣的领子，嘴角带着笑："我正好去听听到底谁敢当着我的面说我女儿的坏话。我今天就拿着前年余笑给我买的手杖，谁敢说她不好，我就送他个脑瓜开瓢！"

足足三秒钟，余尚敬一个字都没挤出来，不是没话讲，是太多的话堵在了嗓子眼儿里，大脑程序有些运转不过来了："你疯了吧？人家干什么了……"

"人家妨碍我做爹了！现在我是余尚敬，我是余笑的亲爹，我就得担起当爹的责任！我倒要看看，两棍子下去，他们还敢不敢放那一臭三万里的闲屁！"

一巴掌拍在脑门儿上，余尚敬现在是真的怕了，他觉得今天是书生遇上兵，有理说不清了："好了，我错了，是我的错，行了吧？萧清荷，我错了，我不该这么说余笑，我不该一生气就把别人说余笑的闲话带回来，行了吧？咱们早饭还没吃呢，正经吃顿饭，该干什么干什么吧。"

萧清荷透过镜子斜看了他一眼，冷哼一声说："你以为你一句道歉还挺金贵？你说你错了我还得赶紧给你个台阶下？我那张脸是挺好看的，也不至于让你臭美到这个份儿上吧？"说话间，她已经走到了门口，手里还攥着那根手杖。

余尚敬一拍大腿，说："你说，你怎么样能不去打人？你说你的要求，我照做，我照做还不行吗？"

手上拿着一顶买了之后余尚敬从来都很嫌弃的绅士帽，萧清荷回过身，上下看着他，说："这样吧，你写份检讨，写得好，我就不去了。"

写检讨？！她以为我是她那些学生吗？她以为我是没做作业还是上课跟人说小话儿了？她以为我余尚敬是什么人？我这辈子什么时候干过这么丢人的事儿？！

"说吧，你想让我怎么写……"余尚敬一脸生无可恋，手上拿好了纸和笔。

"首先，你这封检讨信是写给笑笑的，你要深刻反思这些年来对余笑犯的错，从……从我怀她的时候开始写。"

余尚敬瞪大了眼睛，像看疯子一样地看着萧清荷。

萧清荷回瞪："看我干什么？写呀！"

夫妻互瞪的两秒钟过去，余尚敬用握笔的那只手的手背擦了一下脸："你还没吃早饭吧？我给你做点儿吧，疙瘩汤怎么样？再做个白菜饼。"

"疙瘩汤就算了，咱俩血糖都不低，你拌个蒜泥菠菜粉丝吧，夹在饼里也好吃。"

272

三十八分钟之后，早饭吃完了。

五十五分钟之后，前一天剩下的碗和今天早饭后的战场也被余尚敬打扫干净了。

他站在厨房门口不肯动。

"咳。"萧清荷清了清嗓子，"你到底写不写？你不写我就去了。"

目光一寸一寸地扫过那根手杖，余尚敬咬着后槽牙说："我写。"

"在妻子怀孕期间，我并没有尽到一个做丈夫的责任，虽然是因为当时通信条件的限制……"萧清荷站在余尚敬身后，看着他一个字一个字地写，嘴里还念，宛若最严厉的老师盯着八百年来最淘气的学生做作业，"我怀孕那么长时间你就发了三封电报回来，一封要钱，一封说你要回来了，只有一封最后说'珍重勿念'，'珍重'这俩字你是说给孩子的还是说给我的？"

"那……那我当时说给你跟说给孩子不是一样的吗？孩子又看不了电报。"

"是啊，孩子太小了，没长眼，瞎，就投了这个胎，当了咱俩的娃儿。"

余尚敬："……"

他不是没话说，不是不想怼回去，就是吧，萧清荷手里那根手杖就一直没放下。余大设计师心里有点儿虚，十天半个月没吃六味地黄丸那样的虚。

萧清荷抬了抬下巴，说："你接着写呀。"

余尚敬慢慢转了回去："在孩子刚出生不久，我回到了她的身边，却一心只忙事业，疏于对家庭的照料……"

"哒。"手杖敲在了写字台上。

"余尚敬，你是不是忘了你大哥要把笑笑带回老家的事儿了？哦，还有你那不知道什么辈分的堂哥，他从老家来一趟，我好吃好喝地供着，临走还给了两条烟，他呢，人走了，把我女儿的名字也拿走了。怎么这些事儿你不往上面写啊？"

"清……清荷，这些事情……这些事情……老家那些人那时候确实很封建愚昧，但是那个年代就那样，也……"

273

"那个年代还有一下海就赚了一大笔钱的呢，怎么你就没有呢？就那个时代，我家笑笑一点儿好都没捞着，你说是时代的错，还是你这个当爹的错？"

"清荷，你饿了吗？"

从早上写到中午时分，余尚敬才写到余笑十五岁那年。

几个小时里，余尚敬心神俱疲，几乎每写一行就要和妻子吵一架，陈年烂账翻起来都带着一股烂腌菜缸的酸味儿。

打，他这些年就没跟自己老婆动过手，现在换了身体再去动手，他那叫找打。骂……骂不过，从前两年开始，余尚敬就发现妻子变了，从前要么不说话，要么拉起高腔不成体统，现在呢，她不会像从前那样生闷气了，也不会突然大嗓门把人吓死了，可她的舌头、牙齿都成了刀子，冷不丁就能从人的身上剜下肉来。

这一上午，他简直就是个被压着写悔过书的囚犯！

看着满纸的"错"，他就算心里真的有些悔恨，被一股脑儿压上来，也都变成了浑身的虱子——反正这么多了，也不差被多咬几口。

"吃饭？"萧清荷看了一眼稿纸，说，"你这一半都没写到呢。"

余尚敬叹了口气："笑笑那年被人说早恋，我不是没说什么吗？倒是你，差点儿跟人家班主任打起来，还非要压着笑笑说她没早恋，有你这么给人当妈妈的吗，一点儿都不信任孩子！"

"你信任！你那是信任吗？你那是不管！笑笑明明没有早恋，就跟个男孩子一道儿回家就被人摁着头说早恋，我个当妈的能不管？你知不知道这些话对女孩子的伤害有多大？你知不知道女孩子活得有多难？你是一直不知道，一直看不见！你就只想端着设计师的腔调，面子比天大！"

"啪"，余尚敬把笔拍在了桌子上，声音提高了不少："你是管了，你是怎么管的？把孩子从教室叫到老师办公室，当着一屋子的人让她澄清自己没早恋。那是澄清吗？那是受刑！孩子的自尊心要不要了？亏你还是当老师的！笑笑后来半夜在卧室里哭的时候你就没反省吗？你没发现她比从前更不爱说话了吗？

还有，后来她找了褚年，都被求婚了才告诉咱们，到底是为什么，你想过没有？"

房间里突然变得很安静。

萧清荷低着头，十二年前换的木地板早就被时光磨出了旧旧的光泽，几乎能映出她的神情。她慢慢地说："是，笑笑命不好，她妈妈自以为是，给了孩子委屈，自己还挺美，她爸爸又是个爱什么都比不上爱面子的。"

这段话之后，房间里依然很安静。

余尚敬站起身："我去买菜，你要吃什么？"

萧清荷好像不想说话，半天憋出来几个字："你去吧。"

余尚敬要走出书房门口的时候，她却又开了口："前几天我看见笑笑给小褚褚讲故事，讲三只小猪的故事，褚褚听完了，说她要草房子，因为被狼吹坏了，就可以跑到别人家去住。你猜笑笑说什么？"

余尚敬回过头看着她。

那个用着自己丈夫身体的中年女人接着说："笑笑说，再坚固的别人家也是别人家，自己的家，毁了就是毁了。小褚褚说可以用草再搭一个。笑笑说，再搭一个也不是原来的。老余，咱们现在想这些有什么用呢？那么点儿大差点儿被送走的笑笑，上幼儿园被男孩子欺负的笑笑，上了中学被人说早恋的笑笑……甚至……甚至跟褚年结婚之后连委屈都不知道的笑笑，都是那些草房子。"

毁了，就是毁了。

余尚敬深吸一口气，沉声说："往好了想，笑笑现在也过得挺好的，虽说离婚了，一个人带孩子挺难，可现在不也事业挺顺利吗？可见孩子长大还是靠自己——"

"还靠她亲爹跟着外人一块儿瞎造谣败坏女儿名声！"

"你看你！你怎么又绕回来了？！"

午饭是夫妻二人互换以来难得的平静，或者说沉默。

吃完之后，余尚敬进了书房，没用萧清荷催。

275

一边写，余尚敬一边说："笑笑十五岁……该十六岁了吧？不对，十五岁，笑笑十五岁那年，你是不是生病了呀？我记得那时候我赶工期，笑笑还学着给你做饭。是我不好，那时候觉得女儿长大了，呵呵，她照顾你，我回来也开始支使起她了。"

一旁的椅子上，萧清荷静静地坐着，好一会儿，说："余尚敬啊，你说我们是真的爱过孩子吗？我们到底是爱孩子还是爱一个能被我们支配的人，爱一个只能全心全意依赖我们的人？又或者说，我们爱的是另一个可能替我们把那些得不到的都实现的……我们自己？我总希望笑笑能婚姻幸福，温柔可爱，别和老公吵架。你呢，希望余笑成为一个相夫教子、温文尔雅的女人。我是因为一直生活在这种要么吵闹要么……就冷冰冰的婚姻里，我希望她能跟我不一样。你也是，你是对我不满意，所以希望她不一样。我们都要求了她，可她没遇到一个能让她只要贤妻良母就能过得好的男人。"

余尚敬半天没说话，他小心地看了看萧清荷的脸色，说："你别这么说，咱俩这么多年其实也有不错的时候，对不对？每个人的路都是自己走出来的，儿孙自有儿孙福……"

萧清荷冷笑："哪儿有那么简单的事？天底下所有人都认为自己教得好女儿，有几个认为自己能教得好儿子？咱们对笑笑的要求太多了，你说儿孙自有儿孙福，那你教她别学我的时候是想屁呢？"

余尚敬的一点儿温文又成了欲盖弥彰的狡辩："我……我那是被你气的！"

萧清荷几乎想破口大骂余尚敬不要脸，还是忍住了。

趁着她在那儿顺气的工夫，余尚敬赶紧又说："现在笑笑工作顺利了，没按照咱俩想的路子走也走出来了，你就觉得从前教的都是错的，那以前笑笑没离婚的时候你也没这么反省啊？用结果倒推原因是不谨慎的，先入为主的因素太多。再说了，孩子你管得多，我可管得少……"

"管多管少你还伙同别人败坏女儿的名声？"

"你怎么又绕回来了？！"

新一轮的争吵即将爆发，突然有手机铃声传了出来，两个人到处看了看，萧清荷下意识说："是你手机响了。"

余尚敬拿起来一看，随手接了起来："喂？大哥？"听见自己发出的女声，他才想起来自己现在是"萧清荷"，电话那边的"大哥"可不算是亲的。

"弟妹呀，我是你尚德大哥。"

余尚敬被一声"弟妹"给吼得像是被雷劈过似的，拿着手机，仿佛那就是个雷。

余尚德说："行了，既然是弟妹接的电话，那就弟妹你和你嫂子说，这种事儿还是你们女人做吧。对了，跟尚敬说，中秋的时候嘉远他全家想去京城玩儿，笑笑现在是在京城吧？正好嘉远家的儿子五六岁了，一块儿玩儿正好。"

站在旁边的萧清荷把电话里的声音听得一清二楚，翻了个白眼儿，小声地说："五六岁的孩子跟三岁不到的碰一块儿有什么能玩儿的？不就是想要让笑笑招待他们吗？"

余尚敬摆摆手，生怕别人听见。

这时，那头跟他对话的人换成了余尚德的媳妇儿，他的大嫂："弟媳妇儿啊，我是你大嫂啊！"

看着余尚敬的脸，萧清荷差点儿笑出声。

旁人不知道他们现在的一堆官司，只管说着自己的话："余笑也离婚两年多了吧？在京城没找个合适的？"

余尚敬清了清嗓子，抬头看一眼表情淡下来的萧清荷。他们都已经知道这是来干吗的了——说亲。

"咳，这个，可能有吧。那个，嫂子啊……"

"怎么还可能有？你这个当妈的怎么一点儿都不着急呢？到底有没有你都不知道啊？弟媳妇儿啊，这就是你的不对了。我跟你说，余笑也就是跑到了京城，天高皇帝远的你们管不着，要是在老家这儿，她现在大胖小子都又抱上了。"

余尚敬的脸色随着大嫂的话渐渐变得难看了起来。

对方还在喋喋不休："再说了，笑笑虚岁都快三十五了吧，还带着个孩子，本来就不好找，你们还不着急？我这边有个娘家侄子，去年媳妇儿车祸没了，他是做生意的，人长得也有福气，家里有个孩子，不过人家马上就结婚了，也不用笑笑操心。"

等……等下？儿子都要结婚了？！

"大嫂，那个男的多大？"

萧清荷的火气又起来了，劈手去夺手机，被余尚敬避了过去。

手机里的声音是电波转化来的，清楚又模糊："四十七，男人还是大一点儿好……"

萧清荷彻底炸了。余尚敬！这就是你亲戚！这就是余笑的大伯娘！

"她有病吧！我家余笑怎么了？！我家余笑刨她祖坟了，她让我家余笑替人家的儿子去尽孝？！一个娘家侄子能有多大的脸，就敢惦记我家余笑？她是作践人上瘾了，从余笑刚出生就开始，这是要作践一辈子是吧？她自己一把贱骨头，怎么就盯着我女儿使劲儿呢？我女儿投生到余家是倒了八辈子血霉还是老天爷不开眼啊？！"把男中音吼成了超高男高音，萧清荷恨不能立刻买票去把那个敢欺负她女儿的活撕了。

电话那边的人听了这些话也怒了，一口一句："你家孩子什么样儿你不知道？有当小叔子的这么说大嫂的吗？"

余尚敬同时接收两边的茶毒，脑袋都要炸了："闭嘴！闭嘴！你们给我闭嘴！"

尖叫之后，余尚敬终于获得了安静。他看看红着眼睛的老婆，好像突然有点儿明白了那些年她为什么会歇斯底里到不可理喻的地步。

他又看了一眼手边的那些稿纸，一字一句写的是什么呢？抓紧了手机，他对电话里的那个人吼道："你给我滚！"

客厅里，玻璃瓶中多了一颗星星。

照这个速度，大概大名余初初的小朋友上小学之前，他们两个人就能换回来了吧。

番外二

我叫余初初

1

"褚褚，要不要吃草莓冰激凌？"男人问对面的小女孩儿，脸上的笑比光还要灿烂。

阳光照在甜品店的窗子上，浅浅的橙色光晕来自橱窗上漂亮的装饰，它投在桌子上，仿佛把阳光也变成了橙子味儿的。

看着琳琅满目的甜品，坐在椅子上的余初初小朋友晃了晃小腿儿："不行，前天拉肚子，我答应了妈妈，这周不吃冷饮，也不吃……很甜的。"中间夹了一声吞口水的声音。

男人自然就是褚年，他拿起册子，看看上面无比诱人的冰激凌球，再看看小小的女儿，有些不忍地说："你看看这些冰激凌，要不我点一个，你吃半个，我们都不告诉妈妈，好不好？"

"不好。"小女孩儿的回答干净利落。

褚年愣了一下，看着两个月没见的女儿，突然笑了一下，说："你真是越来越像你妈妈了。"

小女孩儿露出了从进甜品店之后最开心的笑容，小圆脸上两个酒窝都露出来了，她瞪着大眼睛追问："是吗？"

看着这个自己怀胎十月生出来的孩子，褚年只能点点头笑着说："是啊！"

干净利落，不留余地，什么都已经在心里算得清清楚楚，说出口的只有结果，不容更改的结果。

最后，余初初小朋友点了一杯奶茶，红茶加奶不加糖的那种，褚年看着都觉得不像是这么点儿的小孩子爱喝的东西。可是余初初小朋友说了，她不能喝很甜的东西。

"这也是提醒我自己，以后不能任性地吃东西，拉肚子真的不舒服，有好吃的不能吃，也不高兴。"小小的脸上是大大的严肃。

褚年继续赞同地点头，余笑早早就教给了孩子什么是为了自我而克制，这是他和余笑从前一直欠缺的——他欠缺克制，而余笑欠缺的是自我。

"爸爸非常高兴你明白为什么不能吃，并且坚持自己的观点。"说完，他点了三个球的草莓冰激凌，并在五分钟后当着孩子的面一口一口吃完了。

余初初小朋友的小圆脸一点点地瘪了下来。

"你现在后悔不吃冰激凌吗？"

小姑娘还是摇头，细嫩的发丝和上面扎着的蝴蝶结一起飞了起来。

褚年说："不后悔就好，不光要有好的想法，还要有坚持自己、抵御诱惑的能力。"

余初初表情认真："嗯。"

褚年又笑了，作为一个三十六岁的男人，生活中能让他露出真实并畅快的笑容的事情已经不多了，可每次看见女儿，他都像个大孩子一样。

"爸爸，今天我过得很开心呀。"

送余初初回家的路上，褚年听见女儿这么总结这一天。

"那过一阵儿要不要跟爸爸一起出国玩儿啊？"

"不行。"小女孩儿透过后视镜看着在前面开车的爸爸，"妈妈说要带我去看她建的大房子，去好多好多地方。"

褚年脸上的笑容有片刻的僵硬："那……那国庆节好吗？还有你牛阿姨、韩阿姨、小玉阿姨……还有你韩阿姨家的那个姐姐，她马上要高考了，过了今年就不能出去玩儿了。"

　　只看表情就知道小朋友有些心动，可她还是说："这个要看小学一年级的课程啦，我马上就不是能随随便便出去玩儿的幼儿园小朋友了，我是有行程的小学生啦。"

　　"好吧，有行程的小学生，我会跟你妈妈沟通的，要是你国庆可以玩儿，我们就早早预约行程好不好？"

　　后座上，小女孩儿点头。

　　路灯下，一个清瘦的女人站在那儿，初夏的风吹着她的裙摆，像护着花的叶子。

　　"妈妈！"余初初下车，扑到她的怀里。

　　褚年也下了车，他本想给孩子开车门，现在却只能走到那对母女的面前，露出微笑。

　　"辛苦你了。"余笑对褚年说。明明女儿已经那么大了，她身上却没有多少为人母的特质，灰绿色的裙子穿在身上，长发扎成了马尾，抱着孩子也仍有着属于自己的明亮。

　　褚年只想多看几眼，一时竟然不知道说什么。

　　简单的寒暄之后，余笑拉着女儿的手回家，褚年坐在车里，看着她们的背影，然后长长地叹了一口气。只有在面对孩子的时候，他才觉得自己也是个孩子，可他这个大孩子却总被这样留在原地。

　　"妈妈，我今天特别特别高兴。"余初初拉着余笑的手，兴高采烈地说。

　　"高兴什么？"

　　"我特别高兴，爸爸说我像你！"

　　余笑的脚步顿了一下。要知道，去年粤省改建项目遭遇内涝，她在现场参与指挥自救的时候都是一副气定神闲的样子——事情经历得太多了，能让她惊讶的事情也就少了。要是现在再让她经历什么交换身体，估计她能在两天内就把生活拐回既定的样子。

"妈妈？你怎么了？"

余笑弯下腰，摸了一下孩子的脸："初初，妈妈谢谢你。"

"嗯？"

面对孩子懵懂的表情，余笑重重地一口亲在她的额头上，露出了一个灿烂的笑容。

2

余初初小朋友上小学三年级那年写了一篇作文，名字叫《我长大的样子》——

我上一年级之前的那个夏天，妈妈带我去了她工作的地方。有的地方很热，有的地方总是下雨，有的地方总是不下雨。那里都有很多的人，妈妈说，她的工作就是让那些人生活在更舒适的房子里。

那些地方的好多人都认识我的妈妈，妈妈说是因为她总是去问他们到底想住一个什么样的房子。

妈妈也问我想住一个什么样的房子，我说我不知道。小鸟在鸟窝里，是因为鸟妈妈把蛋下在了鸟窝里，总有一天，小鸟会长大，会张开翅膀飞出去，建造一个属于自己的窝。我还没到建窝的年纪，手指头太细了，连一整块砖都拿不起来，更不能操作机器，运走很多很多的水泥。如果我能有很大的力气，可能我会建一间红色的大房子；如果我能操作很厉害的机器，可能我会建一座摩天大楼……

可长大的我是什么样子的呢？

我对着稿纸问自己，对着镜子问自己，也去问了窗台上的小熊。

它们都不能给我答案。

我就去问了妈妈。

妈妈说，她不在乎我长大后是什么样子的，她给我取名余初初，就是为了让我知道，人一定要有重新开始的勇气。

于是我打电话去问爸爸。

爸爸说他希望我快乐就好。

我现在其实就很快乐啊，那长大和没长大还有区别吗？

爸爸说我在他的眼里是永远没有区别的。

可他上个月还说我越来越漂亮了，真是个时刻都在变化的爸爸。

经历了这一切，我依然不知道长大后的自己是什么样子的，于是我重新开始考虑我喜欢什么。

我喜欢画画，喜欢吃东西，也喜欢小甜老师的小课堂，更喜欢和妈妈一起到处走的日子。长长的车轨通向远方，我们甚至不知道下火车的时候先迈出哪一只脚，却已经对那个没见过面的城市有了很多的幻想。

如果我长大后也能这样旅行，在每个地方都有人认识我，在每个地方都有人因为我变得不一样，那应该是一件很美好的事情吧？

我也就像妈妈在我名字里祝福的那样，总是拥有重新开始的力量。

长大后的样子，我不知道，可是我努力去想象，希望那个长大后的我，在看见这篇作文的时候，是面带微笑的。

你好呀，那个长大后的我。

我叫余初初。

总是有勇气重新开始的余初初。

*想要和初初小朋友一起参与小甜老师的小课堂吗？敬请期待即将出版的《吃点儿好的》！

番外三

光与梦

1

褚年知道自己在做梦，梦里是另外一个世界——女人们多追求事业，掌握更多的话语权，男人们一旦结婚就会被人劝说以家庭为重。

真是个好笑的世界，褚年看着自己在家里拖地、刷碗、做饭、送余笑去上班，觉得跟看奇怪的电影似的。

"梦境"的发展也像一部电影一样曲折离奇。

在这个世界里，"余笑"出轨了。

"我们离婚吧。"在知道余笑出轨的第三天，这个世界的褚年这么说。

余笑坐在沙发上，抬眼看他："你知道你在说什么吗？"

褚年能感觉到自己的心脏和喉咙一起缩紧了。这些天他哭过也闹过，到了今天，他什么都不想做了，或者说，他的这一颗心已经经不起往余笑这块坚冰上撞了。

"我知道。"他说，"我要离婚。"

"别闹了！你干那个破工作，一个月也就两三千，除了打打文件也就是扫地、做饭，离婚了你怎么过？我都说了，我和小陈是逢场作戏，根本就没有什么，大家都是成年人，互相发点儿这种消息是为了缓解一下工作压力……"说

286

话的时候，余笑不耐烦地松了一下衬衣的领子，"褚年，你一直在小公司里混，不知道我工作到底有多辛苦，我一直在苦苦支撑着这个家，回家之后我只想能放松一下，可是你每天是怎么对我的？你和我父母也闹得不愉快，我和同事往来你也要管，你有没有想过我的感受？已经三天了，这三天我面对的是多大的压力你知道吗？我现在正在升职的关键期，这是咱们全家现在最重要的事，你明白吗？你这一通闹能得来什么？你想过没有？到最后我升职升不上去，咱们家一直过现在这种日子，你就满意了？"

褚年的眼眶是红的，他不明白，为什么一个背叛了婚姻和家庭的人，居然还能这么理直气壮地说话："余笑，你以为我在乎这些？你都出轨了，我还有什么好在乎的！"

"又是这一套！"余笑的声音里透着忍无可忍，"褚年，你搞清楚，从结婚到现在是我一直养着你！你不要一副我欠了你一辈子的样子好吗？你还记不记得你刚结婚的时候多么可爱懂事？现在呢？你去卫生间照照镜子，你现在像个什么样子？我不想再跟你吵了，我不想再来来回回那一套，行，你要离婚是吧？好，离婚！"

听见余笑终于答应了离婚，褚年抬起头，看见外面的光格外耀眼。

做梦的褚年觉得好笑，在刚刚那个"褚年"难过的时候，他也觉得心口难受，一边难受一边觉得荒诞。这果然只是一个梦，自己怎么可能这么傻？不对，余笑又怎么会出轨呢？当然，褚年也承认，刚刚看余笑低头不耐烦的那渣男劲儿也确实挺有意思的——与其说那是余笑，不如说是一个顶着余笑皮囊的渣男。

再一看那个自己一边咬紧了牙说要离婚，一边还掉眼泪了，褚年简直想趴在他耳朵边骂他："傻啊你！"

对方掌握着家里的一切，身在弱势的人一旦离婚，不就什么都没有了吗？三年来勤勤恳恳为之付出的"家庭"不存在了，自然也意味着付出本身彻底失去了成果。三年啊，足够一个大型项目从开工到验收交付，可在婚姻里，这样一场浩大的工程，往往就因为一方的抽身离去而轰然倒塌。

"不要总是眨眼，我问你话呢！余笑要跟你离婚，她分你多少钱？房子怎么办？车子怎么办？房子是她婚前买的，可是装修的时候咱家掏钱了，这个账咱们得算清楚……"

面对着盘问，"弃妇"版的褚年深吸一口气，说："爸，我现在不想算这些。"

"不想算？！"褚年爸爸的手指几乎要戳在褚年的眼睛上，"我怎么就有你这么个没用的儿子，连个离婚的账都不会算？"

"你别这么说儿子。"褚年的妈妈喝了口水，说，"褚年就是在气头上，你别跟着火上浇油。"

说完了丈夫，她又说儿子："你先冷静两天，等我给余笑打个电话，到时候让她来接你回去。"

"妈，我是真的要离婚！"

"砰！"水杯被重重地放在桌子上。

"我辛辛苦苦把你养大，让你嫁人，是为了让你离婚来给我丢人的吗？你就非要闹到余笑真跟你离婚了，你就高兴了是不是？你离婚了能干什么？回家来给我添堵吗？你以为还有谁跟余笑一样愿意养着你啊？"

"妈——"褚年能感觉到一颗心在逐渐地变凉，变冷，变硬。

"你拿什么离婚啊？"褚年的妈妈问他，"要工作没个正经工作，要钱没多少，余笑这么多年赚了多少钱你知道吗？她今年才三十，工作又体面，长得也好，离婚之后大把男人扑过来想嫁。你呢？你要是把余笑的钱把在手里，离婚之后能分到几百万、两套房，你要离婚我随你。你现在这样离了，不过就是个要什么没什么的二手货，不就是回来让我养？！"

阳光有些刺眼，晒在褚年的身上，让他觉得心里有什么东西快要炸开了："你们说我闹不对，又说我离婚不对，又说我管不住女人不对，又说我嫁人之后连家里的钱都不管不对，那你告诉我，一个男人到底什么才是对的？"

走在马路上，褚年看着街边橱窗里的影子，晦暗的、窄窄的一道。

现在的他是这个样子吗？

不是他死乞白赖一定要人养的，大学毕业的时候他也找到了不错的工作，在金融公司，加班是常态，后来余笑工作太忙，得了胃病，为了照顾余笑，也是因为余笑的工作很顺利，褚年就退了一步，从金融公司出来，找了个养老式的工作，虽然钱少，但是稳定，能顾家。到了现在，这竟然都成了错的。

"一个人怎么才能知道身为男人的痛苦？那就是当他真正成为男人。"

做着梦的褚年了品了品这话里的滋味儿，一时间难以从另一个自己那种复杂痛苦的情绪中走出来。

"当男人怎么了？当男人好歹不用生孩子，反倒是当女人……"想起来自己是在做梦，梦中的这个世界男女颠倒，褚年又闭上了嘴。

2

走在一条不太宽阔的路上，拖着行李箱的褚年看了看手里的离婚证，露出苦涩的笑容。

"你呀，就是魔怔了。婚姻、家庭，在你的眼里是金贵得不得了，可在那个……余笑的眼里，比不过她升官发财！你别把她看得那么重，日子不也就能过下去了？现在倒好，离婚了，要啥啥没有，你说你现在怎么办，连个住的地方都没有。"

褚年的妈妈可是明确说了，他离了婚就别再进家门一步。

做梦的褚年之前好像飘在半空中，因为这个笑一下子落在了地上，落在了另一个自己面前。

这个笑容有些眼熟。

"你离了婚就啥也没有了。"他对那个自己说。

笑着的褚年抬起头，仿佛也能看见另一个自己，语气可怜得让人心慌："我没有家了，也没有余笑了。"

"没事儿，离了谁不能过，唉，你先把自己的日子顾好吧。"

他梦见的那个自己说："我会的。"

3

睁开眼，褚年发现窗帘没有拉好，难怪他做梦的时候总觉得光特别亮。难得的一个周末，他和余笑说好了要好好睡个觉的。

从床上轻手轻脚地下来，褚年回头看了一眼躺在枕边的余笑，心里想一会儿等老婆醒了，得把这个稀罕的梦跟她说一说。

房间里暗了下来，褚年躺回了床上，把余笑身上的被子拉好。

刚要闭上眼睛，他又觉得眼前太亮了。

睁开眼，褚年发现窗帘没有拉好，难怪他做梦的时候总觉得光特别亮。难得的一个周末，他和余笑说好了要好好睡个觉的。

从床上轻手轻脚地下来，褚年回头看了一眼，只看见一张空荡荡的床。

原来不光那个荒诞可笑的另一个世界是一场梦，就连在他枕边安睡的余笑也不过是他的一场梦。

揉了一下脑袋，褚年突然想起自己在什么时候说过那句话了——

离婚的那一天，在民政局的大厅里，拿着刚刚到手的离婚证，脸上是苦涩的笑容，他对着镜子里的自己说："我没有家了，也没有余笑了。"

主动要离婚的那个人不是他，出轨的是他，钱更多的是他，在家里有更多话语权的是他，在婚姻市场上依然很有身价的也是他……后悔的，还是他。

那天，余笑从他身后走过，褚年说："你得把自己的日子顾好。"是对镜子里的自己说，也是对身后的余笑说。

余笑在笑，她说："我会的。"

这是一个阳光晴好的周末的清晨。两只手拉着窗帘，褚年缓缓低下了头，这光真的太刺眼了。

"多让我做一会儿梦都不行。"

语气委屈得像个孩子。

枕边有你 下

作者
三水小草

封面设计
杨小娟

内文版式
邹子欣

图片总监
杨小娟

责任编辑
徐慧

出版社
中国致公出版社

总出品
湖北知音动漫有限公司

制作出品
知音动漫图书·漫客小说绘

官方微博
https://weibo.com/xiaoshuohui

平台支持
婚音漫客 小说绘

图书在版编目（CIP）数据

枕边有你. 下 / 三水小草著. -- 北京 ：中国致公
出版社，2022

ISBN 978-7-5145-1778-1

Ⅰ. ①枕… Ⅱ. ①三… Ⅲ. ①长篇小说－中国－当代
Ⅳ. ①I247.5

中国版本图书馆CIP数据核字(2021)第026308号

本书由三水小草授权湖北知音动漫有限公司正式委托中国致公出版社，在中国大陆地区独家
出版中文简体版本。未经书面同意，不得以任何形式转载和使用。

枕边有你 . 下 / 三水小草 著
ZHEN BIAN YOU NI

出 版	中国致公出版社
	（北京市朝阳区八里庄西里 100 号住邦 2000 大厦 1 号楼西区 21 层）
出 品	湖北知音动漫有限公司
	（武汉市东湖路 179 号）
发 行	中国致公出版社（010-66121708）
作品企划	知音动漫图书·漫客小说绘
责任编辑	徐 慧
责任校对	吕冬钰
装帧设计	杨小娟 邹子欣
责任印制	翟锡麟
印 刷	中印南方印刷有限公司
版 次	2022 年 3 月第 1 版
印 次	2022 年 3 月第 1 次印刷
开 本	880mm×1230mm 1/32
印 张	9.25
字 数	300 千字
书 号	ISBN 978-7-5145-1778-1
定 价	45.00 元